六條にいま曲れば
おゝ落葉松　落葉松　それから青く顫えるポプルス
この辺に來て大へん立派にやってゐる、
殖民地風の官舎の一ならびや旭川中學校
馬車の屋根は黄と赤の縞で
もうほんたうにジプシイらしく
こんな小馬車を
誰がほしくないと云はうか。
乘馬の人が二人來る
そらが冷たく白いのに
この人は白い歯をむいて笑ってゐる。
バビロン柳、おほばことつめくさ。
みんなつめたい朝の露にみちてゐる。

【付記】

これは、元原稿そのままではありません。
二枚にわたっている宮澤賢治の直筆原稿を、複写し、つなぎ合わせて、縮小したものです。

宮澤賢治×（かける）旭川

心象スケッチ「旭川。」を読む

松田嗣敏

未知谷
Publisher Michitani

はじめに

感銘を受け印象に残った言葉があります。

「自分がこう生きよう」と決めて、そのことばっかり思ってると、そのようになっていくもんです。

「こういうふうにしよう」と思ってたら、そればっかりに興味を持っていくと、やっぱりできていくもんなんですよ。

だから自分のやりたいと思うことを、一つや二つの失敗で諦めずに、ずっとやっていったら何十年もやっていったら、大体ものになる。

諦めずにずっとやっていけば、「なんとかなるもんだ」と思いますよ。

（今井和美（60歳）の言葉、「プロフェッショナル　仕事の流儀「家電の命、最後まで～電気店主・今井和美～」」地上D 031

二〇一九（令和元）年七月二十三日（火曜日）二十二時三十分～二十三時二十分、五十分間放映より）

そうなのです。本稿も二〇〇二（平成十四）年七月十五日（月曜日）二十時三十二分に初稿が成立してから、二〇〇三（平成十五）年八月十七日（日曜日）十四時五十五分現在で改稿したものを、旭川宮沢賢治研究会編『【宮沢賢治学会地方セミナー in 旭川　資料集】作品「旭川」をめぐって』（同会発行、二〇〇三（平成十五）年十月四日初版発行、三～一二頁）に掲載しました。これが初出となります。以後、現在に至るまで、わたくしたちが考え続けて、その時点時点で随時手を入れてきたものです。

二〇二三（令和五）年八月二日には、宮澤賢治が一九二三（大正十二）年八月二日に来旭してから一〇〇年となります。

そこで、いったん現時点までの内容でとりまとめて刊行しておくことと致しました。本稿の補訂は日々続いているところなのですが、どこまでも増殖して止まない論述になっているという実感的予感がしておりまして、刊行後におきましても検討が続いていくものと思っております。そういう意味では、本稿に最終形はない、と言えます。補訂が止むことはなく、はてしなく補訂を重ね続けてゆくことでしょう。結果的にこの稿が自分の人生で最後まで書き続けないではいられないような稿となる予感が既に確としてあるような気がしております。

宮澤賢治の心象スケッチの本質を捉えているものとして、栗谷川虹（くりやがわこう）稿「宮沢賢治の「心象スケッチ」と小林秀雄の「蛍童話」」（同著『宮沢賢治の謎をめぐって　──「わがうち秘めし異事の数、異空間の断片」──』作品社、二〇一四年十月十日第一刷印刷、二〇一四年十月十五日第一刷発行、一四頁）に、

現実のあらゆる存在は、現実だけで存在するのではなく、永遠絶対の真理という宇宙の中に浮かべ

られて存在し、その根を現実の外なるものに深く下ろしている。それゆえにこそ、地上の個々の小さな存在も輝かしいものとなる。これを観念としてではなく、実体験として提示しえたとあるのは、核心を衝いている明察であると思います。

心象スケッチ「旭川。」という作品を通して宮澤賢治の世界・宇宙へ入っていくことにしましょう。

二〇二三年八月一日（一九二二（大正十一）年八月一日旭川市制施行から一〇〇年の日に）

わが故郷　旭川にて　松田嗣敏

まだ先は長い。
ゆっくり行こう。
嗣

宮澤賢治×旭川

目次

当時の旭川市全景（坂東幸太郎・中村正夫共編『市制施行記念　旭川回顧錄　完』改造評論社出版、大正12年11月25日印刷、大正12年11月30日發行、口絵写真より）

当時の上川水田（『旭川回顧錄』口絵写真より）

宮澤賢治×(かける)旭川

――心象スケッチ「旭川。」を読む――

凡例

一　原則として、敬称は省略とさせていただいております。

二　文献資料の書誌情報は、原資料に従いながらできる限り詳述しておくこととします。

三　本文に施した太字化等はもとより、引用文に施した傍線、傍点、太字化は、特に断りのない限り、著者による強調です。

四　〔　〕内は、特に断りのない限り、著者による補記です。

五　インターネット及び電子辞書からの引用文の原文は横書きです。

六　心象スケッチ作品「旭川。」中、二重傍線を付した漢字は宮澤賢治常用の特殊な字体等で書かれている字です。（「校訂一覧」、宮沢賢治著『【新】校本宮澤賢治全集　第二巻　詩［Ⅰ］校異篇』筑摩書房、一九九五年七月二十五日初版第一刷発行、二〇三〜二〇四頁参照）

乘乗　場埸　顛顚　派泒　笑笶

仮想・討論会　――心象スケッチ「旭川。」の解釈をめぐって――

旭川宮沢賢治研究会誌、松田嗣敏編述

以下の記録は、モデルとなった討論会があったにしても、あくまでも実験的な「仮想・討論会」とすることで、検討点をできる限り提示しやすいような形態を採ることとしたものです。

なお、二〇〇二年七月十五日（月曜日）二十時三十二分にいったんまとまり、その後現在まで内容を検討した結果であります。この討論による検討や検証作業などは、今現在もなお進行中であり、そのため、この記録は現在進行形であります。

＊

宮澤賢治はその生涯（一八九六（明治二十九）年八月二十七日生、一九三三（昭和八）年九月二十一日没（満三十七歳））の中で北海道を三度訪れたとされています。

原子朗・山根道公・山根知子作成、原子朗・吉田文憲・高野睦校正「【宮沢賢治年譜】」（原子朗著『定本宮澤賢治語彙辞典』筑摩書房、二〇一三年八月二十日初版第一刷発行、八五三、八八五、八八八頁の各第一段目）に、わかりやすく簡潔にまとめられているためこれでみてみますと、一九一三（大2）　17歳　**五月二一日〜二七日**　修学旅行*で北海道（函館、小樽、札幌、岩見沢、白老（しらおい）、室蘭、大沼）を訪れる。

一九二三（大12）　27歳　**七月三一日〜八月一二日**　生徒の就職依頼のため青森、北海道経由樺太旅行（青森、函館、札幌、旭川、稚内、宗谷海峡、大泊、豊原、栄浜（さかえはま）*、鈴谷平原（すずや）*、内浦湾〈噴火湾*〉）。

一九二四（大13）　28歳　**五月一八日〜二三日**　生徒を引率し北海道修学旅行*（青森、函館、小樽、札幌、苫小牧、室蘭）。（→雑［修学旅行復命書］）

となっています（太字は原文）。これらのうちの二回目、一九二三（大正十二）年が唯一、ひとり旅であり、旭川を訪れた旅となっています。この旅の中の〝旭川〟を中心に詳しく考えてみたいと思います。

＊

宮澤賢治が大正十（一九二一）年十二月三日に就職した稗貫郡立稗貫農学校は、大正十二（一九二三）年四月一日付けで岩手県に移管され、岩手県立花巻農学校となり、同校の教諭で、来旭時、戸籍上は満二十七歳、事実上は満二十六歳（来旭は一九二三年八月二日で、出生は戸籍簿に拠れば一八九六年八月一日、事実上は一八九六年八月二十七日とされていることに拠る）のときに、学校の夏休みの期間を利用して、**教え子二人の就職を依頼**するために大泊にある王子製紙にいる細越健を訪れる目的と前年に亡くした**妹トシを**

巡礼する傷心旅行の途中で、旭川に寄って、心象スケッチの作品「旭川。」を書き残してくれていました。

宮澤は、生前唯一の刊行詩集となった心象スケッチ集『春と修羅』に心象スケッチ「旭川。」を所収することにしなかったものの直筆原稿が残っており、草稿作品として読むことができます。宮澤はどうしてこの作品の原稿を捨て去らずにこの世に残しておいてくれたのでしょうか。

心象スケッチ「旭川。」が、妹トシ死後の挽歌詩群の中のひとつとして思い入れがあったからかもしれない、とも思っております。

また、森荘已池稿「ギンドロの木を愛して」（同著『森荘已池ノート　宮澤賢治 ふれあいの人々』熊谷印刷出版部、一九八八年十月十日初版、一九九六年九月三十日五版、一三六頁上段）に、〈**賢治は、北海道が好きであった**〉とあります。

宮澤賢治の心象スケッチ作品のひとつである「旭川。」の直筆原稿が、後日作者によって破棄されずに現存していることの有り難さを一等最初に思わずにはいられません。

宮澤賢治の生涯を知る手掛かりとして、心象スケッチ作品が日記等の代わりの役割を果たしているとも言われています。この「旭川。」もある意味、青森・北海道・樺太旅行の一過程を描いてある自伝的な内容も含んでいる作品であり、叙事詩とも叙景詩とも叙情詩とも捉えることができるでしょう。

様々な想いを馳せながら、この作品の原稿に出会えていることに感謝をしつつ〝読む〟時空間に臨むこととしました。

〔作品以前〕

M：宮澤賢治が大正十二年夏に、青森・北海道・樺太を旅した目的として、主に教え子二人の就職依頼と妹トシを巡礼する傷心旅行とされています。けれども、教え子の就職依頼は、会って伝えた方がよい微妙な内容もあったにしても、これだけの遠隔地であれば書簡や電話等でのやり取りであっても許されたでありましょうし、亡き妹トシとの交信等は、西域などのように、想像力をもってしても可能であったかもしれないでしょうに、実際に自分の身を青森→北海道→樺太へと持って行く実行動に至ったのには、時代背景ですとか、先達たちですとかの影響等が背後に幾ばくかでもあったなど、何かを背景として行動に移されたものであることを想定するのですが。

C：宮澤賢治が青森・北海道を経由して樺太までの〝北方への旅〟を思い立つに至った動機の起因となった背景（誘因・影響要素等）は何が考えられるのか。

おそらくはもっと多く考えられるのであろうし、実際にもいくつもの要素が輻輳していたのであろうが、ここに、全貌の一部ではあるけれども、ひとまずは、書き出しておくことにすると、少なくとも、時系列順に、次の六点は採り挙げておく必要があろうかと思う。

①【明治三十七（一九〇四）年 ↓ 明治四十五（一九一二）年】シベリア鉄道のイメージ

シベリア鉄道が全線開通したのは日露戦争中の一九〇四（明治三十七）年。（中略）（現行ルートの全線開通は一九一六年）。

日本人でも多くの著名人がこの鉄道に乗った。一九一二（明治四十五）年、ストックホルムオリンピックに出場するため、マラソンの金栗四三（かなくりしそう）選手らが、シベリア鉄道で大陸を横断する場面がNHK大河ドラマ「いだてん」にあったし、同じ年、歌人の与謝野晶子（よさのあきこ）が、やはりシベリア鉄道で夫・与謝野鉄幹（てっかん）のいるパリに向かっている。

どちらも当時大きく報道されたので、賢治の中にもシベリア鉄道のイメージがあり、それが、二十年ほど前までロシアだった樺太の地を走る鉄道への興味につながったのかもしれない。

（梯（かけはし）久美子稿「第二部「賢治の樺太」をゆく」の中の「三「青森挽歌」の謎」の「「北方志向」と「鉄道愛」」、同著『サガレン 樺太／サハリン 境界を旅する』KADOKAWA（角川書店）、二〇二〇年四月二十四日初版発行、一五六頁より）

②【明治四十（一九〇七）年 ↓ 大正二年、大正三年、大正四年、大正十年】
先達者 金田一京助の影響（特に、大正四（一九一五）年の夏に栄浜へ）

アイヌ語研究の先駆者で、一九〇七（明治四十）年から樺太に赴いて樺太アイヌ語を採取した金田（きんだ）一京助（いちきょうすけ）ともつながりがあった。金田一の四番目の弟と盛岡中学で同級生だったのだ。一九二一（大正十）年に上京した際には金田一の住まいを訪ねて会っている。金田一は当時すでに、樺太アイヌの山辺安之助の口述を筆記した『あいぬ物語』（大正二年）と『北蝦夷古謡遺篇』（大正三年）というアイヌ関連の二冊の著書を刊行しており、賢治はこれらを読んでいたと思われる。

（梯久美子稿「第二部　「賢治の樺太」をゆく」の中の「十　すきとおったサガレンの夏」の「先住民の土地としてのサガレン」、同著『サガレン　樺太／サハリン　境界を旅する』（前出書）、二六三頁より）

牛崎敏哉稿「宮沢賢治における金田一京助」（下田勉編、三好京三・須知徳平・及川和男編集委員「北の文学　第五十号（特別号）」岩手日報社、二〇〇五年五月十一日印刷、二〇〇五年五月二十一日発行、一〇三頁下段）で、金田一京助が大正四（一九一五）年の夏にアイヌ語調査のための樺太調査で、栄浜までいっていることがわかることなどを挙げて、

樺太旅行先達としての賢治への影響は、当然無視できないところである。

としている。

また、同稿一〇八頁下段で、

知里幸恵鎮魂の旅をしている金田一京助と、亡き妹トシの魂との交信を求め、かつての金田一の旅程をたどるようにして樺太（サハリン）を旅しての帰路にあった宮沢賢治は、『アイヌ神謡集』発

刊の一九二三（大正十二）年八月十日のその日、知里幸恵が過ごした北海道旭川にて、わずか十分ほどではあるが、二人は同時に居合わせた可能性があるのである。

とある〈金田一京助と宮沢賢治をめぐる時空間の運命的共時性〉は、発見である。

③【大正二（一九一三）年十月】ロシア文学の影響

ツルゲーネフなどを読んだと推定される。

（宮沢清六他編『【新】校本宮澤賢治全集 第十六巻（下）補遺・資料 年譜篇』筑摩書房、二〇〇一年十二月十日初版第一刷発行、八六頁上段より）

この〔盛岡中学校〕五年生になって、ツルゲーネフなどのロシア文学を耽読したことも、帝政ロシア末期のインテリと農民のすがたから、自分の存在する東北の野と人に目を開かせる端緒となったろう。

（堀尾青史著『中公文庫 年譜 宮澤賢治伝』中央公論社、一九九一年一月二十五日印刷、一九九一年二月十日発行、七〇頁より）

ロシアへの関心については、東北育ちの賢治にとって、同じく北方的風土という生活圏の近さが親しみを覚えさせていると考えられる。「丘の眩惑」では、「野はらのはてはシベリアの天末」とうたい、「山巡査」では、「あんまりロシアふうだよ」と書いている。いずれも、日本の東北地方のなかにロシア的様相を感じているのである。賢治が、イーハトヴ童話集『注文の多い料理店』(大13・12・1刊)の発行に際して書いた「新刊案内」では、(中略)イーハトヴからは遠い西に当たる、イヴン王国、すなわちトルストイの「イワンの馬鹿」の世界との連関性を述べているのである。これも、ロシアへの関心の現われである。

次に、ロシアの作家のなかで、賢治の関心をひいているのは、右のトルストイとともに、チェーホフが考えられる。チェーホフの名を直接掲げているのは、詩「マサニエロ」だけであるが、「霧とマッチ」に「スヰヂツシ安全マツチ」という語が出てくるのは、チェーホフ作「安全マッチ」(一八八四)が意識されているとも考えられる(中略)チェーホフは元来が医学を修めた自然科学者であったこと、作品の表現形態としては短篇小説や戯曲を書いたこと、それに、知識人の苦悩をテーマとしていることなどが、賢治に親しみを覚えさせたのであろう。

(恩田逸夫注釈「補注　四九」、『日本近代文学大系　第36巻　高村光太郎・宮澤賢治集』角川書店、昭和四十六年六月十日初版発行、昭和五十三年六月三十日再版発行、四五五頁上段より。この本での作品該当頁数は省略)

④

【大正七(一九一八)年〜大正十四(一九二五)年】

シベリア出兵→尼港事件→北樺太保障占領＝「岩手日報」で報道

一九二〇(大正九)年に起きた尼港(にこう)事件への対抗措置として、日本軍が北サハリンの主要地域を保障占領していた（中略）。

当時はサハリンのことをサガレンと呼んでおり、北サハリンに派遣された軍をサガレン州派遣軍といった。賢治が樺太を旅した一九二三年は、サガレン州派遣軍が駐留していた時期である。しかも、この年の四月から、それまでの第二師団に代わって、第七師団と第八師団に属する部隊が派遣されている。（中略）第八師団は、弘前に司令部を置き、おもに東北出身の兵で構成されていた。盛岡の部隊も北サハリンに派遣されることになり、『岩手日報』にはひんぱんに北サハリンや樺太に関する記事が掲載された。こうしたことも賢治の、日本最北端の地への関心を高めたことだろう。

（梯久美子稿「第二部「賢治の樺太」をゆく」の中の「一「ヒロヒト岬」から廃工場へ」の「鉄道マニア・宮沢賢治の樺太」、同著『サガレン　樺太／サハリン　境界を旅する』（前出書）、一一九から一二〇頁より）


賢治が樺太に出かけたのは、日本が北緯五〇度線以北のソ連領に「サガレン州派遣軍」を送っていた時期（尼港事件を受けての保障占領期）で、国内でも注目が集まっていた。賢治の樺太行きの三か月前に『岩手日報』にサガレン州派遣軍の特集記事が掲載された（以下略）。

（梯久美子稿「第二部「賢治の樺太」をゆく」の中の「十　すきとおったサガレンの夏」の「先住民の土地としてのサガレン」、同著『サガレン　樺太／サハリン　境界を旅する』（前出書）、二六四頁より）

⑤【大正八（一九一九）年、大正十（一九二一）年、大正十二（一九二三）年四月・五月】樺太ブーム

賢治が樺太に旅行した前後は、一種の樺太ブームでもあった。考古学者の鳥居龍蔵は、賢治と相前後して大正八、十年と樺太を訪れ、少数民族の調査をしていた。そして、賢治が樺太へ行く三ヶ月前、岩手県からは、「サガレン派遣隊」なる軍隊が樺太に向けて出発していた。そのことは、岩手日報紙上でも十日ばかり関連記事の連載があり、トップニュースであった。

それは、大正十二年四月二十三日の五面トップの、「柳の芽ぐむ盛岡から、雪のサガレンへ日曜の晴れた朝を　万歳と歓呼声裡に　工兵中隊出発」という大見出しと、行進する一行の写真とに始まる記事である。派遣されたのは、「盛岡工兵隊第八大隊第二中隊」の百六十二名で、「当市民の熱誠なる見送りと各中等学校小学校生徒の万歳声裡」に、盛岡駅を出発したという。五月九日には、この八師団と交替に帰還した第二師団歩兵第四連隊、第三十二連隊が盛岡駅に到着したという記事が載っている。そこには、「駐屯地の現状」として、一将校の談話が載っており、「サガレン」の様子を知らせている。（中略）

このように、派遣隊の追跡記事に加えて、一方、興味深いのは、「北の果て　サガレンとは？」と題して、サガレンの生活全般を紹介する記事が十一回に渡って連載されていることである（大正十二年四月十九日〜四月三十日）。

（中略）

（前略）「日本人とは確かに血族関係がある」というセンセーショナルな見出しで始まる「ツング

ース族」に関する解説も重要である。（中略）

（前略）当時は一般的な理解としても、日本人が北方民族、あるいは中央アジアの民族と関係があるということが言われていたことを知ることができる。賢治の旅が、こういった北方への一般的な関心を背景に、自らの起源への遡行として企てられていたことは間違いないと思われる。

（秋枝美保稿「一、『春と修羅』第一集論」の「第二章　『春と修羅』構想論――北方への関心とその行方――」の中の「第五節　北の果てへ」の「(8)　賢治はどのようにして「ギリヤーク」を知ったのか」、同著『宮沢賢治　北方への志向』朝文社、一九九六年九月十一日、二三九～二四四頁より）

⑥

【大正十二（一九二三）年五月一日】鉄道ファンとして（当時最北の栄浜まで一気貫通）

私にわかるのは、鉄道好きだった賢治が、日本最北端の駅だった栄浜駅まで、汽車に乗って行ってみたいと思ったであろうことである。同じ鉄道ファンとして、そこのところはわかりすぎるほどよくわかる。

賢治が樺太に向けて花巻駅を出発したのは一九二三年七月三一日、注目すべきは、そのおよそ三か月前の五月一日、北海道の稚内（わっかない）と樺太の大泊の間に、鉄道省による連絡船（稚泊航路）が開通していることだ。

（中略）これによって、内地と樺太が鉄道で一本につながり、切符一枚で樺太まで行くことができるようになった。運賃もぐんと安くなったのである。

（中略）

そこ〔花巻駅〕から汽車に乗れば、樺太までまっすぐ行くことができるのだ。賢治は胸をときめかせたに違いない。

（梯久美子稿「第二部 「賢治の樺太」をゆく」の中の「一 「ヒロヒト岬」から廃工場へ」の「鉄道マニア・宮沢賢治の樺太」、同著『サガレン 樺太／サハリン 境界を旅する』（前出書）、一一八～一一九頁より）

これら以外にもまだ考えられるのであろうが、今のところここに書き出したことで抑えておくことにする。

なお、③の恩田逸夫注釈「補注 四九」の中で、

賢治がサガレンに旅行したことの理由の一つは、チェーホフの「サガレン島」（一八九三）を読んで、彼の歩いた土地に心をひかれたことも推測できる。「オホーツク挽歌」の舞台である「栄浜」には、かつてチェーホフも訪れていて、ヤナギランの群落のあることなどもしるしている。

としているが、梯久美子稿「第二部 「賢治の樺太」をゆく」の中の「七 チェーホフのサハリン、賢治の樺太」の「『サハリン島』の初訳本を入手」（同著『サガレン 樺太／サハリン 境界を旅する』（前出書）、二二五～二二六頁）に拠ると、

問題は、チェーホフ作品では相当マイナーな存在である『サハリン島』を、当時の日本で読むことができたかどうかだ。

調べてみたところ、日本でこの作品が出版されたのは一九二五（大正十四）年であることがわかった。刊行時のタイトルは『サガレン紀行』。（中略）訳者はドストエフスキーなどの翻訳もある三宅賢（みやけけん）で、版元は「大日本文明協會事務所」となっている。

刊行は賢治の樺太行きの二年後だから、旅の前に読んでいた可能性はない。樺太にやって来たときの賢治は、三十三年前にチェーホフが来ていたことをおそらく知らなかっただろう。自分と同じルートをたどって旅をしていたことを知ったら、きっと驚いたに違いない。

としている。

〈作品の印象〉

M：（直筆原稿のコピーを全員に手渡しして、）朗読のあとで、この作品の印象をそれぞれお聞きしたいと思います。

それでは、代表してOさん、朗読をお願いします。

O：（直筆原稿のコピーを見ながら、Oさんが朗読。）

旭川。

植民地風のこんな小馬車に
朝はやくひとり乗ることのたのしさ
「農事試験場まで行って下さい。」
「六條の十三丁目だ。」
馬の鈴は鳴り馭者は口を鳴らす。
黒布はゆれるしまるで十月の風だ。
一列馬をひく騎馬従卒のむれ、
この偶然の馬はハックニー
たてがみは火のやうにゆれる。
馬車の震動のこころよさ
この黒布はすべり過ぎた。
もっと引かないといけない
こんな小さな敏渉な馬を
朝早くから私は町をかけさす
それは必ず無上菩提にいたる
六條にいま曲れば

お、落葉松　落葉松　それから青く顫えるポプルス
この辺に來て大へん立派にやってゐる
殖民地風の官舎の一ならびや旭川中學校
馬車の屋根は黄と赤の縞で
もうほんたうにジプシイらしく
こんな小馬車を
誰がほしくないと云はうか。
乘馬の人が二人來る
そらが冷たく白いのに
この人は白い歯をむいて笑ってゐる。
バビロン柳、おほばことつめくさ。
みんなつめたい朝の露にみちてゐる。

M：ありがとうございました。この作品の印象は？
Mi：すごく馬車に乗りながら次々と変わっていく景色を描写しているように賢治さんの感覚というものもすごく飛び回っている、そういう印象です。とにかく言葉と情景が飛び回っているという印象、です。
O：トシさんが亡くなった傷心旅行の中で立ち寄った作品であるにも関わらず、すごくなんか明るい感じがする。「小岩井農場」とすごく作品が似てるなという印象。心象スケッチの手法をうまく取り入れ

ていて構成を考えてから書くんじゃなくて動きながら目に見て感じることを書き留めていく、という、だから、作品にスピード感があって景色が流れてものを見ているような印象を受ける作品だなっていう気がします。

S：すごく明るい作者の気持ちというか、旅を楽しんでいるなーっていうような印象をまず受けます。私は今、遠くに来ているよーっていうようなところで、私も旅行に行く度に、普段行かないようなところに行くと、どこまで行っても人って住んで居るんだなーっ、生活ってあるんだなーっていう風にいつも思うんですけど、この時の賢治もそんな感じだったのかなあーっていう気がします。普段自分の住んでいるところ、フィールドとしては岩手とか東京だとか、っていうところと全くかけ離れた北の、っていう賢治の中ではきっと死後の世界に近い北の方にやってきたっていう気持ちもあるのかなーとは思うんですけど、でも、そこまで来ても自分の故郷と同じように、自分の普段生活している北の方に人々が居て、そこで同じ様な生活を営んでいる。全く意識していないけれども来てみると同じように馬もいて、人もいて、馬車も走っていて、ということを改めて発見して楽しい気持ちになっているのかなーっていうような印象も受けます。馬のハックニーだとか自分と普段見慣れた馬の種類を発見してうれしいなー、とか、一方では普段見慣れない植民地風のところも目にすることができてっていうそうした日常身近にあるものと普段全く身近にはないものとが、それらを自分が今実際目の前に見て体験しているっていう喜びみたいなものも感じられるかなと思います。

Ka：まず、〈一列馬をひく騎馬従卒のむれ〉というところから、軍隊というか、軍都旭川っていうものを感じる。そして、当時の旭川を非常にどうだったのかなーと感じるんで、行ってみたいね、と、昔に

当時の第七師団（『旭川回顧録』口絵写真より）

戻って当時の頃をみてみたいなーというものを感じる。軍都（北鎮都市）というところから当時の時代背景だとか、あるいは、世界の情勢、戦争状態、その前、一九二三年ってあった、だから第一次世界大戦が終わって、二次大戦までの間でしょうけど、そういったものが、軍がそうやって馬に乗っているっていうのが普通の風景としてあったんだなーというのを感じる。最近では「ゴールデンカムイ」（野田サトル作。明治末期の北海道・樺太を舞台にした漫画。「週刊ヤングジャンプ」集英社、二〇一四年38号〜二〇二二年22・23合併号に連載。単行本は集英社刊全31巻。「マンガ大賞2016」、二〇二二年の日本漫画家協会賞コミック部門の大賞を受賞）っていうマンガかなんかあるんですけど、なんかそういう彷彿とさせるものがあるし、全体として詩なんですけど記録的な意味合いというものもあるんだなっていうのを感じますね。読んでいるだけでその時の時代の雰囲気っていうものを感じる。

　ちょっと調べてみると、詩というよりも、メモだとか、日記風だっていう風な意見も出てたんですけども、読んでみると非常に明るいタッチで、読んでいて非常に爽快な気持ちに僕はなりました。八月二日って書いてありましたけど、夏の旭川、午前中なんですね。汽車を降りて、そのあとというところで、そしてまた昼頃の汽車で樺太に向かうという状況の中でいると、〈たてがみ〉だとか、〈風〉だとか、〈ゆれる〉とか、自然な空気っていうものがすごく伝わってくる感じがある。

宮澤賢治がこうやってみるとこんな風な雰囲気になるんだなっていう、宮澤賢治の世界っていうものが創り出されているんだなーっていうのをこれを読んで感じますね。

旭川に来る、旭川に来たんだなっていうのは非常にうれしいなっていう感じもします。

とにかく爽快なさわやかな感じがしましたね。それと時代を感じるっていうところです。

＊

M：明るい印象があるということですが、どうしてなぜ明るいと思います？

ひとつには、楽しさやうれしさや喜びから来ているという話がありましたが。

Ka：描写自体が〈朝はやくひとり乗ることのたのしさ〉だとか〈馬の鈴は鳴り馭者は口を鳴らす。〉っていう、何かたのしいですよね。はずんでいる感じがしてくる感じが。

ただ、〈黒布〉だとか、あるいは〈十月の風〉、ちょっと確かにね全面的に明るいものではないんでしょうけどね、何か翳（かげ）りのみえるところもあるんだけど。

C：中村稔執筆「鑑賞」（伊藤信吉・伊藤整・井上靖・山本健吉編『中公文庫　日本の詩歌　18　宮沢賢治』中央公論社、昭和四十九年九月二十五日印刷、昭和四十九年十月十日発行、八一頁下段）で、

詩人と外界とがふれあい、詩人の心のひだが外界の変化につれて揺れ動く、そういった「小岩井農場」におけるような楽しさ

と言っているところがあります。

O：「小岩井農場」の心象スケッチの手法とすごく似ていて、動きながら目に触れたものとか感じたことを書き取っていく、それは同じなんだけど、「小岩井農場」との違いって、「小岩井農場」の方は括弧書きの自分の声って、結構、ブラックだっていうか、自分のドロドロした感情が入っちゃっていますので。

これって、ほんとに〈植民地風の〉〈小馬車〉に、〈殖民地風の官舎〉をみて、新しい街に来ている喜びというかそれだけで何かコトに対しての斜に構えたっていうか、逆側の心の声みたいなのが聞こえてこないところがほかの詩との違いなのかなっていう気がする。

M：ほかには、考えてみると、花巻から汽車と連絡船を乗り継いで、ようやく初めて目的を持って街をめぐるんですもんね。乗り継ぎ乗り継ぎで閉鎖的な空間からやっと広々とした空間へ出て目的地に向かって移動していることからくる**開放感**やこれから目的地で起きるかもしれないことへの**期待感**からでしょうかね。

Mi：それとやっぱり、すごく冷たい空気感が伝わってくるんだけど、車中ばかりずっと居て急に広い大地のところじゃないですか、それで空気がシンと冷えていて、すごく精神的に刺激があって、スカッとしたんじゃないかなって。空気感が冷たいのがすごく伝わってきますよ。明るいけど、旭川の冷たい空気、初秋の、それは感じるかな。

Ka：何か楽しそうですよね。やっぱりそうやって開放されたんかな。

Mi：開放感はあるでしょうね。やっぱり大きく息を吸いたくなるんじゃないですか。

旭川。

M：題名は何と読みます？　もっと正確に言うと、作者である宮澤賢治は意識の中で何と読んでいたんだと思います？　さらには、何と読むのがふさわしいと考えます？

一同：あさひかわ。

M：「あさひかわ」と「あさひがわ」がありますよね。私なんかは、その昔、汽車が到着したときの駅のホームでの放送が「アサイガワァー、アサイガワァー」と耳にしていたと記憶に残っています。また、高校に汽車通学していた頃に「あさひがわ駅」と「あさひかわ四条駅」で、濁音と清音の違いがあって、不思議に思った記憶があります。いつから変わったのか調べていませんけれども、今は「あさひかわ駅」で、看板類でのローマ字表記も「G」から「K」に変わったと思います。

C：確かに、二〇二〇年三月九日現在においてのインターネット上には、http://www.onitoge.org/tetsu/hakodate/97asahikawa.htm の「旭川駅」の項で、

かつては列車が到着すると「あさひがわ～、あさひがわ～」とアナウンスがあり、独特の旅情があったが、昭和六十三年三月に「゛」を取って「あさひかわ」に改称し、到着アナウンスも機械の声

に変わってしまった。

とあったりとか、http://sgutetuken.web.fc2.com/matiai/16/16_0101_asahikawa.htm の「会報16号—待合室をたずねて（13）旭川駅 - FC2」で、

> 開業当時の駅名は「あさひかわ」で、明治四十四年六月に「あさひがわ」と改名され、長く続いた。国鉄民営化後には、再び「あさひかわ」に戻り、かつて「あさひがわー」とダミ声が駅に響いていたことを知る人も少なくなった。

とある。

ただし、宮澤来旭当時に近い頃のこととして、遠藤千代造稿「第一章——徴兵検査で軍隊に」の中の「旭川第7師団に入隊［大正10年11月］」の節（同著『NF文庫ノンフィクション　陸軍工兵大尉の戦場　最前線を切り開く技術部隊の戦い』潮書房光人新社、二〇二一年二月二十二日第一刷発行、一八頁）に、一九二一（大正十）年十二月、列車が旭川停車場に到着した際に、

> 「あさひかわー、あさひかわー」駅員の知らせで旭川だな、下車だ。下車するホームを出れば駅前はきれいに踏み均(なら)してはいるが積雪は3尺もある。
> 旭川。

とある。ここで、同書の内容に関して踏まえておくことについて記しておくと、同稿「まえがき」（三頁）に、

子供の時代より今日までのあゆみは記録として書き留めておいたものではなく、私の記憶より引き出して書いたもので、その内容は事実と前後していたり、またある時点において多少の不一致もあると思うが、架空の記事や補足の記事は全くなく、すべて真実、との考えで書いたものである。

とある。また、同書の編者である遠藤桓稿「刊行にあたって」（五〜六頁）に、

戦後、着の身、着のままで戦地から復員したため、「まえがき」にあるように、参考資料などは皆無のまま記憶を頼りに書き始めたようである。

（中略）

父の3男の私が主な編者として纏める事にした。ただ余りにも年月が経過してしまい既に80年位前の内容になっており、文章だけではあまりに時代にそぐわない。多くの方々に理解していただけるようにできるだけ現代風に変更した。

とあり、さらに、同稿「編者あとがき」（三〇八頁）に、

原稿全てについて史実を元にほぼ年代順に構成を編集し直し、その根拠を、参考・引用文献として列挙したが、記載内容は極力原稿に忠実に纏めたつもりである。

（中略）

「あゆみ」の中で、記述内容が中断されている、と思われる箇所もいくつか見受けられたが、原稿に沿ってそのまま記述した。

とある。以上のことを押さえておいた上ではあるが、これが事実だとすると、宮澤来旭時において、開業当時の駅名である「あさひかわ」の名残からか、「か」と清音でアナウンスされていた可能性も示唆される。

そして、http://doctortt.sakura.ne.jp/station/ekimeihyo.html の「駅名標のはなし - Doctor"TT"」の「第2種　つり下げ用」の項では、

旭川駅の読みは明治三十一年開業当時は「あさひかわ」だったのに明治三十七年（ママ）になぜか「あさひがわ」に改称され、昭和六十三年になって漸く〝東旭川・新旭川〟と共に「元に戻った」経緯がある。昭和三十二年に仮乗降場として開業した旭川四条のほうはちゃんと「あさひかわよじょう」となっていて、隣駅表示との対比が面白い。当時、この辺りの事情を駅員に尋ねてみたところ、長らく放置されたのはやはり「駅掲示物の書き替えなどに掛かる費用」の問題だったという。

として旭川駅にあった隣駅表示のある駅名標の写真があり、証拠写真となっている。

その写真で「あさひがわ」と一行目に大きく平仮名である下三行目に小さく括弧で括って「旭川市」とあり、これだと市名もアサヒガワシと濁って読むと思われても不思議ではない。

さらに、北海道新聞社編『各駅停車 全国歴史散歩 1・2（上下合巻）北海道』（河出書房新社、昭和五十四年九月二十日初版印刷、昭和五十四年九月二十五日初版発行、五六頁右上の見出し）で「あさひがわ」と濁音のルビが振ってあるし、五七頁の下、欄外には、

旭川 明治31年開業。明治44年6月、「あさひかわ」を「あさひがわ」に改めた（国鉄道総局「北海道駅名の起源」）

とある。

Ka：「深川（ふかがわ）」とか「砂川（すながわ）」とか全部「ガワ」ですもんね。「新十津川（しんとつかわ）」は「カワ」か。

C：決定的なのは、当時、**宮澤が使用していた『時刻表』と同じである可能性のある『時刻表』**、もしくは、少なくとも**宮澤が使用していた頃の『時刻表』**の「驛名索引」（手塚猛昌編『公認汽車汽船旅行案内 大正十二年七月 第三四六號』旅行案内社、大正十二年六月二十八日印刷納本、大正十二年七月一日発行（大正十二年六月十五日現在となっている。使用した本は、三宅俊彦編著『復刻版 明治大正時刻表』新人物往来社、一九九八年九月十日印刷、一九九八年九月二十日第一刷発行の中の一冊である。）、二二頁）**で、「あさひがは」と濁音になっている**。

M：ということは、どうしてそうなったのかはもっと調べないとなりませんが、停車場名としては宮澤

来旭時には濁音であった、と。もし当時の時刻表か何か鉄道関係の資料などで停車場名の読みで市名として覚えていたとしたら、宮澤の意識の中では「あさひがわ」と濁音であった可能性があるかもしれないということになりますね。

ちなみに、岡山県にある川の名前も「あさひがわ」と濁音です。

C：この点に関して、二〇二〇年三月九日現在においてのインターネット上の、http://koarama101.blog.fc2.com/blog-entry-566.html の「駅舎の灯「あさひがわ」という駅」で、

国鉄時代、この旭川駅の読み方は、「あさひがわ」だった。近隣駅の新旭川、東旭川も同じように「あさひがわ」だった。ところが、北旭川と旭川四条は、何故か「あさひかわ」の読みが付いていた。一方、本家の旭川市は一貫して「あさひかわ」を名乗っている。どうして、この様な事になってしまったのだろう。当時、国鉄を信じて「あさひがわ」が正式名称なのかと思いこんでいた自分も浅墓だった。調べていくと、出発点の官営鉄道時代には、正しく「あさひかわ」だったものが、鉄道局への移管に際して「あさひがわ」に化けてしまっている。それを引き継いだ国鉄は、頑なに「あさひがわ」で押し通し、分割民営化翌年に全てがJR北海道の手によって「あさひかわ」に正されている。となると、北旭川と旭川四条はというと、国鉄時代に開設され、初めから「あさひかわ」だ。つまり、国鉄は確信犯だったということになる。日本国有鉄道時代には、駅名を付与する際の細々とした内部規定があったようだ。誤りを正す規定があったかは知らないが、そんなお役所仕事が駅名を正す機運を奪ってしまったのかもしれない。この点においては民営化に拍手を送りた

い。さすがに誤りの八十五年間は、色々な弊害を生んだことだろう。

とある。

特に、〈当時、国鉄を信じて「あさひがわ」が正式名称なのかと思いこんでいた〉とあり、こういう方が存在していたことになる。

M：ということは、この方は市名の正式な読みも「アサヒガワ」と濁音だと思っていたということになります。こういう方が他にもいらっしゃるかもしれないのではないでしょうか。これは、「大雪山」をほとんどの地元の人は普段「タイセツザン」と清音で言うのですが、正式には「ダイセツザン」と濁音であると知っている、という関係と似ていますよね。

それにしても、明治四十四（一九一一）年六月、官営鉄道から鉄道局への移管に際して、「あさひかわ」を「あさひがわ」に改めた、改名された経緯や理由などが謎ですね。

C：インターネット上では、だけれども、同前の「駅舎の灯「あさひがわ」という駅」の中の大木茂＃

編集「あさひがわ」の項で、

半世紀ほど前に利用していた頃、／「北海道の人がたは皆、『あさひがわ』って言ってたんでないかい」／／明治の初めに内地からやって来た／「官」が「あさひかわ」と名付けてみたが、／ちょっと東北弁混じりの〝北海道弁〟の人達は「がわ」と読んでしまった。／北海道という地方文化が力を持っていたからでしょう。／明治の終わりにようやく地元の人がたの言葉が認知されて／「官」

も「がわ」と呼ぶようになった…／のではないでしょうか？　何の根拠もない推測ですが。／／それから80年。石炭の煙にまみれていた「国鉄」も「昭和」もなくなり、／札幌も、旭川も…　東京とあまり変わらなくなってしまい、／中央文化の「あさひかわ」に戻ったのではないか、と思うのです。

とあったり、同じくこあらま #bhV1oT4A 編集「言葉は生きもの」の項で、

一九〇三（ママ）年に、なぜ駅名が変更されたのかが肝なのですが、どうしても調べがつきません。一一五年も前のことですから。／／ただ、判っていることは、／旭川発祥の地とされる旧東旭川の旭川兵村、その名を頂いた旭川神社。皆「かわ」でずっと来ています。／国鉄が「がわ」を継承した一九四九年の八年後には、「かわ」の旭川四条が誕生しています。／日本の旭川のうち「がわ」と読むのは、岡山県と徳島県の河川名くらいのようです。岡山のは一級河川です。北海道弁の故郷の一つ秋田県にも旭川の地名が数か所ありますが、何れも「かわ」です。／旭川をはじめとする道内の古株の親戚は、生まれた時から「かわ」だと言っています。／もちろん、若者は、いや私の道産子の上さんも、「あさひがわ」なんじゃそりゃです。／／これらから、勝手に推察すると、／鉄道局への移管に際して、岡山県辺りが出身の担当者が思わず「がわ」としてしまった。／地元に詳しくない駅名のインパクトが強い移住者が次第に増えて、「がわ」と呼ぶ人が増えて行った。／放置されたまま国鉄に引き継がれるが、国鉄でも放置。ただし、新駅だけは「かわ」で命名。／鉄道の凋落で、駅

名の影響が薄れ、地元でもオリジナルの「かわ」が主流に戻って行った。／そして国鉄と共に「あさひがわ」は消滅した。／ということでは。あくまで独断と偏見の推測です。

とある。

M：前者については、ほとんどの地元の人はずっと昔から「旭川」はもちろん「旭川駅」でも「かわ」と清音であって、「がわ」と濁音では言ったことはない、言わないと思います。後者は一理ある推察ですね。もっとシンプルに、岡山県の河川名を聞いたことがあり、知っていた担当者がつい間違ったなどの可能性もあるかもしれないですね。

ご存知の方もいらっしゃると思いますが、「宮澤賢治」の姓の読み方についても、一般的には「みやざわ」と濁音になってますが、正式には「みやさわ」と清音ですよね。

C：宮沢賢治著、宮沢清六・堀尾青史編『新版　宮沢賢治童話全集　1　ツェねずみ』（岩崎書店、一九七八年五月三十一日第一刷発行、一九八二年六月十日第八刷発行（及び宮沢賢治生誕百年の新装一九九五年九月二十日第二十五刷発行）、一五七頁）からだが、堀尾青史稿「作品案内」の最後に、

宮沢賢治（みやざわけんじ）の宮沢は、止（ただ）しくは「みやさわ」ですが、一般的（いっぱんてき）に「みやざわ」とにごって呼（よ）ばれていますので、本全集（ほんぜんしゅう）でもそのようにルビをふってあります。　（一九八〇・三）

とある。

その証左として、「書簡ナンバー14　大正五（一九一六）年〔三月十四日〕高橋秀松あて　葉書」（宮沢賢治著『【新】校本宮澤賢治全集　第十五巻　書簡　本文篇』筑摩書房、一九九五年十二月二十五日初版第一刷発行、一二二頁）で、差出人に、

岩手県花巻川口町　K. Miyasawa.

とあったり、「書簡ナンバー21　大正五（一九一六）年〔九月二日〕　保阪嘉内あて　葉書」（同前書、一二九頁）で、差出人に、

ウエノスタテオーン　ミヤサハ

などと見受けられる。

M：濁点が付く付かないというのは、全体的な傾向として東の方ほど濁点の付く可能性は高くて西の方が付かないことが多いということです。つまり、繰り返しになりますが、東日本が濁点の付くことが多く、西日本は濁点が付かないことが多いということです。

そこから考えてみたときに、正式には「ミヤサワ」と清音で濁点が付かないということが意味することは、宮澤家の先祖の出身地が西日本（関西方面？　京都方面？）であることの痕跡が名字の読み方に残っている、もっと言えば、痕跡を顕現している、ということになるのかもしれません。

C：貴重な証言として、宮沢和樹稿「第一章　「宮沢賢治」の実弟の孫」の中の「縄文人の末」の節（同著『わたしの宮沢賢治　祖父・清六と「賢治さん」』ソレイユ出版、二〇二一年一月三十日第一刷発行、四九〜五〇頁）に、

　聞いたところによると、もともとわが宮沢家のルーツは近江商人で、現在の滋賀県、琵琶湖のあたりに住んでいて、京都周辺で商売をしていたといいます。江戸中期ごろにこちら岩手県花巻市にやってきて、その当時は藤井という名字だったのを宮沢に変えたという話です。

　そこから、いくつにも分かれていったらしく、いろいろな「宮沢家」があるようなのです。

とある。

M：とにかく、「ミヤザワケンジ」と言ったときのイメージと、「ミヤサワケンジ」って言ったときのイメージって違うと思うんですよね。それと同じように、「アサヒガワ」って読み始めるのと、「アサヒカワ」って読み始めるのとは、違いますよね。

C：ほかの例では、『春と修羅』初版本の「風林」で〈柳澤（やなぎざわ）の杉はなつかしくコロイドよりも〉とあり、「やなぎざわ」と濁音の振り仮名がある。この点に関して、外山正稿「宮沢賢治　心象スケッチ　春と修羅完全版　朗読」の解説小冊子（ものがたりグループ☆ポランの会・TTAO（株）外山正建築士事務所、二〇二一年二月三十一日、九頁下段）で、

　柳沢のルビは自筆原稿で「やなぎざわ」とあるが「やなぎさわ」と読んだ。他にも「やなぎざわ」

のルビがあり悩ましいところである。

とある。

M：これらのように、濁音と清音とでは随分とイメージが違ってくるような気がします。「アサヒガワ」と「アサヒカワ」の語感からくるイメージの違いはどんなでしょうか。

C：一般論としては、金田一春彦稿「擬音語・擬態語概説」の中の「七　擬音語・擬態語の音と意味との関連」の節（浅野鶴子編『角川小辞典＝12　擬音語・擬態語辞典』角川書店、昭和五十三年四月二十日初版発行、二〇頁）で、

子音では、g z d b のような濁音は、鈍いもの、重いもの、大きいもの、汚いものを表し、一方、清音は、鋭いもの、軽いもの、小さいもの、美しいものを表す。コロコロとゴロゴロ、キラキラとギラギラ、サラサラとザラザラの対立などにそれが見られる。

とある。

Mi：私なんかだと、「アサヒガワ」って言うと、何か土着の感じがするし、「アサヒカワ」って言うと何か東京辺りの人が言うような、印象としてはそのぐらい何か違う感じがするので、私は屯田の四世なので、「アサヒガワ」って言うのがすごく馴染むんです。東京に行って暮らしていた時は「アサヒカワ」って言って向こうに合わせたというか。

O：「アサヒカワ」って言ったら「旭（あさひ）」の方に重き・重点がいって「カワ」が流す感じ。旭川。

それが、濁音が入ることによって変わってくる。「カ」を濁音にするとどうしても「サ」と「ヒ」を切って言わないと「ガ」に行かない。「アサ・ヒ・ガワ」って行くから「ガワ」の方が強くなって「川(かわ)」の方に重きがいくということで、どっちに重点を置くかっていう位置が変わってくるっていう気がするんですね。

Ka：まあ、「アサヒガワ」って言うとやっぱりまだ初期の開発された若い時のイメージなんですかね。やっぱりまだ成熟してないときの。だんだん都会になるにしたがって「アサヒカワ」になるって、まあそういう感じかな。

M：「事実というのは追求していけばいくほど遠ざかっていくものである。」と聞いたことがあるのを思い出していました。

結論としては、宮澤自身による振り仮名があるなど読み方が示されていない以上、「あさひかわ」も「あさひがわ」もどちらもあり得る。

もしかしたら、当時の時刻表や停車場にあった標識などから知って、宮澤は「あさひがわ」と読んでいたかもしれないけれど、我々としては、清音の方が作品全体の印象とも合うような気がしますし、イメージもいいいし、何より作品の内容から言って街の名前だと思われますから、街の名前の読みではずうっと「あさひかわ」と清音だと思うので、「あさひかわ」と読むのがふさわしいと考える。したがって、**「あさひかわ」と清音に読んでおくことにする**、ただし、濁音の可能性もあるっていうことで。

あとに出てくる〈旭川中學校〉も「あさひかわちゅうがっこう」と読む、としておくことにしましょう。

＊

O：タイトルが、なぜ「旭川市」でなくて、「旭川」なんでしょうね。札幌は「札幌市」ですよね。

M：そうですよね。何で「旭川」でなくて「旭川市」にしなかったんだろうね。何で「札幌」でなくて「札幌市」にしたんだろうね。

Mi：向こうの方が都会だったから。

C：歴史を紐解くと、「第二編　年表」の中の「第一章　年表」（旭川市編『旭川市史　第七巻』旭川市発行、昭和四十八年十二月一日発行）に拠ると、

明治二十三（一八九〇）年九月二十日　上川郡に旭川村をおく（六三五頁より）　→旭川村
明治三十三（一九〇〇）年八月三十一日　旭川村を旭川町と改称（六四五頁より）　→旭川町
（明治三十五（一九〇二）年四月一日　旭川町に一級町村制施行（六四七頁より）　→旭川町）
大正三（一九一四）年四月一日　旭川町に区制施行（六六一頁より）　→旭川区
大正十一（一九二二）年八月一日　市制施行（六七二頁より）　→旭川市

となっている。

M：となると、ひとつには、道内初の市のひとつとして旭川区に市制が施行されたのが、大正十一（一九二二）年八月一日で、宮澤来旭が大正十二（一九二三）年八月二日、ということで、ほぼ一年前に旭川

当時の旭川市役所（『旭川回顧録』口絵写真より）

区から旭川市になったばかり、という市制施行後間もない時期に来旭していたことが影響しているのかもしれませんね。どちらか曖昧になったのかな。

もっと言えば、いつの資料で覚えるかで「旭川村」「旭川町」「旭川区」「旭川市」と違ってくるわけだけど、どれもタイトルの響きとしてはいまひとつだよね。

O：韻かしら。「Sapporosi」は「sa」と「si」で子音が同じサ行で韻を踏んだ？「asahikawa」は「a」と「wa」で母音が同じ。

M：有り得るかもしんないな。

S：なんか納得できる。

M：感覚で付けることあるのかね。響きはあると思うね。きっと。

Mi：やっぱり「アサヒカワシ」よりも「アサヒカワ（マル）」の方が何かいい感じがする。何か叙情的な感じがあるじゃない。

O：据わりがいいですよね。

入沢康夫さんが、旭川セミナーの時、講演の中で、「旭川っていう風に言ってはいるけれど賢治の意識の中では、イーハトーブの中のひとつの地名のように使っているんじゃないかな。例えば花巻だったら「ハーナムキア」って言ってみたり、盛岡のことを「モーリオ」っていうみたいに、たぶんこの地名がイーハトーブの中のひとつの地名みたいな風に使ってるとも読めますね。」っていう話してましたよね。

「アーサヒカワ」とか。「旭川って漢字使ってるけど「アーサヒカワ」とか、わかんないけど。そういうことも考えられますね。」ってことを入沢さんがあの時言ってた気がする。

C：二〇〇三年十月四日（土曜日）サン・アザレア　三階ホールで開催された宮沢賢治学会地方セミナー in 旭川の入沢康夫さん講演「心象スケッチ「旭川」と、その前後」（九十二分）を録音したカセットテープで確認すると、入沢康夫さんは、「モリーオ」と例を挙げながら、「アサヒカーワ」、「アーサカーボ」とおっしゃっていた。

M：母音だけ並べてみると、「旭川市」は「aaiaai」と繰り返し単調で最後に音調が下がり、少し暗いイメージになって、「旭川」の方は「aaiaa」とリズミカルで最後に音調が上がり、明るいイメージになる気がします。「旭川」の方が作品の内容と合っているし、作品内容と響き合うよね。

一同：なるほど、響きを大切にしたのかもね。

M：ところで、旭川にとっては最終的に「旭川。」っていうタイトルでよかったよねー。

O：ほんとーですよねー。

ほかに、「旭川」と出てくる作品はどのくらいあるのかしら。

C：宮沢清六他編『【新】校本宮澤賢治全集　別巻　補遺・索引　索引篇』（筑摩書房、二〇〇九年三月十日初版第一刷発行）には六種類の索引が収載されている。それらに拠って、「旭川」と付く語の所在を調べてまとめてみると次の表のようになる。

用語	所在	作品名
旭川	② **463**：*200*（校異）	**「旭川」**：「旭川」
	⑫ **254**	**「柳沢」**
	⑯下（年譜）258	「旭川」
旭川中学校	② **464**	**「旭川」**
「旭川」	⑯下（年譜）258	「旭川」

これに拠ると、宮澤がその生涯の中で原稿に「旭川」と書いて今に残っている箇所は、太字で表示した三か所で全部である。

まずは、作品「旭川」で二か所。これは、題名の「旭川」と作品中の「旭川中学校」。

残りのあと一か所が「柳沢」の作品中に、

ふん、あいつはあの首に鬱金を巻きつけた旭川の兵隊上りだな、騎兵だから射的はまづい、それだから大丈夫外れ弾丸は来ない、といふのは変な理窟だ。

（宮沢賢治著『【新】校本宮澤賢治全集 第十二巻 童話［V］・劇・その他 本文篇』筑摩書房、一九九五年十一月二十五日初版第一刷発行、二五四頁より）

と登場してくる（なお、同書二五五頁の同作品中に、〈力いっぱい声かぎり、夜風はいのりを運び去りはるかにはるかにオホックの黒い波間を越えて行く。〉と「オホーック」もみえる)。

榊昌子稿「第七章「柳沢」」の中の「六、大正10年8月25日――この日に発想された「かしはばやしの夜」に「柳沢」と共通の題材が使われること――」(同著『宮沢賢治「初期短篇綴」の世界』無明舎出版、二〇〇〇年六月三十日初版発行、一五六〜一五七頁)で、

「柳沢」で役人の部屋へ自家製の葡萄酒を持参した男は、「首に鬱金を巻きつけた旭川の兵隊上り」であった。

(中略)

岩手山麓で、モデルとなった人物との邂逅が現実にあったのではないかと思われる。

さらに、同章の中の「十、昭和5、6年頃――「三三〇〔うとうとするとひやりとくる〕」の改稿形に「柳沢」の題材が使われること――」(一六五頁)で、

東京からやってきた帝室林野局の役人二人が、現地の案内人兼助手として、「寅松」という鬱金のきれを首に巻いた男を雇う。

としている。

〈鬱金〉のモチーフに〝旭川のイメージ〟が幾分なりとも引っ付いているのだとしたら、『注文の多い

料理店』の目次で〈一九二一・八・二五〉と日付が付されている「かしはばやしの夜」の〈鬱金（うこん）しやつぽ〉にもそうだろうと考えられる。さらには、〈葡萄酒〉、〈密造〉、〈兵隊上り〉と〝旭川のイメージ〟が頭の中の片隅で若干なりとも重なりがあった可能性もある。

*

M：ここで、基本的なことを押さえておくことにしましょう。
　この作品は、

①**叙事詩**的傾向が濃い。
②口語体が用いられており、**口語自由詩**形である。
③仮名づかいは、古典仮名づかい（「やうに」「ゐる」「ほんたうに」「云はうか」）と現代仮名づかい（促音が小文字、「顫へる」が「顫える」）が混用されている。
④漢字の字体は、旧字体（「乘」「驗」「條」「者」「黑」「從」「來」「學」「黃」は、それぞれ「乗」「験」「条」「者」「黒」「従」「来」「学」「黄」の旧字体）と新字体（「朝」「青」「辺」「歯」は、それぞれ「朝」「青」「邊」「齒」の新字体）が混用されている。
⑤作者常用の特殊な字体等（いわゆる書き癖）は、五文字（「乘」「場」「顫」「派」「笑」は、それぞれ「乘」「場」「顫」「派」「笑」の癖字）みられる。

次に、確認のため「旭川。」の新校本全集の校異を見ておきたいと思います。

C：宮沢賢治著『【新】校本宮澤賢治全集　第二巻　詩［Ⅰ］校異篇』（前出書、二〇〇頁下段〜二〇一頁上段）に、

旭川（本文四六三〜四六四頁）

現存稿は、清書後手入稿、一。生前発表なし。

《清書後手入稿》「丸善特製　二」原稿用紙のおもてマス目に青っぽいブルーブラックインクで清書したもの、二枚。ただし、第一葉のはじめ二行分のマス目は詩「駒ヶ岳」の末尾で占められ、第三、四行目は空白。第二葉ははじめ九行分のマス目に本作品の末尾が書かれ、あとは空白。

推敲は、濃いブルーブラックインクによる題名の書き直しのみ。

題名（最初、二字下ゲで「《　旭川。》」と書かれたのを、濃いインクで消してその下のマス目に　旭川。と書き直している）

《本文》　右現存稿の最終形態に拠る。

とある。

M：原稿の執筆の段階についての推理で、違っているかもしれないですけど、ここに、自筆草稿である

〈現存稿は、清書後手入稿〉とあり、いろいろな段階があるようです。

①まず、手帳等のメモなどから原稿に起こし、〈青っぽいブルーブラックインクで清書した〉段階。

②「宗谷挽歌」のように同じく青っぽいブルーブラックインクで清書したものだけれども、作品別に紙を変えてあって日付が付されていた段階。

③次に、同じく青っぽいブルーブラックインクで清書したものだが、それぞれ作品毎に紙を変えずに「津軽海峡」→「駒ヶ岳」→「旭川」のように、続けて清書した時があったことが窺われる段階。

そもそも〈欄外左下に「丸善特製　二」と印刷されたセピア罫六百字詰（25字×12行×2）原稿用紙〉は〈用紙の25字×12行という字詰めが、初版本本文の活字の組み方と合致していることで、原稿用紙の右半・左半が、それぞれ、そのまま初版本の各一頁に相当するように書かれ、紙を二つに折って重ねて綴じれば、詩集の雛型になる仕組みになっている。〉（同前書一一頁上段から下段より）この前提があった上で、〈頁ノンブルがなく、題名の書き方等も詩集印刷用原稿とは異なるもの〉（同一八九頁上段より）となっていることから、これは初期段階のどこかでは、はじめの方のプランでの試し書きとして、詩集のイメージを掴むために粗々詩集形式に清書してみた名残なのかもしれませんよね。そういう意味では一時期「旭川。」も含めこれらの作品が詩集に入る構想もあったことになるとも言えましょうかね。「旭川。」も本当に作品として気に入らなかったとしたら現存稿も破棄して存在せず、現在私たちが目にすることはなかったろう、と思うのです。

また、「津軽海峡」→「駒ヶ岳」→「旭川」と続けて清書したので〈第一葉のはじめ二行分のマス目は詩「駒ヶ岳」の末尾で占められ、第三、四行目は空白。〉はわかるとして、〈第二葉ははじめ九行分のマス目に本作品の末尾が書かれ〉ているまではいいとして、〈あとは空白〉となっているのは何故なのでしょうか。「宗谷挽歌」などが続けて書かれていないのは何故なのでしょう。25字×12行×2の原稿用紙なので、左半分以上が空白になっていることになる。作業を中止した？　だとしたら何故？　ここで何かがあったのではないでしょうか。何が起こっていたのでしょう。謎です。

なお、これは夢物語ですけれども、入沢康夫氏は、〈現存第一一五葉〉は〈「オホーツク挽歌」の末尾24行（悼んでゐるかと遠いひとびとの表情が言ひ）以下〉で、〈第一一五葉一枚に差しかえられてしまった元の四枚は、どのような内容のものであったろうかについて、考えられる〉場合の一つとして、〈「オホーツク挽歌」が今よりもいく分長く（あるいは短く）、そのほかに、さらに一篇（または二篇）の、別な作品が入っていた。〉としている（同一八四頁上段から下段より）。「オホーツク挽歌」の中に回想的に「旭川。」が部分的にでも嵌め込まれていた、あるいは、「旭川。」が入っていたとしたら、と、想像してみるだけでも、さらに一層味わい深くなり面白いですよね。

④次の段階では、「青森挽歌　三」のようにブルーブラックインクで清書したものがあります。

⑤さらには「オホーツク挽歌」の詩集印刷用原稿清書時の書きかけ断片のように黒インクのものもあります。

このように何度か清書を、区切りの形を変えたり、インクを変えてたりして為されていったのではないでしょうか。

面白い現象として、原稿を清書し直す度毎にだんだんインクの色が濃くなっていっているように思えます。だとしたら、ですが、意識的になのか、自然の成り行きでこうなっていくものなのでしょうか。「オホーツク挽歌」を除いて、これら五篇の作品は詩集に採られなかった作品で、詩集印刷用原稿にまで到達せずにこの状態で取り残されて、現在では「『春と修羅』補遺」と括られて扱われるものになっています。

というところで、心象スケッチ「旭川。」の執筆時期についてなのですが、直筆原稿には日付が記されていません。作品の内容や現存する草稿の続き具合、前後の作品の日付等を勘案しての推定で、**大正十二(一九二三)年八月二日(木曜日)に旭川を訪れた実体験に基づき作品を創作したもの**とすることで間違いない、としているところです。

これと、『春と修羅』の「序」の日付が大正十三年一月二十日(印刷日付が大正十三年三月二十五日、発行日付が大正十三年四月二十日)となっていることを考え合わせると、「旭川。」の直筆原稿は、大正十二年八月二日から大正十三年一月二十日までの五か月半少しの間に、初稿が書かれ、おそらく何度も手入れ稿・手直し稿があって、現存草稿が書かれた、と思われるのです。

そこからさらに切り分けて、もう少し原稿の執筆時期を類推しておくことにすると、

1　初稿の執筆は大正十二年八月か
2　幾度も手入れ稿・手直し稿があったか
3　現存草稿の執筆は大正十二年九月から大正十三年一月の間か

としておきましょうか。

＊

M：次に、五篇の題名の書き直しのところについてなんですが…。
C：清書後、〈濃いブルーブラックインク〉で〈題名の書き直しのみ〉の〈推敲〉を施した。その結果として、残されている原稿の見た目では、題名のところが、〈最初、一字下ゲで「（（　旭川。））」と書かれたのを、濃いインクで消してその下のマス目に　旭川。　と書き直している〉ように見える。ここで、最初、二重括弧、一文字分ほどのスペースがあって、旭川。二重括弧、と一度書いたのを消してある、とある。
　あとの四篇も、いずれも〈最初〉、〈一字下ゲで「（（　青森挽歌　三））」と記してあったのを、濃いブルーブラックインクで消して、一行目のマス目に七字下ゲで　青森挽歌　三、と書き直している。〉「津軽海峡」（日付あり）、「駒ヶ岳」（七字下ゲではなく一字あけて）、「宗谷挽歌」（日付あり）となっていて、ほぼ同様の書き直し跡であり、いずれも最初に書いてあった題名と同じ題名としている。
Ka：「旭川。」ってそのまま変わらなかったんであれば、二重括弧だけ消せばいいのに何で全部消したんですかね。

M：すごい消し方ですよね。見えないくらいの感じで消していますよね。

O：それともこの消したのは、詩集『春と修羅』に入れないから、これは一回ボツっていう意味で消したのかな。だけども、あとからタイトルわかんなくならないようにもう一回書いておいた。

M：そういうのもあるのかな。

Mi：やけになって消したんじゃない？「えーい、もう、ボツだーっ」とか言って。

M：題名を検討していた痕跡だとした場合であるならば、検討の途中では「旭川。」の題名の候補として二文字は短いので四文字くらいのが頭をよぎっていて、例えば「旭川挽歌」であるとか「無上菩提」であるとかが頭の片隅で一瞬でも浮かんでいたことがあったのでしょうかね。

書き順としては、この五篇には、題名が一旦書いてあって、そのあとに二重括弧で括って、のちに二重括弧ごと消して題名を書いた、のではないでしょうか。

この二重括弧の意味は何なのか、タイトルやその他などに二重括弧がある他の作品の例を集めてみると共通点はあるのか、何を意味しているのか手がかりになるかも。そして、なぜ一度書いたのを消したのか。もう少しあとで考えてみましょう。

上の二重括弧のあとに一文字分ほどのスペースがあることについてなのですが、何か意味があるのかと思いましたが、五篇同じように上の二重括弧の次にひとます程度空きがあるのを見ると、どうも**宮澤**

の書き癖たぐいのようですね。無意識的な気持ちとしては、そこに何かいれられる隙間をとったとも考えられますかね。

ここで、あくまで五篇の中での違いなのですが、「旭川。」における他の四篇との違いは、次の三点ですね。

①最初に題名を書くときに一字下ゲではなく二字下ゲと一字分多いこと。
②下に題名を書き直すときに七字下ゲではなく（「駒ヶ岳」は七字下ゲではなく一字あけて）すぐ下のマス目に書いていること。
③題名に句点「。」を付していること。

それぞれの理由を考えてみると、

①の題名「旭川。」が他の題名に比べて、ひとマス下がっているのは、他の題名とくらべて二文字と文字数が少なく、本文全体とのバランスから位置取られた結果でしょうかね。
②は題名の書き直し時期が違うことを示していて、迷いの跡や検討時間の違いからきているのかもしれませんね。
③は題名が二文字で、「津軽海峡」→「駒ヶ岳」→「旭川」と、他の作品と並べて書いているうち

に短いことが影響して、つい句点「。」と付けたくなったのかな。

③の題名に句点を付していることについて、これから検討していきましょう。

＊

M：それでは、新校本全集で確認しておくことからはじめてみましょう。

先程の校異に、題名は、〈最初、二字下ゲで「(　旭川。)」と書かれたのを、濃いインクで消してその下のマス目に　旭川。　と書き直している〉とあり、《《本文》　右現存稿の最終形態に拠る。》とあるのですから、厳密に言えば、最終形態である〈旭川。〉と、「旭川」に句点が付いたのが正式な題名だと思うのですが、研究者用とも言われるテキストの新校本全集の本文でも〈旭川〉としていて句点が付いていないと思いますがどうなのか、その理由も含めてどうでしょうか。

C：宮沢賢治著『【新】校本宮澤賢治全集　第二巻　詩［Ⅰ］本文篇』（筑摩書房、一九九五年七月二十五日初版第一刷発行、四六三頁）に、題名が〈旭川〉とある。句点は付いていない。

その扱いについて同書「凡例」の「八」（xxiii頁）に、

童話題名の末尾に草稿では句点が付されているものは、本文では句点をはずすことにしたが、この校訂はいちいち断らない。

詩の題名については、同様に不明あるいは無題の場合、便宜上第一行を〔　〕で括ったものを以

て、題名の代用とする。この場合も第一行末尾に句点が付されているものは、代用題名から句点を
　はずすことにした。

とある。

M：〈童話題名〉とあって、詩の題名に句点がある場合の扱いについて明記されてはいないけれども、〈詩の題名については、同様に〉とか〈この場合も〉の「も」で読み込むということなのでしょうか。
　童話や詩の題名に句点を付けない扱いにした理由や根拠等についても記されていないのですが、

①題名に句点が付かないのが一般常識や慣例等だから
②代用題名で行末の句点をはずすのは何となく理解できるのでそれに合わせたから
③両方の理由から

ということで、こういう扱いとしたものでしょうかね。

＊

M：とにもかくにも、直筆原稿では題名は〈旭川。〉となっています。
　なぜタイトルの最後に丸なのでしょうか。タイトルに丸をつけている作品は他にあるのでしょうか。
何か意味が込められているのでしょうか。特に意味はないのでしょうか。

I：今ならモーニング娘。とか、名詞や固有名詞で終わるタイトルの最後にマルを付けるのがあるけどね。
Z：何気なく付けたんじゃないの。
K：違う。何かあると思う。
S：でも何かわかんない。本人に聞くしかないですね。
M：題名にマルを付けるのは、単に宮澤の書き癖みたいなところがあるようですね。というのも、直筆原稿の写しなんかを見てみると結構宮澤は題名の最後に「。」を付けています。
C：「めくらぶだうと虹」の直筆原稿の精密複製で題名のところをみると、〈めくらぶだうと虹。〉とあり、題名の最後に「。」を付けていること、また、「。」を「虹」の次のマスではなく「虹」と同じひとマスの中の右下ハジに書いていることがわかる。

宮澤の他の作品の題名でも、例えば、宮沢賢治著『【新】校本宮澤賢治全集　第十二巻　童話［V］・劇・その他　本文篇』（前出書）の口絵の直筆原稿写真をみると、「丹藤川。」「家長制度。」「女。」「あけがた。」のようにタイトルに「。」がみえる。

また、宮沢賢治著『【新】校本宮澤賢治全集　第十二巻　童話［V］・劇・その他　校異篇』（筑摩書房、一九九五年十一月二十五日初版第一刷発行、四二～四七頁）に拠ると、「やまなし」の題が〈やまなし。〉と句点を付けていたのを後で削除しているとあるし、章題でも〈一、五月。〉とあったのを後で句点を削除している。同じ章題でもあとの方は〈二、十二月、〉とあって、読点を付けていたのを後に削除している。

他にも、直筆原稿の写しを観ると、「よだか。」とか、「さるのこしかけ。」「エレキ楊。」「エレキやなぎ。」とかあり、これだけあると、よく見掛けられる現象のひとつとして良いようである。

以上のように宮澤はしばしば題名の最後に「。」を付している。「。」は書き癖みたいなものとしてよいと思われる。

M：**題名（タイトル）の最後に「。（句点）」を付けるのは宮澤の書き癖の一種である**と言っていいようですね。

題名の最後に「。」を付す、というのは書き癖だろうけれども、書き癖だとして、もう一歩踏み込んで、その意識の淵源は？　とたずねてみたくなりますね。何故なのか見極めてみたい気もしてきますよね。

なんでそういう書き癖。どういう意識、どういう意が込もったら、そういう書き癖になっちゃうんでしょうか、っていう、どう思います。タイトルのあとにマルを書く癖があるんです。普通付けないじゃないですか、どっちかっていうと。だけど付ける癖がある。なぜマルを付けたくなるのか、どういう意識なのか気持ちなのか、そこらへんどう思います。タイトルにマルを付けるんですよね。

S：タイトルだと思ってない。文だと思ってる。私もマル付けないと気持ち悪いほうなんですよね。タイトルはつけないです。文章書いてメモをする時でも一文書くとマル書くんですよね。あまりそのままにしておくことはないので一文終わったあとにマルを付けるのが癖になっているっていうのはわかるんですよ。タイトルに付けたことはないので、そこはひょっとしたらタイトルじゃなくてそれも文っていう風に意識なのか無意識なのか、かもしれない、と思ったりします。

Mi：私は反対にそういうメモとか書いた時に、たとえ文であってもテン、マルはほとんど付けません。

S：私、付けるんです。

Mi：私、付けないから、よし、これで決まった、これで書くぞ、みたいな、そういう感じかなって思ったんだけど。

O：仕事をしてると、今、色んな連絡がほとんどみんなメールで文章打ったりするんですけど、タイトルにマルを入れることは絶対にない、ですね。何月何日の何々歌劇についてマル、っとかっていう風なタイトルにはしないなー。

S：でも、「ついて」だったら、私、マル入れるかもしんない。

一同：えーッ！　そうーッ。

S：件名でも、私、マル入れるような気がする。そこで文が終わるから、マルを付けたくなる。一文がそこで切れるから、そこで一応終わりっ、ていう感覚です、私は。

O：付けないですよね。普通。人によって感覚が違うんですね。

Mi：私は、何々しました、何々します、そういう一つの文の終わりでなければマルは付けない。

S：ついて、で一箇終わってるじゃないですか。

M：ここで終わり、と。

S：区切りにしたい。区切りなので、区切りにはマルを付けたいです、私は。

M：それで、もう、一つの文だから、かー。そういう感覚かー。

Mi：気合いかなーって思ったのは違う？　これで行くぞっ、ていう。よしこの「旭川」っていう題名でいくぞっていう気合いが入って。

O：マル打つことで「旭川」の下に何もつけない。「旭川」って残してマルつけないでおくとその下に

「旭川と馬車」とかこう変えられるけど、もう絶対ここで終わり変えないってなったらマル付けちゃうのかもしれない。
M：題名を「旭川挽歌」とかにできないように？　いずれにしても、**区切りを着けたい意識の表われ**でいいのか。

＊

M：作品中の句点も、付けているところと、付いてもおかしくないところでも付いてないのと、規則不明ですよね。
C：そのことについて考えるに当たってのヒントのひとつとして、参考までに、歌人の岡井隆稿「「歌稿A」に関する覚え書」（同著『文語詩人 宮沢賢治』筑摩書房、一九九〇年四月二十五日初版第一刷発行、一〇八〜〇九頁）で、

賢治の歌（『全集』第一巻）をみると、「雑誌発表の短歌」というのがあって、校友会雑誌とか同人雑誌に出した歌が見える。二十歳大正五年の作品に、

暮れてゆく、奈良の宿屋に、ひたひたと、せまりぬるかな、空（そら）の銀鼠（ぎんねずみ）。

がある。この句読点のうちかた。短歌に句読点をうつという意識。これが、どこまで賢治の自主的

な企てであったかは、わからない。しかし、すくなくとも、一行に書き下す古典そのままの意識は、すでにこの高等農林の学生にさえ、うたがわれていた。短歌史にくわしい人が、明治四十五年刊の『空穂歌集』（窪田空穂）の「青みゆく空」の句読点の試みをあげている。空穂の時代の、「形式との闘い」「散文精神との混沌とした交錯」の一例としてあげている（『現代短歌全集』第二巻の武川忠一の解説）のだが、空穂の歌の中に、ちょうど対応する材料のものがあるので「青みゆく空」の一首を挙げておく。

あをによし寧楽の都の鐘の音の澄みて鳴るなり、この春の夜を。　空穂

いうまでもなく、両者の作品の内実の差違は明らかである。わたしは、今、表記の点だけを言ったが、それは、句読点一つうつにしても、分ち書きするにしても、個人の企てというより、時代の企画する力が大きいことを言いたいがために外ならない。

歌人宮沢賢治の短歌は、終生ついに一本にまとめられて世に問われることなく終った。だから、その時代の短歌に直接その影響を及ぼすことはなかった。賢治の歌は、その時代の短歌から、多くのものを汲むことによって成立している。

と言っているのがある。

M：〈時代の企画する力〉が関与しているとしています。それとも、シンプルに個人的な区切りをつけ

たい意識のあらわれ、区切る調子が出た結果等いろいろと考えられるのですが。
C：恩田逸夫注釈「補注　一一九」、『日本近代文学大系　第36巻　高村光太郎・宮澤賢治集』（前出書、四七〇頁上段）で、〈賢治がいつごろ、哀果の作品に触れたかは明らかではないが、関心を持ったと思われる点はいくつか考えられる。〉として、〈土岐哀果の第二歌集『黄昏』（東雲堂、明45・2・28）〉も採り挙げており、

『黄昏』の作品はすべて三行書きで、句読点がつき、作品の内容に応じて上げ下げがある。この点も、賢治の短歌の行分けや詩の行の上げ下げなどに示唆を与えていると思われる。

としている。
M：そうだとすると、〈土岐哀果の第二歌集『黄昏』（東雲堂、明45・2・28）〉に〈句読点がつき〉、それが、〈賢治の〉〈詩〉「旭川。」にも〈示唆を与えている〉可能性があると捉えることになりますね。
C：この時代性について、当時、旭川という一地方に居て、宮澤賢治と同じ時代を生きていた同時代詩人のひとりである小熊秀雄（一九〇一（明治三十四）年九月九日――一九四〇（昭和十五）年十一月二十日、満三十九歳で没）の詩作品で観てみる。
　小熊秀雄著、中野重治・小野十三郎・土方定一監修、小田切秀雄・佐藤喜一・木島始・谷口広志編『新版　小熊秀雄全集　第一巻』（創樹社、一九九〇年十一月十五日新版・第一刷発行）に掲出されている小熊秀雄の初期詩篇のうちで宮澤来旭日の大正十二年八月二日以前に限ると、一一〜四一頁でみられる大正十二年

一月十五日〜大正十二年七月十九日までの十八作品である。
同書八頁の凡例に、

1　校訂は現在可能な限り初出原典、元原稿にあたった。（中略）
3　句読点の用法で、ふつう段階の末尾を句点でしめくくるところを、読点でしめくくり、或いはつなげる著者の特殊な用法はそのままにした。

とあり、同書巻末の編集委員会・編集部稿「解題」（五三一頁上段）で、

本巻の底本としては、すべて初出誌および生原稿によったが、初出誌の発見されなかったものについては、『小熊秀雄全詩集』によったものもある。

とある。なお、この中で一作品だけ初出誌が未詳とあり（ほかは全て「旭川新聞」）、同書五三三頁上段に、

「未詳」と記したものは、現時点では初出誌が分からず、小熊家保存の切り抜きを底本とした

とある。
以上を踏まえた上で、これらの詩作品における句点の有無を調べてみると、十八作品のうち、全く句

点のない作品が十一作品みられるものの、残りの七作品で句点がみられる。
M：大正十二年という同時代の小熊秀雄の詩作品において、句点の使用が多くはないがみられる、ということですね。

いわゆる詩形式の作品には句点を付けないのが普通であると一般的に思われているように思いますが、『春と修羅』の中においても、句点が付いている作品がみられます。

C：宮澤賢治著（作）『心象スツ（ママ）ケチ（詩集）　春と修羅　大正十一、二年』（關根書店、大正十三年三月廿五日印刷、大正十三年四月二十日發行）では、全部で二作品、五か所。ほぼ前半の中であって、次のようにみられる。

もう入口だ〔小岩井農場〕
　（いつものとほりだ）
混（こ）んだ野ばらやあけびのやぶ
〔もの賣りきのことりお斷り申し候〕
　（いつものとほりだ　ぢき醫院もある）
〔禁獵區〕ふん　いつものとほりだ。
　（中略）
荷馬車がたしか三臺とまつてゐる
生（なま）な松の丸太がいつぱいにつまれ
陽（ひ）がいつかこつそりおりてきて

あたらしいテレピン油の蒸氣壓(じやうきあつ)
一臺だけがあいている。
けれどもこれは樹や枝のかげでなくて
しめつた黒い腐食質と
石竹(せきちく)いろの花のかけら
さくらの並樹になつたのだ
こんなしづかなめまぐるしさ。
（「小岩井農場　パート三」一九二二（大正十一）年五月二十一日に三か所。七六～八〇頁より。〔　〕は原文）

水蒸氣を含んだ風が
駒ヶ嶽にぶつつかつて
上にあがり、
あんなに雲になつたのです。

（中略）

とにかくあくびと影ばうし
空のあの邊の星は微かな散點
すなはち空の模樣がちがつてゐる
そして今度は月が蹇(ちぢ)まる。

（「東岩手火山」一九二二（大正十一）年九月十八日に二か所。一五二〜一六七頁より）

M：ここでも、作品本文中の句点の数は全体からみると非常に少ない、と言っていいですよね。多くの場合は普通どおり、句点は付いていないのですが、まるで、区切りたい気分の場合、間を入れたい場合、思い（想い・念い）を入れたい・何かの思い（想い・念い）が込もっている場合などのときに句点が付いていていたいようです。

ことは、いわゆる詩形式の作品においてだけではなくて、宮沢賢治著『【新】校本宮澤賢治全集 第十二巻 童話［V］・劇・その他 校異篇』（前出書、四四〜四七頁）に拠ると、「やまなし」における文末の句点では、随分句点を無しにしていて、全集編纂委員の註で〈行末の故か〉とか、付記で〈作品末尾部で、しきりに句点が省かれたり、読点に代えられたりしているが、その大部分は作者の推敲ではなく、新聞社の手持活字の句点が不足したことの結果と考えられる。〉とあるけれども、〈その人部分は〉とあるように、活字不足とばかり言えないような、宮澤が無意識的・自然にというか、意識的・意図的にというか、句点を付けていない箇所があるようにも思えて、作品「旭川。」における文末とかの通常、句点があってもいいところに句点が無い箇所があるのと何か関連があるのかもしれないですよね。

テン、マルが付くか付かないかで、呼吸が違うと思うんですよね。本人の書いていたときの息が伝わり出てくるところなのかもしれないですね。

Mi：心の調子ですよね。彼のリズムっていうのが。

M：文の終わりと思える〈それは必ず無上菩提にいたる〉にマルがないんだけど、マルがあるときとないときの気持ちって、どうなのでしょうか。

Ka：違っているのかどうか、まあそうなのかもしれない。違って意識して書いているのかも、意識っていうか無意識のうちに意識してるのかもしれないですね。意識してないっていうのがひとつと、そういう人いますよね。はやく書きたい、ほんとに感情のままにそれを表わしてるんだったらそういうことも言えるんですよね。書いてない、マル付けてないときは、区切ろうとはしていないっていうような何かもっと軽いとか、もっとやわらかいとかかもしれないですね。付けているときは完璧に切ってるっていう感じ、そうなんでしょうね。もし表現してるんだったら。

基本的には「いやーなんも適当にそのときのあれで付けたんだべ」とか、「忘れたんだべ」、ぐらいな話なんだけど、そうじゃないとしたら、重大なことになってくる。気を付けなければいけない、そういう話になってきますね。

M：変な言い方かもしれないけれど、**作品が句点を求める**。**作品の方から句点を要求してくる**。**句点が付きたいと言った時に付けている**。そんなような句点の運用の仕方になっている気がします。

Ka：なるほど。このマルっていうのが何か意味があるもののような気がしてきました。いままで全然そんなこと気にもしなかったけど。そういうところで、付けてたんじゃないだろうか、マルを。そんな気すらしてきました。だって、天才ですもんね、宮澤賢治って、きっと。そういう息づかいでこうマル付けてんじゃないかなっていう気がします。

＊

M：ここからは、二重括弧という印の意味について考えてみましょう。
これは**検討する印し**か何かでしょうか。どうでしょうかね。

C：平尾隆弘稿「第五章　詩集『春と修羅』の成立」（同著『宮沢賢治』国文社、一九七八年十一月二十日初版第一刷発行、一二三頁）で、『春と修羅』に、

> 日付が二重括弧で囲まれた詩篇が七篇ある。順に「春と修羅」「真空溶媒」「青い槍の葉」「原体剣舞連」、それに「無聲慟哭」の三部作である。賢治は、自註である作品日付がなにを意味するか語っていない。そうである以上、ぼくらは、天沢たちと同様、詩篇の日付をすべて疑ってかからねばならない。とりわけ、二重括弧のついた作品は、その日付が、詩篇の成立した日時を示しているのではないことを確認する必要がある。「無聲慟哭」詩篇と「真空溶媒」とをのぞき、二重括弧でくくられた作品がすべて「mental sketch modified」と副題されていることは、この前提を裏付けている。

としている。

また、入沢康夫稿「後記」の中の「解説」（宮沢賢治著、宮沢清六・入沢康夫・天沢退二郎編『新修　宮沢賢治全集　第二巻　詩Ⅰ』筑摩書房、一九七九年六月十五日初版第一刷発行、三六〇頁）で、

> この二重括弧にこめられた意味も、まだ十分には解かれていない。とりあえず考えられるのは、こ

の七篇の日付は、作中に書かれている事件や体験の日付であり、作品は現場のスケッチからではなく、後日に、その現場の回想、つまり時間をさかのぼってスケッチされたものから、出発しているのではないかということだが、この点についてはまだ確証はないのである。

としている。

さらに、入沢康夫稿「エッセイ・賢治を愉しむために　『春と修羅』の新たな謎」（宮沢賢治著、天沢退二郎・入沢康夫監修、栗原敦・杉浦静編集委員、宮沢家編集協力『宮沢賢治コレクション6　春と修羅——詩Ⅰ』筑摩書房、二〇一七年八月二十五日初版第一刷発行、三七〇頁）では、

賢治のいわゆる「心象スケッチ」の一つの特色として、その一篇一篇に日付が付されていて、その日付は、そこに描き出された情景や出来事から見て、作品の完成・脱稿の日を示すのではなく、どうやら発想・着手の日付らしい、というのがほぼ安定した一般的理解になっている。（中略）『春と修羅』（いわゆる第一集）では、日付は本文の作品にではなく、巻末の「目次」で、個々の作品題名下に、括弧に入れて記されているのだが、六十九篇の本文作品のうち、その括弧が二重括弧になっているものが七篇あって、その使い分けの理由が、（中略）傍題付きの場合、これらは単なる心象スケッチではないという作者の心づもりであろう。また妹トシの死の当日の日付をもつ三篇は、発想は当日としても着手は何日か後だったのだろう。この二重括弧の日付の意味づけは、一応こういった所でおさまっているようだ。

としている。
M：つまり、何らかのファクターが加わるなどしてそのままストレートじゃない訳ありのときに使っているようで「通常ではない」ということを意味していそうですが、では、どう通常ではないのでしょうかね。

木佐敬久稿「長篇評論　宮沢賢治とシベリア出兵（その2）　第2章　夢の中のシベリア出兵――「花椰菜」論――」（同編「詩・評論・エッセイ　天秤宮　第2号」一九九〇年十一月発行、一四七頁上段）で、〈詩集『春と修羅』〉の〈二重括弧日付は、日付の虚構性を示す。〉としています。これは、的確な指摘で慧眼のように思います。

また、栗谷川虹著『気圏オペラ　宮澤賢治『春と修羅』の成立』（双人社書店、昭和五十一年七月十五日発行、一〇三頁）に、

「小岩井農場」では、二重カッコで挿入されるのは、現実の理性的な彼の声であり、

（中略）

「青森挽歌」で、二重カッコで挿入されるのは、逆に「幻想」であり、

とありまして、異質な要素を挿入するときに二重括弧で括っています。いわば、二重括弧は**違和感があることを示す印**であるとも言えるかと思います。

これらは、日付に二重括弧の場合や、フレーズの挿入の場合なので、題名に二重括弧の場合に敷衍（ふえん）し

て考えてみますと、題名に二重括弧のついた作品の二重括弧は、まだ腑に落ちていない、納得していない気持ちなどから来たっている**今後検討を要する印**であり**題名が確定していない**ことを表していて、**仮題であることを示す印**となっているのではないでしょうか。

つまり、いったん表われていた「((旭川。))」は、仮題を意味していて、**あとで考えて正式な題名を付けようとしていた痕跡**なのではないでしょうか。

もしかしたら、思考の途中のどこかでは「旭川挽歌」とか「無上菩提」などという題名なんかも頭の片隅をよぎっていたのかもしれない、けれども、納得のいくうまい題名が浮かばず、結局、シンプルに「旭川。」という地名をそのまま題名とした、という経過をたどったのではないか、なんて想像するのも興味をそそられますね。

とにもかくにも、地名のみ（さらには、都市名のみ）で、題名となっている作品は数少ないので、そういう意味では珍しい貴重な作品のひとつとなったと言えるのではないでしょうか。

植民地風の

M：宮澤賢治は、列車に乗って一九二三（大正十二）年八月二日（木曜日）、**午前四時五十五分**に、旭川停車場に着きました。列車が時刻表どおりに運行したとして、ですけれども。

C：参考として、「北海道新聞　第二八二五四号（日刊）十六版　二〇二一年（令和三年）八月一日

（日曜日）二十八面　第二社会」（北海道新聞社）にある「こよみ」に、八月二日の旭川における**日の出の時刻が四時二十分**とある。

また、当時の列車の運行状況について、遠藤千代造稿「第一章——徴兵検査で軍隊に」の中の「旭川第7師団に入隊［大正10年11月］」の節（同著『NF文庫ノンフィクション　陸軍工兵大尉の戦場　最前線を切り開く技術部隊の戦い』前出書、一七頁）に、一九二一（大正十）年十一月二十七日、福島県の山都駅で、

　定刻に列車に乗る。

とある。厳密に言うと、ここの〈定刻〉が意味するところが、列車時刻表にある時刻の〈定刻〉なのか、自身のスケジュール上における予定時刻の〈定刻〉なのか、は判然としないが、〈定刻〉に列車に乗れていたことだけはわかる。

ここからは一応、当時においても、天災（台風、地震等）や人災（事故、事件等）などの運行時刻が変更となる何らかの事情が生じていない限り、時刻表の予定時刻どおりに列車が運行されていたことが窺い知れよう。

M：旭川停車場の位置は、当時と現在で、同じと言っていいほど、ほとんど変わっていませんね。

C：旭川停車場の位置が、どうしてこの場所になったのかについては、佐藤愛未執筆「マイたうん旭川　上川盆地　水の恵み知って　稲作、酒造りに好影響　ジオパーク推進担当　向井さん旭川で講演」（「北海道新聞（夕刊）二〇二一年（令和三年）三月八日（月曜日）二面　旭川」北海道新聞社）に拠ると、

向井学芸員は、二つの扇状地からなり約１６０本の川が流れ込む上川盆地は、豊富な水と保水能力の高い土壌から水田や酒造りに適した地だと解説。旭川駅の位置について、土地が低く河川の集まる忠和地区を通さず、蒸気機関車の必需品である水の確保が容易な場所であったことが条件だったと説明した。

とある。

M：旭川停車場に汽車が着いて、列車から降りて、停車場を出ると、眼の前に当時の旭川という街が広がって見えてきました。

旭川を当時から近頃までの人口面から概観しておくとどうなってますかね。

C：二〇二一年六月四日現在においてのインターネット上の、https://www.city.asahikawa.hokkaido.jp/700/701/summary/d059886.html の「旭川市の人口」（情報発信元は旭川市の広報広聴課、最終更新日が二〇一九年十月十一日、ページＩＤ 059886）の「人口の推移」の項で、

旭川市の人口は、市制が施行された大正11年当時は6万人余りでしたが、昭和30年から近隣町村との合併が進み、昭和45年に30万人、昭和58年には36万人を超えました。以後、平成17年まで36万人台を維持してきましたが、近年は少子高齢化による自然減と転出超過による社会減により、減少傾向が続いており、令和元年10月1日現在で33万４６９６人となっています。北海道内では、札幌市

に次ぐ第2の人口規模を有しています。

とある。

M：停車場前に広がっている旭川という街に初めて降り立って面と向かって観ている宮澤賢治。そうして、この作品は、〈植民地風の〉から始まることになりました。〈植民地〉〈風〉と始まりますが、直接的には〈植民地風の〉〈小馬車〉、そして、あとから出てくるのは〈殖民地風の官舎〉（〈や旭川中學校〉）ということになるんでしょうけども、「植（殖）民地・風」とはどう捉えたらいいのでしょうか。

花巻のような城下町のつくりとは違って、城を基準としてではなく、鉄道という新たな社会インフラのひとつの中の施設である汽車の発着する停車場を基準にして碁盤の目になっているように造られた街、と見て取ったのでしょうかね。

C：桜井勝美稿「畏怖と羨望の地・北海道」（澤田誠一編「北方文芸　特集 北海道の中の宮沢賢治　第十五巻第十一号通巻第一七八号」北海道文学館北方文芸編集部、昭和五十七年十一月一日発行、一八～一九頁（同稿「宮沢賢治」、同著『一〇〇万人の現代詩』宝文館出版、昭和六十一年三月二十日初版第一刷印刷、昭和六十一年三月二十五日初版第一刷発行、一〇一～一〇三に再録））では、

賢治は詩「旭川」の中で〈植民地風〉という言葉をつかっている。これは彼の精神的土着性を端的に象徴している。詩「札幌市」では札幌の町を〈遠くなだれる灰色と／歪んだ町の広場の砂に〉

と殺風景な町として見ている。わたしなど道産子の目には、賢治が「旭川」を書いた頃の旭川の町は、子どもなりにではあるが夢のある町に見えたし、札幌は街路井然、駅前のゆったりと広い電車道、大きな太いアカシアの並木、緑ゆたかな安らぎの町として映じたものである。しかし賢治にとって北海道は安普請の植民地的風土であって、岩手の故郷こそが、如何に矛盾をはらんでいようとも夢の無限に拡がっていく土地だったのだ。（中略）〈北海道〉がじわじわと彼に影響を与えていった比重には大きなものがあったと思う。結局、植民地風とはいったものの、〈北海道〉は賢治にとって畏怖と羨望の地であったことに間違いはない。

と捉えている。

M：んーン。〈安普請の植民地的風土〉かー。これは調べてみる必要性がありそうですね。

Ki：私なんかは、日露戦争終結後のポーツマス条約によってロシア帝国から大日本帝国に譲渡されて、明治三十九（一九〇六）年十一月二十六日に日本国政府が南満州鉄道株式会社（満鉄）を創設した満州あたりを思い浮かべるんだけども、ちょっと似かよったところがあるけども、ちょっと違ったところがある感じ。

M：旭川ってつくった街ですよね。本州の多くの街と違って歴史の積み重ねの中から出来てきた街というより。

Ki：道路が広いですし、本州は狭いです。一番最初驚いたんじゃないか、停車場を出て街をみてパッと思い浮かんだ言葉が〈植民地風〉で忘れないようにすぐメモしたんじゃないかと思うんですよね。

M：広々としていたんですね。直線で区切って、道路が真っ直ぐで、碁盤の目ですからね。

Ka：つくった街だな、開発したんだなと感じたんでしょうね。

C：『広辞苑』（電子辞書 CASIO EX-word XD-L8950）に拠れば、「植民地」の項に、

（colony）ある国の海外移住者によって、経済的に開発された地域。本国にとって原料供給地・商品市場・資本輸出地をなし、政治上も主権を有しない完全な属領。

とある。

M：あとの方でまた〈殖民地風の〉と出てくるけれど、「植」と「殖」で文字が違っている、というかあえて違えているというべきでしょうか。これは、短い作品の中で二回使うので変化をつけただけなのでしょうか。

K：「植」と「殖」じゃ意味が違うよね。

C：『広辞苑』（電子辞書、同前）には、「植民」と「殖民」を一緒にして「植民・殖民」の項として、

（settlement;colonization）ある国の国民または団体が、本国と政治的従属関係にある土地に永住の目的で移住して、経済的活動をすること。また、その移住民。

とある。

M：でも、宮澤の場合、漢和辞典でも調べてみること、という鉄則のようなものがありますよね。感覚的に漢字の重複を避けて変化させたのもあると思いますが、単にそれだけではなく、『漢字源』（電子辞書、同前）の「殖」の項の解字で、〈植（木をまっすぐにたててうえる）〉とあり、「殖」は〈植物をうえてふやすように、子孫をふやすこと。〉とあります。

このことから、最初の「植」は〈うえる〉だけで、二回目の「殖」は〈うえる〉だけではなく〈ふやす〉で、〈この辺に来て大へん立派にやってゐる〉ということになっている、ともとれます。こう解釈すると、作品にあるような順での漢字使用というそれぞれの表現に意味を持たせて書いていて、意味合いが出てくる、というか意味合いを見い出せる・見い出すことができるように思います。もっと言えば、漢字を変えることによって、〝意味を与えていく〟ということを行っていることになるのではないでしょうか。

私の勝手なイメージで言いますと、「植民」は帝国主義の植民地政策から来たっていて、国と国との関係で大国が小国を属国にして本国を富ます。「殖民」は富国強兵や殖産興業的な考え方から来たっていて、「殖」は「増やす」で、自国からの殖民という政策、日本からブラジルへのように貧しい地域の人々を国が送り込む、あるいは、同じ国の中で未開拓の土地・地域に入って開拓し国を富ますイメージなのですが。

もっとその深層を探求していくと、宮澤はアイヌの土地に和人が入り込んで搾取していったことをみているのか、アイヌなどの先住民族をどう捉えていたのか、などと発展していくと思います。アイヌ等が作品などに出てくる箇所を調べて考察してみることは肝要だと思っています。東北や北海道の蝦夷・

アイヌだけではなく、樺太アイヌ、カムチャッカ等にいたアイヌ民族、また、ギリヤークとかオホーツク文化とか、さらには縄文文化へとつながっていくように思います。

C：牛崎敏哉稿「宮沢賢治における金田一京助」（下田勉編（三好京三・須知徳平・及川和男編集委員）「北の文学　第五十号（特別号）」前出誌、一〇七頁上段）で、

ここで私は仮説のひとつとして、金田一京助と知里幸恵との関連から、賢治が旭川に立ち寄った可能性を追加したい。（中略）

金田一京助「知里幸恵さんのこと」（15）という一文が『女学世界』の一九二二（大正十一）年七月号に掲載されており、それは「知里幸恵さんは、石狩の近文の部落に住むアイヌの娘さんです。」という書き出しで始まっている。おそらくその他、新聞等での情報も含め、賢治は知里幸恵逝去と『アイヌ神謡集』刊行については知っており、それもあって、知里幸恵が暮らした旭川・近文のアイヌ集落に関心を抱いていたのではないだろうか。

としている。

M：だとすれば、時間に余裕ができていたとした場合に、事前に調べるなどしてその所在を把握していた、あるいは〈馭者〉などに聞いて知ったとして、大正五（一九一六）年に川村イタキシロマが創設した「アイヌ文化博物館」を訪れていた可能性も出てきますね。

C：二〇二一（令和三）年四月十八日に入手した「川村カ子ト　アイヌ記念館」（旭川市北門町十一丁目）

発行の広報チラシには、現在の位置づけ等について、

当記念館は、アイヌ自らが運営する道内最古のアイヌ博物館です。川村家は、上川アイヌの名家で、第七代当主イタキシロマによって、大正五年に開館しました。在りし日のアイヌの生活を写す品々、伝統を守り伝え、近文コタンに生きる人々をご紹介します。

とある。

M：宮澤賢治の思想の本質には、その淵源のひとつとして縄文思想があると思っているのですが……。
C：重要な証言として、宮沢和樹稿「第一章 「宮沢賢治」の実弟の孫」の中の「縄文人の末」の節（同著『わたしの宮沢賢治 祖父・清六と「賢治さん」』前出書、五〇～五五頁）に、

賢治さんは、「自分は縄文人だ」とか、「縄文人になりたい」と言っていたそうです。

とある。続けて、

最終的には、本当に「ありがとう」と口にし、心から感謝する対象は自然しかないと考えていたと思うのです。

というのは自然に対する接し方については、いわゆる「縄文人」といわれている人たちのやり方

に、とても親近感をもっていたようだから。

（中略）

あくまでも賢治さんは「縄文人」の立場ですべての物事を見ていて、その自然に対する考え方、接し方に対する共感を示していました。ただただ田畑づくりのために自然を壊していくのをよしとするのではなく、どうやったら自然と折り合いをつけていけるのかということを、深く考えていたと思うのです。

（中略）

山や自然、縄文の人たちの考え方や生き方にも共感し、親近感をもっていました。

と的確な見解が開示されている。

O：〈植民地風〉に戻って、当時の認識がわかる事例は何かないのかしら。

C：宮澤が読んでいたと思われる本のひとつに、石川啄木著『歌集一握の砂』が挙げられている。小倉豊文稿「声聞縁覚録(四)　阿部孝さんと賢治　(一)」（佐藤寛編「宮沢賢治研究　四次元　第十八巻第三号（通巻百八十号）」宮沢賢治研究会、昭和四十一年三月五日印刷、昭和四十一年三月十日発行、三頁（通し二八七九頁）下段）で、

賢治の初期の短歌が石川啄木の作品に似ていることが想起される。啄木の処女歌集「一握の砂」の出版は、明治四十三年十二月である。同じ中学の先輩であり、当時の詩歌壇の重鎮であった「明星」の新進歌人だった啄木の処女歌集が、中学生賢治の資質の中に眠っていた詩魂を、呼び起こす

役割をしたという推定は、決して無稽の妄想とはいい得ないであろう。前述のように彼の短歌の最初の制作デートが「明治四十四年一月より」とあるのも、単なる偶然とはなしがたいのではあるまいか。

としている。

しかし、厳密に言えば、今のところ、宮澤が『一握の砂』を読んでいたという確かな記録や証言等は残っていない。が、読んでいた可能性は高いと推測され、読んでいたとすればその影響と、時代背景として、明治四十三年十一月二十八日印刷、明治四十三年十二月一日発行と遡るが、石川啄木著『歌集一握の砂』東雲堂書店（使用した本は名著複刻全集編集委員会編『新選 名著複刻全集 近代文学館 石川啄木著『一握の砂』東雲堂書店版』財団法人日本近代文学館刊、ほるぷ発売、昭和四十九年十一月二十日印刷、昭和四十九年十二月一日発行、第十三刷、一八八頁）に、次のように「植民地」が登場してくる（旧字体を新字体に。振り仮名は省略）。

わが妻に着物縫はせし友ありし
冬早く来る
植民地かな

この短歌について、今井泰子（やす）注釈『日本近代文学大系 第23巻 石川啄木集』（角川書店、昭和四十四年十二月十日初版発行、一二八頁上段）で、〈「冬早く来る植民地」は、新開地だった北海道の荒涼たる生活ときびしい風土をいう。〉と注釈している。
M：ここから、北海道を〈植民地〉と捉える認識が存在していたことが窺える、ということですね。
C：北海道を「植（殖）民地」、あるいは、北海道に「植（殖）民」、と認識していた証しのひとつとして、金田章裕稿「北海道殖民地区画の特性と系譜」（「歴史地理学　44-1（207）」二〇〇二年一月、一二～一九頁）と題する論文があり、その冒頭部に、

北海道庁が成立した後、明治19年（1886）から殖民地選定事業が始まる。殖民地選定の結果は『北海道殖民地選定報文』やさまざまな地図としてその成果が残されている。特にその際に重要な役割を果たしたのが、明治29年に定められた「殖民地選定及び区画施設規定」である。

とある（原文は横書き）。

これらのことを、より具体的に歴史上の事実としてあった出来事・事柄として把捉するために、上野正人著『昭和までの北海道道路史物語――0から8万キロメートルへ』（亜璃西社、二〇二〇年十一月十九日第一刷発行）に拠って、基本的に年順に組み換えながら、丹念に引用することで、多く長くはなるが、用語の用例としてだけではなく、その時々の内実も読み取りながら押さえておくことにより、歴史の中から浮かび上がらせてみると、次のようにみられることになる（以下、同書からの引用において、〔 〕内は年号、巻末の参考文献の詳細一覧からの転記など。／は改行）。

同稿「第二章　明治・大正・昭和前期」の中の「二　開拓使の設置と「北海道」命名」の節（一五八～

一五九頁）に、

箱館戦争終結の三日後にあたる〔明治二（一八六九）年〕五月二十一日、東京城（前年十月の行幸のさい江戸城を改称し、行幸時の皇居とした）においては、「皇道興隆ノ件」「知藩事被任ノ件」および「蝦夷地開拓ノ件」について、上級の官員、諸侯、公卿等に対する御下問があった。

「蝦夷地開拓ノ件」については、

> 蝦夷地之儀ハ皇国ノ北門直ニ山丹満州ニ接シ、（中略）
> 箱館平定之上ハ速ニ開拓教導等之方法ヲ施設シ人民繁殖ノ域トナサシメラルベキ儀ニ付、
> 利害得失各意見忌憚無ク申出ル可ク候事

とされ、六月四日には自ら願い出た議定鍋島直正（前佐賀藩主、五十六歳）に「開拓督務」を兼務させることとなった。

とある。

M：ここには「開拓」とあって「植（殖）民」や「植（殖）民地」といった用語はないですが、〈北門〉にしても〈人民繁殖ノ域〉にしても、「植（殖）民」「植（殖）民地」という認識が生ずる揺籃として胎蔵（含蔵・内蔵）されていると言ってよいように思われますよね。

C：同節、一六一頁には、

〈明治二（一八六九）年〉八月十六日、鍋島長官は大納言へ転任となり、二十五日、東久世通禧（三十七歳）が「開拓長官」に任命された。このとき東久世長官には、「北海道開拓ハ皇威隆替之係ル所、方今至重之急務ニ候。（中略）就テハ向後、土地墾闢、人民蕃殖、北門之鎖鑰厳ニ樹立シ、皇威御更張之基ト相成ル可キ様、勉励尽力之有ル可キ」旨の御沙汰書が下され、開拓の基本方針として、開墾、殖民、警衛の三項目が示された〈『太政官日誌』〈石井良助編　東京堂出版〉〉。

とある。

M：ここに「殖民」の用例がみられますね。

それから、〈人民繁殖〉と同様に〈人民蕃殖〉が「殖民」という用語の元であるのかもしれないと思わさるのですが、『三省堂　スーパー大辞林3.0』（電子辞書 SHARP Brain PW-SA5 8U00473）の「はん しょく【繁殖・蕃殖】」の項に、〈動物・植物が生まれふえること。生殖により生物の個体がふえること。「ネズミが—する」「—力」〉とあったり、『漢字源』（電子辞書、同前）の「蕃」という漢字の項には、〈まだ教化されていない人々。えびす。また、外国の。（同）↓番。（類）↓蛮。〉とあったりして、まるで民を見下しているようなニュアンスやイメージを感じてしまいます。

C：続いて、同じく一六二頁には、

開拓使設置から間もない〔明治二（一八六九）年〕七月二十二日、太政官は「蝦夷地開拓のことについては、今後、諸藩士族および庶民に至るまで、志願の次第を申し出れば相応の地を割渡し開拓させる」旨の布告を発した。（中略）

さらに八月二十八日、太政官は「何分全国之力ヲ用ヒズンバ成功覚束無シ」として鹿児島、山口、静岡ら有力九藩に対して開拓を命じ、寺院や有志に対しても地所を割渡した〈『太政官日誌』〔石井良助編 東京堂出版〕〉。この年の十二月までに、太政官が地所を渡して開拓を命じた団体等は二十一藩、二寺、七名および一省（兵部省）で、その区域は六十一郡に及んだ。

とある。

M：ここからは、〈太政官は〉〈相応の地を割渡し〉とか、〈太政官は〉〈地所を割渡した〉とあって、当時の北海道の土地を〈太政官が地所を渡して〉いたことが知れますね。

C：ここで、市川利美稿「アイヌ民族サケ漁訴訟 先住権は「不都合な真実」」（『北海道新聞 第二八三一九号（日刊）十六版 二〇二一年（令和三年）十月七日（木曜日）六面 各自核論」北海道新聞社）で、

19世紀、白人の開拓民に与える土地や自然資源を取得するために、アメリカ政府はトライブ〔アメリカ北西部のインディアントライブ（先住民の集団）〕と条約を締結する必要があった。トライブも主権国家であり、アメリカ政府と対等だからである。

ひるがえって明治政府はどうか。道内各地のアイヌコタンの承諾なしに、一方的に北海道を国有

地と宣言し、その後、法令で各地のサケ漁を禁止していった。禁止の合法的な理由は明らかではない。

アイヌ民族は和人に土地や資源を譲渡したことはない。だから、今も権利をもっている。「先住民族の権利に関する国際連合宣言」は第26条で、先住民が伝統的に所有・占有してきた土地や資源に対する権利をもつことを認めている。

（中略）

日本政府は、2年前に制定された「アイヌ新法」で、アイヌ民族が先住民族であることをやっと認めたが、先住権には一切触れなかった。不都合な真実である過去の歴史やアイヌ先住権に触れようとしない姿勢は、サケ捕獲権の裁判でも貫かれている。

しかし、過去の歴史に目をつぶったままでよいはずがない。現在の法律にサケ捕獲権の規定がないから権利がないとは言えない。先住民の権利を決めるのは、先住民（集団）自身だからである。

としている。

M：このことを、シャモ（和人）がアイヌを植民地化した、と捉えることも可能なのではないでしょうか。

C：岡和田晃稿（あきら）「カルチャー　ウコ　チャランケ　■過激・巧妙化するアイヌ民族差別　和人の加害性歴史忘れず」（「北海道新聞（夕刊）第二八二三四号（日刊）四版　二〇二一年（令和三年）十月二十三日（土曜日）五面」北海道新聞社）の結びで、

アイヌを「日本」の歴史や文学、観光や娯楽の一要素としてのみ捉える傲慢(ごうまん)な姿勢を、根底から変えていく必要を切に感じる。開拓という名の植民地支配の歴史を忘却せず、マジョリティとしての和人の加害性に向き合う営みこそが必要なのだ。むろん、それは和人の自己満足に終わるものでも、マイノリティたるアイヌを和人に従属させるものであってもならない。

としている。

M：〈開拓という名の植民地支配〉か……。

C：さて、上野正人著『北海道道路史物語』に戻って、同稿「第二章　明治・大正・昭和前期」の「十二　北海道廳の設置」の節の中の「仮道路設計の由来」の項（二四三頁）に、

明治五〔（一八七二）〕年六月十一日（札幌本道着工の年）、開拓判官として札幌に在った岩村通俊は、開拓使の使掌であった高畑利宜〔たかばたけとしよし〕に対して石狩国上川郡への出張を命じた。（中略）高畑は、アイヌ（六八戸、三〇六人）の状況や上川盆地の概況を調査して九月二十一日に帰庁した。

そして、「地勢ハ西京ニ似テ東西北ニ連山アリ、南方ハ山遠ク開ケタル地勢ナリ（高畑は京都出身）。四ケ月間滞在中ニ強風ヲ覚ヘス。加之(シカノミナラズ)高燥平坦ニシテ且ツ土壌肥沃ナリ。殖民ハ勿論(モチロン)、牧畜等ニモ至極適当ノ地ナリ。斯(カカ)ル如キ良好ノ地ニシテ、殆(ホトン)ト全道ノ中央ト思フ。一日モ早ク交通ノ便ヲ開キ、以テ一都府ヲ設定ノ御詮議(センギ)アランコトヲ切望ニ堪ヘス。」とする復命書を提出した（『高畑利〔宜〕

文書』〔『新旭川市史第六巻』旭川市　平成五年〕〉。

とあり、「殖民」の用例がみえる。

なお、同章の中の「六　開拓使組織の沿革」の節（一八九頁）には、

〔明治〕六〔（一八七三）〕年六月十九日、開拓使は、これまで諸公文において北海道を「北地」、他道を「内地」などと唱えてきたが、今後は「北海道」および「他道」または「他ノ府縣」と唱えるように、との通達を発した。

とある。

M：今では北海道人に〈北海道を「北地」〉と称する意識はほとんど無いに等しいと言っていいように思われますが、〈他道を「内地」〉と称する意識はいまだに存在していると思います。

ということは、北海道人がそう称する意識はなくとも、北海道は「外地」ということになり、このことと、内地からみれば北海道が「植（殖）民地」に類する領土であるということがどこかで結びついているように思えますね。

C：戻って、同章の中の「十　函館縣・札幌縣・根室縣の設置」の節（二二八～二二九頁）に、

〔明治十五（一八八二）年、〕「諸省卿同等」（明治二〔（一八六九）〕年七月十三日御沙汰）とされた開拓

使が一元的に管理してきた事務事業は、分割して六省へ引継ぐこととされ、太政官から各省へ通達された。それらを省別に列記すると次のようになる〈『法規分類大全』〔内閣記録局編〔国立国会図書館・近代デジタルライブラリー〕〕『開拓使事業報告』〔明治十八年　大蔵省編　北海道出版企画センター複刻〕〉。

（中略）

陸　軍　省　北海道兵備（屯田事務）

農商務省　殖民事務、山林事務、（中略）、択捉及国後臘虎猟、（以下略）

（中略）

宮　内　省　渋谷農業試験場

とみえる（太字は原文）。

同章の「十二　北海道廳の設置」の節の中の「仮道路設計の由来」の項（二四四〜二四七頁）に、

岩村は、このあと〔（明治十五（一八八二）年十一月）〕「北京ヲ北海道上川ニ奠クノ議」と題する建議書を太政大臣三條實美へ提出した。このなかで岩村は、「（中略）札幌は北海道の片隅にあって開拓の大本を立てるに至っていない。そうだとすれば別に一大本拠を定め、永遠不朽の基礎を築かなければならない。」と述べ、その策は「北京ヲ上川ニ置キ、大挙民ヲ移シ、土ヲ闢キ、農ヲ勧メ、以テ一大都府ヲ開クニ在リ。」とした。

（中略）

この繁多大規模な事業を実施するためには上川に「殖民事務局」を置き、総裁以下全員が駐在して事に当たらなければならない、と説いた。

なお、この建議書には、財源論のほか三県別の各種統計、北海道殖民事務局の組織定員（七課と東京出張所で総計二百人）、北海道殖民費九か年分の年度区分など膨大な資料が添付されていた。（中略）〈『岩村通俊文書』〔『新旭川市史　第六巻』旭川市　平成五年〕〉。

岩村の建議から三年後の〔明治〕十八〔（一八八五）〕年六月、農商務卿西郷従道（つぐみち）、内務卿山縣有朋（やまがたありとも）連署の建議書が太政大臣へ提出された。それは、農商務省内の北海道事業管理局を廃止して「殖民局」を置くこと、三県の殖民興産に関するものは皆その統轄に属させること、殖民局は全道のほぼ中央に位置する石狩国上川郡に置くこと、を主旨とするものであった〈『旭川市史〔第一巻〕』〔旭川市役所　昭和三十四年〕〉。

（中略）

現地を踏査して、「北京ヲ北海道上川ニ奠クノ議」が妥当であることを確信した岩村は、〔明治十八（一八八五）年〕その旨を太政大臣に復命したが、建議の内容について次のような修正と追加を行なった〈『岩村通俊文書』〔『新旭川市史　第六巻』旭川市　平成五年〕〉。

（中略）

三、先には、速やかに殖民事務局を上川に置くように建議したが、それは仮に札幌に置いて、道路の測量や開築から駅逓、伐木、庁舎建設に至るまで進め、そのあとに本局を上川へ移すべきである。

（以下略）

とみえる。

同章の中の「十　函館縣・札幌縣・根室縣の設置」の節（二三〇～二三二頁）に、

明治十八〔（一八八五）〕年、参議伊藤博文は、太政官大書記官金子堅太郎に命じて北海道巡視を行なわせた。（中略）

金子は復命書のなかで、（中略）県庁は努めて内地の県制を模倣し、また主務省は県制の規則に基づき内地と同じ手続きを要求するので、これらの事務に汲々として今になっても拓地殖民の実業に全力を尽すことが出来ないこと、（中略）などについて実例を挙げて縷々論じ、

第一、縣廳及ビ管理局ヲ廢止シ、其定額金ヲ合併シテ殖民局ヲ設置シ、以テ北海道拓地殖民ノ政務ヲ振興スルコト。

第二、殖民監査官ヲ置キ、各省ノ官吏ヲ選抜シテ之ヲ兼任セシメ、以テ殖民局ノ施政如何ヲ監督シ、且ツ、旧来ノ情実ヲ破毀スルコト。

を提言した〈『北海道三縣巡視復命書』〔金子堅太郎　明治十八年（『新撰北海道史　第六巻』北海道廳　昭和十一年）〕〉。

（中略）

そして翌〔明治〕十九〔(一八八六)〕年一月、伊藤博文を内閣総理大臣とする新内閣は、三県と北海道事業管理局を廃止して「北海道廳」を置く旨の布告を発した〈『法令全書』〔内閣官報局(国立国会図書館・近代デジタルライブラリー　明治四十五年七月まで)〕〉。これにより、「未開ノ北海道ヲシテ一蹴直チニ内地同一ノ県制ノ下ニ立タシメタル」〈『北海道三縣巡視復命書』〔金子堅太郎　明治十八年(『新撰北海道史　第六巻』北海道廳　昭和十一年)〕〉三県分治の制度は、発足から僅か四年で幕を閉じることとなった。

とみえる。

同章の中の「十二　北海道廳の設置」の節(二四二〜二四三頁)では、

明治十九年(一八八六)一月二十六日、「北海道廳(ちゃう)」を設置する旨の布告第一号が発せられた。

北海道ハ土地荒漠住民稀少ニシテ富庶(フショ)ノ事業未(イマ)タ普(アマネ)ク辺隅ニ及フコト能(アタ)ハス。今全土ニ通シテ拓地殖民ノ実業ヲ挙クルカ為(タメ)ニ従前置ク所ノ各庁分治ノ制ヲ改ムルノ必要ヲ見ル。(以下略)

また、この日、北海道庁に「長官」その他を置くこと、長官は北海道拓地殖民に関する一切の事務を総判すること、(中略)などを定めた「北海道廳官制」が内閣達(たつし)として発せられ〈『法令全書』〔内閣官報局(国立国会図書館・近代デジタルライブラリー　明治四十五年七月まで)〕〉、(中略)岩村通俊(いわむらみちとし)(四十七歳)が「北海道廳長官」に任命された。

とみえる。

同章の「十五　北海道廳初期の道路開削」の節の中の「上川道路」の項（二七三〜二七四頁）に、

岩村長官は開庁の年〔（明治十九（一八八六）年）〕、技師内田瀞（うちだきよし）を殖民地撰定主任に任命し、原野の調査を命じた。内田らは四年間にわたって全道の原野を跋渉（ばっしょう）（中略）〈『北海道殖民地撰定報文 完』（北海道庁　明治二十四年（北海道出版企画センター　昭和六十一年復刻））〉。

とみえる。

同章の「十二　北海道廳の設置」の節の中の「施政の大要」の項（二五一頁）に、

〔明治十九（一八八六）年〕十二月二十八日、（中略）勅令第八十三号をもって「北海道廳官制」が改正された。（中略）

第四条　長官は内閣総理大臣の指揮監督に属し、各省の主務については各省大臣の指揮監督を受け、北海道の拓地殖民および警察に関する一切の事務を統理する。

第五条　長官は屯田兵開墾授産のことを監督する。

（以下略）

とみえる。

同節の中の「樺戸・増毛間仮新道」の項（二五〇頁）には、

高畑は、〔明治二十（一八八七）年〕四月五日付の復命書に「路線概測図」を添え、北海道庁長官代理（岩村長官は上京中）の理事官堀基（ほりもとい）へ提出した。結びの部分には次のように書いている〈『高畑利宜文書』〔『新旭川市史　第六巻』旭川市　平成五年〕〉。

　三月二十一日増毛ヲ発シ、同月二十六日樺戸監ニ至リタリ。（中略）本道ノ殖民地ハ当分此筋ト上川郡トニ定メ置カレンコトヲ冀望（キバウ）ス。

（以下略）

とみえる。

同節の中の「施政の大要」及び「道路開削の方針」の項（二五一～二五三頁）には、明治二十（一八八七）年五月の郡区長会議において、

岩村長官は、「抑（ソモソモ）、北海道ハ創開ノ地ナレバ、内地同一ノ制度ニ依ラズ、簡易便捷（ベンセフ）ナル方法ヲ以テ統治シ、務メテ拓地興産ノ実業ヲ挙グルヲ必要トス。」との考え方を述べ、官制改正として函館、

根室両支庁廃止と郡区長の警察署長兼務の案を提出したことについて説明した。

（中略）

つづいて岩村長官は、将来施設すべき事業として「地理ノ測量」「殖民地ノ撰定」「湾港ノ修築、燈台ノ建設」「道路ノ開通」「農工業ノ奨励」など、十二の項目について論じた。

（中略）〈『岩村長官施政方針演説書』〈明治二十年（『新撰北海道史 第六巻』北海道庁 昭和十一年）〉〉。

とみえる。

同章の「十五　北海道廳初期の道路開削」の節の中の「上川・網走間道路」の項（二八一〜二八二頁）に、

〔明治〕二十二〔（一八八九）〕年度の『北海道廳事業功程報告』は「石狩国上川郡忠別太ヨリ北見国網走郡網走地方へ通スヘキ道路ヲ開削スルハ、開拓殖民上及ヒ警備上ニ於テモ亦必要ナルヲ以テ、空知監獄署ノ囚徒ヲ使役シテ本工事ニ著手ス。本工事ハ忠別太ヨリ上川北見両原野ヲ経、延長凡五十五里、道幅ヲ三間トシ、其勾配ハ二十分ノ一ヲ極度トシテ堅牢ノ道路ヲ造ラントス。」と書いている。

とみえる。

同章の中の「十四　北海道廳官制の沿革」の節（二五九頁）に、

〔明治〕二十四〔(一八九一)〕年七月、「北海道廳官制」は前年十月に改正された「地方官官制」にほぼ倣う形で改正され、長官の地位と職務についての規定は、「地方官官制」が府県知事について定めた条文に八文字（▲印）を附加して「長官ハ内務大臣ノ指揮監督ニ属シ、各省ノ主務ニ就テハ各省大臣ノ指揮監督ヲ承ケ法律命令ヲ執行シ、北海道ノ拓地殖民並部内ノ行政事務ヲ総理ス。」となった。

一道十一か国を管轄する北海道庁長官の官制上の地位は「地方官」である府県知事並みとなったが、国土面積の五分の一を占める北海道の「拓地殖民」については、依然として北海道庁長官が「総理」することとなったのである。

とみえる。

同章の「十五　北海道廳初期の道路開削」の節の中の「歌志内・芽室間道路」の項（二八九〜二九〇頁）に、

明治三十〔(一八九七)〕年、北海道庁は、歌志内炭山停車場からビラケシの既成道路に連絡して空知川上流フラヌ原野殖民区画地入口に至る新道を開削し、「而シテ漸次同原野ヲ貫通シテ十勝原野字メムロ区画地既成道路ニ連結ヲ通シ、大ニ交通運輸ノ便ヲ開カントス。」とした。

（中略）

「駅逓所規程」が策定された〔明治〕三十三〔(一九〇〇)〕年度には、駅逓所として滝川、芦別、下富良野（富良野市）、山部（同上）、金山（南富良野町）、鹿越（しかごえ）（同上）、落合（同上）、新得、清水、芽室、帯広、藻岩（豊頃町茂岩）および大津の各駅が置かれた〈『殖民公報』（北海道庁　明治三十三年）〉。

とみえる。

同章の「十六　北海道十年計画」の節の中の「道路橋梁排水費」の項（二九八頁）に、

十年計画の実施に先立つ〔明治〕三十三〔（一九〇〇）〕年九月、北海道庁土木部長は、これまで定められていなかった道路の設計基準等を「道路基準」として定め、各支庁長へ回付した。この道路基準では、道路を国道、県道、里道、市街道路、殖民地道路、殖民地排水道路の六種類に区分し、それぞれについて規格値を定めている。（中略）〈『北海道廳土木法規』（北海道庁土木部監査課　明治三十五年（国立国会図書館・近代デジタルライブラリー））〉。

とみえる。

同章の中の「十六　北海道十年計画」の節（二九六頁）に、

北海道十年計画は、国庫の負担に属するものの経費を「行政費」と「拓殖費」に区分し、〔明治〕三十四〔（一九〇一）〕年度以降十か年間の総額を三千三百四十三万円、うち行政費は一千百八十一万円、拓殖費は二千百六十一万円として各年度の予定額を示したものであり（鉄道関係は計画に含まない）、拓殖費には、殖民事業費、農事試験場費、小樽築港費、道路橋梁排水費、駅逓及渡船費、道路橋梁修繕費、河川港湾費、航路補助費、海陸物産共進会費および釧路築港費が含まれている〈『北海道十年計画ノ大要』（『新撰北海道史　第六巻』北海道廳　昭和十一年）〉。

とみえる。

同章の「十九　道路元標の設置」の節の中の「室蘭区道路元標」の項（三四六頁）に、

日本郵船会社は、（明治）二十六（一八九三）年二月、小型汽船による一日一回の運航を行なっていた森・室蘭間航路を廃止して、千トン級の汽船を使用していた青森・函館間航路を室蘭まで延長し〈『室蘭市史』（室蘭市役所　昭和十六年）〉、（明治）三十六（一九〇三）年七月には青森・室蘭間の直航便を開設した〈『殖民公報』（北海道庁　明治三十六年）〉。

そして、（明治）四十（一九〇七）年五月に告示された国道路線の改正において四十三号「東京ヨリ第七師団ニ達スル路線」は、青森から室蘭へ渡海することとして認定されたのである。

とみえる。

同章の中の「十七　北海道拓殖事業計画」の節（三〇七〜三一三頁）に、

明治四十一年（一九〇八）十一月、河島醇（じゅん）北海道庁長官（第九代、三十九年十二月〜四十四年四月）

は、内閣総理大臣桂太郎および内務大臣平田東助に対して「北海道経営ニ関スル建議」を提出した。
維新後における拓殖の歴史と成果を分析した河島長官は、「開拓ノ前途ハ尚遼遠ニシテ将来発展ノ余地極メテ多大ナルノミナラス、本道ノ開発ハ寧ロ今後ノ経営ニ待タサルヘカラス。今ヤ十年計画ハ施行以来八年ヲ経過シテ余命既ニ幾何モナク、拓殖ノ現状ハ更ニ幾多ノ新タナル企画ヲ要請シテ息マス。」とした。

そして、北海道の拓殖において、「先ツ第一ニ必要ナルモノハ固ヨリ移民ノ招来ナリ。第二ハ土地ノ給与ナリ。而シテ之ニ次クモノハ即チ（一）道路ナリ。（中略）次ニ要スルモノハ即チ（二）鉄道及港湾ナリ。（以下、治水、土地改良、電信電話郵便）」とし、道路の現状については次のように述べている。

移民既ニ其ノ地ニ入ル。出入運輸一ニ道路ニ依ラサルヘカラス。道路一歩ヲ進ムレハ移民モ亦一歩ヲ進メ、道路一年ヲ後ルルトキハ即チ開拓モ亦一年ヲ後ルルハ実ニ本道従来ノ実況ナリトス。

今ヤ移民概ネ全道ニ普及シ、而シテ出ルニ道路ナク、渉ルニ橋梁ナク、駄馬ノ通行尚且困難ニシテ物資ノ出入辛フシテ人肩ニ頼リ、生産利ナク、消費堪ヘス。一旦入地シタル者ニシテ苦痛ノ極、遂ニ其ノ地ヲ抛棄スルモノアリ。甚シキハ県道ニシテ尚且小包郵便ヲ通スルコト能ハサルモノナキニ非ス。相当ノ用ニ耐ユヘキ道路ノ有無ハ、実ニ新殖民地ニ於ケル死活ノ問題ニシテ、一面移民ヲ招致シ樹林荊棘ノ間ニ入地セシメナカラ、一面之ニ伴ウテ必要ナル道路ノ設備ヲ為ササルカ如キハ、恰モ目的ヲ与ヘテ手段ヲ与ヘサルニ等シ。
而シテ今ヤ道路ノ施設ハ既ニ移民ノ蕃殖ニ後ルルコト遠ク、到ル処トシテ之カ築設修繕ノ急ヲ絶叫セサルハナシ。

また、河島長官は、租税の徴収、鉄道の敷設、鉱山の整理、銀行の監督、通信と航海に関する施設などを含む「広義ノ拓殖」をもって北海道の拓殖行政とし、これらの事務に従事する各種の機関（税務監督局、専売局、税関、鉄道管理局、鉄道建設事務所、海事局、郵便局、鉱山監督署、北海道庁）を統一して同一官庁の下に置くことを提案すると共に、〔明治〕三十八〔（一九〇五）〕年度以降は国庫の収入が政府の支出を超過していることから北海道は既に独立の域に達しているとし、道内全体の収入をもって道内全体の経費を賄う「特別会計」の採用が最善の方法である、とした〈『北海道経営ニ関スル建議写』（河島醇　明治四十一年（北海道立図書館蔵））〉。

（中略）

拓殖費については〔明治〕四十二〔（一九〇九）〕年十月十九日、内務、大蔵両省の協議を経た方針が閣議で決定された。（中略）〈『北海道第一期拓殖計画事業報文』（北海道庁　昭和六年）〉。

（中略）

この閣議決定に基づいて策定された「北海道拓殖事業計画」は六つの事業によって構成され、政府が十五か年間に支出するとした拓殖費は次のように配分された〈『北海道拓殖事業計画ノ大要』（北海道庁　明治四十三年編述）〉。

	拓殖費（円）	構成比（％）	事業の概目
殖民費	六、四二四、六一九	九・二	地形測量、殖民地選定及区画、移民取扱等

（中略）

河島長官が提案した「広義ノ拓殖」と「特別会計」（台湾総督府と樺太庁では管轄区域内の収入を歳入に算入する特別会計を採用）は実現しなかった

（中略）

殖民費に関する当初の計画では、農耕適地六十四万町歩に対する農業移民を六十七万人（一戸当り五町歩）とし、農家以外の移住者を合わせた十五年間の「来住者」は百二十九万人と推定した。

とみえる。

同章の「十四　北海道廳官制の沿革」の節の中の「区制・一級町村制・二級町村制・市制」の項（二六三～二六四頁）に、

区制は、上川郡旭川町（明治三十五〔（一九〇二）〕年四月一日から従前の旭川町と鷹栖村字近文を合わせて一級町村旭川町となっていた）を旭川区として大正三年（一九一四）四月一日から、室蘭郡の室蘭町、輪西村、元室蘭村および千舞鼈（ちまいべつ）村を合わせ室蘭区として〔大正〕七〔（一九一八）〕年二月一日から、釧路郡釧路町を釧路区として〔大正〕九〔（一九二〇）〕年七月一日から、それぞれ施行された〈『法

令全書』〈出典・内閣印刷局　発行所・原書房（大正元〔一九一二〕年以降）〉。

北海道の人口は、明治三十四〔一九〇一〕年に百万人を超え、大正六〔一九一七〕年に二百万人を超えた〈『北海道統計書〔第百十五回〕』（北海道　平成二十年）〉。

そして大正十一〔一九二二〕年には、「北海道、沖縄縣、其ノ他勅命ヲ以テ指定スル島嶼ニ之ヲ施行セス」となっていた「市制」が改正され、北海道にも適用できることとなった。内務省は、八月一日から区を廃止し、それぞれの区域をもって札幌市、函館市、小樽市、室蘭市、旭川市および釧路市を置く旨、七月二十六日に告示した〈『法令全書』（出典・内閣印刷局　発行所・原書房（大正元〔一九一二〕年以降）〉。

また、一級町村制と二級町村制も拓地殖民の進展に伴って多くの町村に施行され、大正十二〔一九二三〕年には一級町村九十九、二級町村百五十五となった〈『北海道町村会史』（北海道町村会　平成二年）〉。

とみえる。

ここまでが、宮澤賢治の来旭日である大正十二（一九二三）年八月二日以前の事項にみられた用例等をつぶさに取り挙げてみてきた歴史的経過である。そして、それ以降の事項にみられる用例等についてもみておくことにする。

同章の中の「二十　北海道第二期拓殖計画」の節（三五〇〜三五六頁）に、

大蔵省は、（中略）「政府ノ根本的北海道開発策ニ就テハ、之ヲ慎重審議スル為ニ関係各省〔必要ニ依リテハ民間ヲモ加ヘ〕ノ調査会ヲ開キ、内地及他ノ殖民地開発トノ彼此権衡ヲ計リ、時勢ニ適合シタル拓殖計画ヲ樹立スルヲ至当ナリト認ム。」とし、内務省に対して「北海道拓殖費ニ関スル決定方針」（大正十四〔（一九二五）〕年十一月二十四日付）を提議した。

（中略）

〔昭和二（一九二七）年〕一月十八日、内閣総理大臣若槻禮次郎は、第五十二回帝国議会の両院において演説し「政府ノ所見」を明らかにしたが、人口と食糧の問題に関連して次のように述べた（衆議院議事速記録による）。

我邦ノ人口ノ増加ハ逐年頗ル著シイモノガアリマス。而モ其主要食糧デアリマス所ノ米麦ノ産額ハ、其増加ガ人口ノ増加ニ伴ッテ居ラナイノデアリマス。（中略）今ニシテ人口ト食糧トノ問題ニ付テ百年ノ大計ヲ案ジテ置キマセヌケレバ、他日救フベカラザルノ悲運ニ陥ランコトヲ憂フル次第デアリマス。

（中略）

北海道ノ開拓ハ、人口並ニ食糧政策ノ上ニ稽ヘマシテ、殊ニ其促進ヲ急トスルモノガアルノデアリマス。然ルニ現在行ッテ居リマス所ノ拓殖計画ハ、本年度ヲ以テ将ニ終了ヲ告ゲントシテ居ルノデアリマス。ソレニモ拘ラズ拓殖ノ功程ヲ見マスレバ、其功程ハ尚ホ半バニ過ギヌト申上ゲテ差支ナカラウト存ジマス。今ヤ其計画ヲ新ニスルノ要ノアリマス時ニ当リマシタ故ニ、政府ハ茲ニ官民合同ノ調査ニ基キマシテ、従来ニ比シテ一層広汎ナル方法ヲ以テ、大規模ノ拓殖ヲ行フノ計画ヲ立テ、、以テ全道富源ノ開発ヲ遂行致シ、併セテ人口並ニ食糧問題ノ解決ニ資スル所アラントシテ居ル次第デアリマス

（国勢調査によれば道府県の人口は大正九年からの五年間に三百七十七万人増加し、この間の等比増加率は一・三％となる。『日本帝国統計年鑑（第四十五回）』（内閣統計局編　東京統計協会出版　大正十五年））

（中略）

昭和二（一九二七）年度以降二十年間の拓殖費は次のとおり（中略）〈『第二期北海道拓殖計画案説明』（北海道庁　昭和二年（『新撰北海道史　第六巻』北海道廳　昭和十一年））〉。

	拓殖費（千円）	構成比（％）
殖民費	七九、七三七	八・三
（中略）		
殖民軌道費	一六、七七〇	一・七
（以下略）		

とみえる。

同節の中の「道路橋梁新設」の項（三五九頁）に、

〔昭和二（一九二七）年〕殖民原野の幹線となるべき道路および殖民原野と鉄道、港湾その他重要な地区とを結ぶ道路三千五百里（約一三、七〇〇km）を新たに開削しようとするもので、その築造標準を

道路及橋梁有効幅員　二間（三・六m）
道路最急勾配　十五分の一
道路最小半径　十間（一八m）
路　面　砂利敷三寸（九cm）

と定めて実施したが〈『第二期北海道拓殖計画案説明』〔北海道庁　昭和二年（『新撰北海道史　第六巻』北海道廳　昭和十一年）〕〉、（後略）。

とみえる。

ここまでが、宮澤賢治の生前の事項にみられた用例等である。そして、宮澤賢治の没後の事項にみられる用例等についてもみておくことにする。

同章の中の「二十　北海道第二期拓殖計画」の節（三五七頁）に、

敗戦の翌年である〔昭和〕二十一〔(一九四六)〕年度においては殖民費、森林費および土地改良費に膨大な予算が計上され、二十年間の拓殖費総額は計画額の一・八倍、十七億五千五百万円余となった〈『北海道第二期拓殖計画実施概要』〔昭和二十六年　北海道総務部開発計画課〈『新北海道史　第八巻』北海道　昭和四十七年)〕〉。

とみえる。

同稿「第三章　昭和後期」の中の「一　緊急開拓事業と開拓道路」の節〔二七四〜二七五頁〕に、〔昭和〕二十二〔(一九四七)〕年一月八日、「北海道拓殖費に関する昭和二十二年度予算編成上の措置」が閣議決定された。

昭和二十二年度予算編成方針に基く北海道拓殖費に関する措置については左の如く予定して予算編成を行うものとする

一、北海道拓殖の重点を土地、殊に国有林開発におき、これに関しては中央の直轄行政を実施し、右以外の行政は原則として公共団体たる北海道に委譲し各省大臣の個別的監督に移すものとする

二、北海道の開発に関する直轄行政を処理させる為、内閣に北海道開発庁を置く

三、北海道開発庁については必要に応じ北海道知事その他の公吏をその職員とすることを考慮

する

四、北海道開発庁において処理する直轄行政の範囲は大体次のとおりとし、要すればその事務の施行について北海道庁の機構を利用し得る措置を考慮する

（1）開拓その他国有未開地開発事業

（2）土地改良事業

（3）寒地農業の経営指導

（4）河川道路港湾（漁港、船溜を含む）の新設改良

（5）地下資源の調査及開発（但し石炭の採掘に関するものを除く）

（6）植民に関する事務

九、内閣総理大臣は、北海道開発の総合運営を図るため必要あるときは、第四項にあげた事項以外で各省大臣の所管に属する事項について各省大臣に指示することが出来る

十、従来拓殖費行政に属していたものを公共団体たる北海道に委譲するに伴う北海道地方費の負担増加については別途考慮する

（五～八には、森林、畜産、商工業の振興および水産業に関する行政は直轄行政外とする旨が記されている）

すなわち、北海道拓殖行政のうち重点事項に関するものは直轄、それ以外のものは地方公共団体である「北海道」に委譲、とし、直轄行政を処理させるため内閣に「北海道開発庁」を置くことと

したのである〈『昭和前半期閣議決定等』〈国立国会図書館・リサーチナビ〉〉。

とみえる。

同章の中の「三　北海道開発庁の発足と北海道開発局の設置」の節〈三九七頁〉に、

〈昭和〉二十三〈〈一九四八〉〉年九月、地方開発協議会に「北海道総合開発計画書」が提出された〈『北海道開発の秘話（中）』〈渡辺以智四郎〈北海道開発協会「開発こうほう」昭和五十四年十二月号〉〉〉。この計画書は、「北海道綜合開発調査委員会」の答申を受けた北海道が作成したもので、「我が国唯一の未開発資源地である北海道の開発は、日本再建の一環として最も強力に行なわれるべきものである。」とし、計画の重点を従来の拓地殖民から資源開発に移すこと、北海道は原料生産地的性格から脱却して工業的高次生産地となるようにすること、今後十か年を期して目標を定めること等を計画の基本方針として掲げた。

とみえる。

同節〈三九八〜三九九頁〉に、

〈北海道開発〉法案は衆議院内閣委員会に付託され、〈昭和二十五〈一九五〇〉年〉三月二十七日、内閣官房長官増田甲子七〈元北海道庁長官〉が提案理由の説明を行なった。

国民経済の復興と人口問題の解決とは、現在わが国が当面する緊急かつ重要な課題でありまして、そのために資源の開発を必要とすることは言をまたないのでありますが、国土の狭小なわが国にとりましては、未開発資源の今なお豊富に存在する北海道を急速に開発することが国家的要請であると存ずるのでございます。

北海道の開発は明治の初年以来行われて来たのでありますが、四国の二倍に九州を加えた面積の地に、現在なお人口わずかに四百万人を擁するにすぎず、その産業もおおむね原始的段階の域を脱していない状態にあるのであります。このような経済的後進地の開発は、総合的な計画のもとに経費を重点的に使用するのでなければ十分な効果を期待できないのでありますが、現在北海道開発事業は関係各行政機関が個別的に立案施行しているのでありまして、その間に総合性、統一性を欠き、北海道に投入される国の事業費の効率発揮上はなはだ遺憾の点が多いのであります。

これらの点にかんがみまして、政府は国策として強力に北海道における資源の総合的な開発を行うことを緊急と考え、これに関する基本的事項を規定するため、本法案を提案することにいたしたのであります。

とみえる。

加えて、小沢弘和・木村直人・山田崇史執筆「開発予算2022　道総合開発計画　来年で70年　「特別扱い」

岐路　財政悪化、人口減…意義や未来像　発信重要に」（「北海道新聞　第二八三八〇号（日刊）十四版　二〇二一年（令和三年）十二月九日（木曜日）三面　総合　ひと」北海道新聞社）に、

戦後の道内開発の全体構想を描く国の北海道総合開発計画が始まってから、来年で70年がたつ。国は、計画を土台に道内を食糧やエネルギーの供給基地と位置付けて開発を後押し。人口が全国の4％の道内に公共事業予算の10％前後の開発予算を毎年投入し、道路やダム、農地などのインフラを重点的に整備してきた。ただ、国の財政悪化や人口減少が進む中、「特別待遇」がいつまで続くかは未知数。開発の意義や未来像をいかに発信し続けるかが問われている。

（中略）

1951年度の初計上から財政力の弱い北海道の発展に寄与してきた。

その開発予算の事業は、52年開始の北海道総合開発計画に基づいて行われている。計画はおおむね10年ごとに改定され、食糧や石炭の増産、産業の高度化などを目標にしてきた。道東の酪農振興につながる根釧パイロットファームや、多くの企業が進出する苫小牧東部工業基地を開発。各地に高速道路などを整備した。現在実施中の第8期（2016〜25年度）計画は、道内の「食と観光」の振興が主眼になっている。

「計画は道内の資源や特性を生かし、いかに日本に貢献するかという視点で作られてきた」。国交省北海道局の幹部は、計画が全国の発展にも寄与していると話す。

（中略）

ただ、計画は日本の戦後復興への貢献や人口増加への対応のために始まった。復興の時代はすでに終わり、人口が減少に転じた中、関係機関や開発予算を含め存在意義が問われている。計画を策定、推進してきた北海道開発庁は、01年の中央省庁再編で国交省に統合されて北海道局となり存在感が低下。08～10年には同局の廃止論も浮上した。

（中略）

北海道局幹部は「道内は再生可能エネルギーで最も可能性がある地域で、コロナ流行下のテレワーク普及で移住や企業移転の動きも出ている。世界の食糧事情なども考えれば、日本の中で役割は高まっていくはずだ」と強調。北海道開発への理解を広げるため、今後も全国に貢献する観点から事業を進める方針だ。

とある。

M：まるで、歴史背景輻射により浮かび上がってくる時代という時間の向こう側にある痕跡を透視して観てみたみたいですね。北海道の歴史が跡付けられて、その一部を垣間見るような気がします。

昭和二年度以降二十年間の拓殖費の中に「殖民軌道費」というのがありましたけど、「殖民軌道」についても調べてみる必要がありますね。

C：フリー百科事典『ウィキペディア（Wikipedia）』の「殖民軌道」の項（https://ja.wikipedia.org/wiki/%E6%AE%96%E6%B0%91%E8%BB%8C%E9%81%93 二〇二一年七月十五日現在）に、

殖民軌道（しょくみんきどう）とはかつて日本の北海道でみられた軌道の一形態である。一九四二年以降は簡易軌道（かんいきどう）と改称された。

現在では広義の軽便鉄道の範疇で捉えられることが多いが、未開地での道路の代替手段という性質を持ち、根拠法令を異にしていたという歴史的経緯がある。この点で一般の鉄道・軌道とは異質なものであった。

とあり、その「概要」には、

旧北海道庁が開拓民の入植地における交通の便を図るために拓殖計画に基づいて建設したもので、「地方鉄道法」や「軌道法」に準拠せず敷設された。（中略）

一九二四年頃以降から昭和初期にかけて建設が盛んとなり、総延長は600kmを超えた。

とある。なお、「関連項目」として、「植民道路」とある。

参考として、書籍紹介記事である能正明執筆「殖民軌道の歴史 知って　奈良の研究家 証言・写真集出版「鶴居村営」など道内32路線」（「北海道新聞 第二八二三七号（日刊）十六版 二〇二一年（令和三年）七月十五日（木曜日）二十九面 第四社会」北海道新聞社）に、大正末期から1970年代にかけて馬やディーゼルカーなどを使って開拓地の輸送を担った「殖民（しょくみん）軌道」（簡易軌道）

（中略）

「大雪など厳しい環境の中、多くの生活物資を安全に運ぼうとした（後略）」

（中略）

「殖民軌道とともにあった地域の暮らし（後略）」

とあり、ここに記されている書誌情報等をまとめておくと、今井啓輔著『北海道の殖民軌道―聞き書き集―』（レイルロード（大阪府豊中市、TEL０６・６８５７・２２１４）、Ａ４判、一四〇頁、二七五〇円）となる。

そこで、この書籍を取り寄せて、紐解いてみると、今井啓輔稿「はじめに」（同著『北海道の殖民軌道―聞き書き集―』レイルロード発行、文苑堂発売、二〇二一（令和三）年四月二十日発行、二頁）に、

殖民軌道（しょくみんきどう）は主に馬を使い、台車を牽いて人や物を運ぶ、北海道だけで見られた簡便な軌道である。（中略）まともな交通手段が無かった時代に北海道の開拓に果たした役割は大きく、未開地開拓のため他府県から移住した開拓民の足として生活を助けたが、昭和40年代後半に使命を終えた。（中略）内務省北海道庁は道東・道北を中心にレールによる輸送機関「殖民軌道」を計画し、大正13（1924）年に厚床〜中標津間約49㎞が開通、その後、次々と敷設・運用された。

とあった（原文は横書き）。

O：北海道に対して、「植民」「殖民」とか「植民地」「殖民地」とかの用語が普通に使われていたんですね。ということは、そういう概念というか観念というか、考えがあったということですよね。

C：そういうようなことからすると、谷口雅春文「「■中央が求めた「資源の島」イメージ」（「朝日新聞デジタル」にある地域＞北海道＞記事「特集「北海道150年」【北のインデックス　蝦夷から北海道へ】」の「風景（2）まなざし」、二〇一八年七月十一日、http://www.asahi.com/area/hokkaido/articles/MTW20180711011680001.html 二〇二一年七月十六日現在より）に、

（前略）そもそも北海道は、「中央」から何を求められてきたのだろう。

明治から戦前に新聞を舞台に言論活動をした加藤房蔵は、1893（明治26）年に『北海道地理』という解説本を書いている。目的は、富国強兵のために、九州と四国を合わせたよりもずっと大きな北海道をいかに資源化すべきかを活発に議論すべし、という一点にあった。奥付を見ると住所は札幌区だから、「中央」の言論人が北海道に暮らしながらつづった最初期の北海道論といえるだろう。

加藤は主に1891（明治24）年の統計をもとに、地勢から人口動態、農水産業や鉱業の概況、行政、生活インフラ、アイヌの現状など北海道の営みの総体を科学的に整理している。この時代、道庁の殖民課が行った入植適地の選定ではまだ全道の1割程度をカバーするだけで、実際に開墾が

進んでいるのはさらにその2割に満たない。移民による開拓は国家の急務だった。人口1万人以上のまちとして函館、小樽、札幌、江差、根室、福山（松前）が挙がっていて加藤は、小さなまちにも必ず遊郭があり、風紀の乱れは新開地につきものだがそれにしても、と嘆いてもみせた。北海道は、徹底して内国植民地としての資源でしかなかった。

加藤はその後、日本の朝鮮併合に伴って置かれた朝鮮総督府の機関紙「京城日報」のトップを務め、大正はじめには、国体と国史への賛美にもとづいて大日本帝国憲法を論じた「日本憲政本論」を著している。

観光でも植民地経営でも、まなざしの構図は、自分（中央）と彼ら（北海道）の二元論にとどまった。明治大正期の北海道は、あくまで近代国家の立ち上げに必要な資源の島であり、エキゾチックな体験を求めるごく一部の人々のまなざしの受け皿だった。

としているのがある（原文は横書き）。

M：北海道民、北海道人のひとりとしては、少しくショックを受ける内容ですね。

C：さらには、小泉雅弘執筆の書評「読書ナビ　ほっかいどう　北海道で考える〈平和〉　松本ますみ、清末愛砂編著　法律文化社　二四二〇円　脱植民地化こそ未来つくる」（「北海道新聞　第二八一八六号（日刊）十六版　二〇二一年（令和三年）五月二十三日（日曜日）八面　ほん」北海道新聞社）で、本書が示しているのは、北海道の成り立ちから現在に至るまでのプロセスを植民地化として捉える視点である。

私たちが暮らすこの地が、明治になって北海道と名づけられ、日本の国土に一方的に編入されたこと、「拓地殖民政策」がとられ、短期間に大量の人口が流入したことは、よく知られた事実である。けれども、以前からこの地で生きてきた人々（アイヌ民族）の暮らしや社会が、その結果、根底から破壊されたことは、いまでも封印されがちなままである。北海道のコロニアルな状況は、現在も続いている。

北海道を脱植民地化していくこと。それは、この地に染みついている「植民地の〈におい〉」（序章より）を意識的に払拭（ふっしょく）していくことであり、私たちが真に平和な未来をこの大地につくり出していくためのチャレンジなのである。

としている。

これまた同書（松本ますみ・清末愛砂（きよすえあいさ）編『北海道で考える〈平和〉――歴史的視点から現代と未来を探る』法律文化社、二〇二一年四月十五日初版第一刷発行）を取り寄せて紐解いてみると、これも引用が多くなり、長くなるが、踏まえておくべき内容が以下のようにある（原文は横書き）。

清末愛砂稿「序章　北海道で平和について考えるということ」の中の「1　植民地の〈におい〉がする」の節（一頁）で、

北海道に住み始めると、短期滞在中に感受しなかった独特の感触を日増しに覚えるようになった。それは、住み慣れた関東や関西では嗅ぎとることがなかった不自然さを伴うものであった。その正体を考えているときに、これまで訪問・滞在したことがある海外のいくつかの地で、同じ空気や雰囲気を嗅ぎとったことがあることに気がついた。それらの地の共通点は、植民地支配下に置かれた歴史を有することにあった。筆者が、北海道に漂う空気や雰囲気から嗅ぎとったのは、まさにこの植民地の〈におい〉であったのである。

「第Ⅰ部　現在をとりまく諸問題」の中の同じく清末愛砂稿「コラム②　平和的生存権の実現を求める国際支援活動」の「5　北海道とパレスチナのつながり」の項（八〇頁右段）では、

北海道は先住民アイヌ民族の差別や搾取の上に誕生した。同様にイスラエルは先住民パレスチナ人の追放や虐殺の上に建国された。北海道とイスラエルの成立の構造と現在まで続く先住民への迫害は悲しいまでに似ている。近年の奉仕団はこの類似点に着目しながら、北海道から地理的に遠いパレスチナで活動することの意義を真正面から再考する方向に動いている。この歴史的かつ現在進行形の類似点を無視するならば、奉仕団の活動は偽善的なものにしかならないからである。足元と世界の問題を相互につなげようとすることから、構造的につくられたグローバルな不正義への挑戦が

としている。

始まる。

としている。

「第Ⅱ部　歴史からの視点」の中の松本ますみ稿「第9章　グローバルヒストリーの中の北海道史」の「1　はじめに」の節（八二頁）で、

> 北海道がいつ日本の領域内に国際法上組み込まれたのかについては諸説ある。まず、北海道が日本領土になった時期は不明、という政府見解。第二に、「日露通商条約」（１８５５年）が根拠となって日本領となった説。第三に、１８６９年（明治2年）説。第四に、蝦夷地は江戸時代には日本国有の領土でなかった説（北海道新聞２０１８年7月8日）。
>
> すなわち19世紀の半ば、鎖国から開国、明治政府設立へのうねりの中で、北海道とはその命名も含めてその存在を日本国領内に住む住民（＝明治以降の日本人）にほぼ新しく認知された地名と場所であったということである。
>
> それから約150年。北海道は欠くべからざる一部として日本の領域内にある。さて、開拓初期には、北海道の諸地域が「殖民地」と呼ばれ、移民を招致したこと、殖民地＝植民地とは官が整備した北海道の土地で、英語のcolonyの訳であることをまず確認しておこう。

としている。続いて、「2　産業革命、国民国家、資本主義、日本版植民地北海道の始まり」の節の中

の「■内国植民地としての北海道」の項（八四頁）では、

食べられぬ人々を引き寄せ、官が「殖民」政策を行い、殖産興業の実行／実験場所となったのが北海道だった。内国植民地のスタートである。自然を征服し、開拓者が自活し、商品作物を作って富を蓄積する（余剰を残す）ことは良いことであるという「開発」観が脚光を浴びるようになった。

としている。最後の「8　まとめ」の節（九〇～九一頁）では、

北海道が、海外植民地に先駆けた内国植民地であったこと、国内の矛盾を解消すべき地、国威を称揚する場として利用されたこと、自然の資源を資本主義＝国富に利用するために大量に利用されたことで豊かな自然は消滅しかかったこと、その経験が海外植民地でも生かされたこと。それらのことを忘れてはいけない。今こそ「豊かさ」についての再定義が必要な時はない。

としている。

同部の中の小田博志稿「第12章　北海道を脱植民地化する」の「1　まず相手の声を聴くことから」の節（一一一頁）で、

植民地主義とは、聴く耳のない、一方的な支配関係だからである。植民地主義により行われてきた

のは、自分たちとは異なった人たちが住む土地に、何の断りもなく入り込み、一方的にこちらの都合を押しつけて、相手を抑え込み、その人たちから土地や資源や文化を奪い取るということである。さらにその土地の改変、汚染、破壊も行う。

としている。続いて「2　植民地化の「歴史」を知る」の節（一一二頁）で、

「1869年（明治2年）：明治政府「蝦夷地」を北海道と命名、開拓使を設置」――「和人」の歴史教科書では、この程度の記述で終わってしまう年号は、「北海道開拓」と称する植民地化の始まりであり、これ以後アイヌ民族の運命が大きく変えられる転換点となった。

としている。また、「5　先住権を回復する」の節（一一六頁）では、

脱植民地化とは、一方的な支配と収奪の植民地主義的状況を解消することである。先住民族との関わりでは、植民地化の過程で先住民族が奪われた権利である先住権を回復することが重要である。世界的なレベルでは先住民族の権利回復の気運は高い。その成果として2007年に国連で「先住民族権利宣言（UNDRIP）」が採択され、日本もこれに賛同した。その前文で、「先住民族は、とりわけ植民地化され、またその土地・領域・資源が奪われたために諸々の歴史的不正義によって苦しんできた」と明記された。さらに、宣言の本文には、先住民族の土地・領域、生業、資源、言

語・文化、遺骨返還などに関する権利である先任権が詳細に規定されている。つまりこの宣言で明確にされたのは、先住民族とは、ある土地が植民地化された時点で、そこにすでに住んでいた人たちとする定義であり、さらに「先住民族」の認定は、植民地化の歴史の認識と、その中で奪われた先住権の回復と切り離せないということである。

（中略）

アイヌモシリは国家によって植民地化され、アイヌは集団としてその権利が奪われ、「国民」とされた。その歴史の帰結として北海道に日本国憲法が施行されることになった。一方、先住権は国家によって植民地化される以前の権利であり、国家の基本法である憲法の外部に位置づけられる。憲法をもって先住権を否認することは、植民地主義の継続に与する（くみ）することになる。憲法の当該条項の精神を尊重しつつも、先住権の回復と脱植民地化のために、国家＝憲法の外部に出る多角的な思考が必要である。

としている（傍点は原文）。

同部の中の葛野次雄語り、清末愛砂・松本ますみインタビューアー・まとめ「【補章】アェイヌ民族として生きることと尊厳の恢復――葛野次雄さん（静内アイヌ協会会長）インタヴュー」（二〇二〇年五月二十二日、新ひだか町の葛野次雄さんの自宅にて聞き取り）の「アェイヌモシリの植民地化――誰にも売った覚えはない」の節（一二三頁左段～同頁右段）で、明治時代につくられた戸籍制度の中に、アェイヌも入れられました。そうやって、アェイヌをシャモに同化しようとして、現在にいたっているわけです。私からすると、えらい迷惑な話で、面白くありません。

アェイヌモシㇼ（注：北海道）の土地の売買にしても訳がわからないので、日本の誰がどんな値段でここを買ったのかということを法務局で尋ねたことがあります。静内の法務局では、「わかりません」と言われました。（中略）

アェイヌモシㇼを植民地として日本に編入し、あとは当たり障りのない表現でそれを誤魔化して、150年が経ちました。（中略）

アェイヌはずっと昔からここにいました。法律にしたって、外からここに持ってきたのだから、その「ほ」の字だって知りません。私や父から言わせると、シャモは外からきた侵略者です。侵略者がここに法律を勝手にもってきて、「土地を買った、売った」とか言うわけです。

と語っている。続いて、「エカシとフチが泣いている」の節（一二四頁左段）で、

アェイヌモシㇼをどのような形で奪い、植民地として編入したのかということを、誰にでもわかるような言葉できちんと表現しなければおかしい、というのが自分の考え方です。（中略）アェイヌからすれば、貸した覚えも売った覚えもないのです。アェイヌをだまして土地を奪った、ということがはっきりする世の中にならなければだめだと思います。

と語っている。そして、「不条理な世界をつくったのは誰なんだ」の節（一二四頁左段～同頁右段）で、

こういう不条理な世界をつくったのは一体誰なんだ、と言いたいです。それは、日本です。アェイヌモシリを奪った日本が、こんな世界をつくったのです。（中略）何もしていないのに、アェイヌが共有してきた土地を権利書も何もない弱みに付け込んで、奪ったのです。アェイヌは、山に行って木や山菜を採って、鹿や熊を獲って、川に行って秋味を捕って、浜に行って昆布を採って、日々の生活を送ってきました。それなのに、シャモが入ってきて、うまいことを言いながら、その権利を少しずつ、俗に言う、真綿で首を絞めるような形で全部取り上げました。アェイヌに、権利という権利は一つもありません。

と語っている。
松本ますみ稿「あとがき」（二五一～一五二頁）で、

北海道をどう捉えたらいいのだろうか？　筆者の頭に、２０１４年の室蘭工業大学赴任以来引っかかっていることだ。江戸時代までは蝦夷地、近代になって北方の守りという軍事的役割を担うと同時に、原生林を切り拓いて食べられぬ内地の民を養い、拡張する軍事国家を殖産興業で支えた。戦後は、満蒙開拓移民引揚者や樺太引揚者を受け入れ、農業や酪農といった開拓に本腰を入れた。

そして高度経済成長期以来、多額の公共事業を飲み込み、各地の鉱工業も発展し、道民の生活は豊かになった。高度成長期が終わり農業や鉱工業は衰退するも観光業は２０１９年までは空前の興隆をみせた。軍事の島、開拓と農業／酪農の島、産業の島、観光の島と北海道は時代によって様々な側面をもってきた。その一方でこの島の明治以降の統治者による先住民政策は、海外植民地統治でもおおいに役立つことになる。それは、「野蛮」との烙印を与えた上で文化的抹殺をし、当事者たちに自民族への自信を喪失させ無力感を与え結果的に日本人に同化させていく、というものであった。
今から40年以上前、先住権という概念がまだなかった頃、旭川在住の文芸評論家高野斗志美は次のように述べている。

自然とたたかい、貧困にたえ、粒々辛苦して開拓をすすめた明治期の開拓民は、近代日本の最下層社会を生きぬいた民衆そのものにほかならない……その生きざまの社会的総体がまさに和人地の構築と拡大であり、アイヌ・モシリの絶滅であり、アイヌ解体に直接していた限り、シャモ開拓民の一人ひとりの存在そのものは決定的に植民地支配者の権力の側にいたのである……他民族の圧殺のうえに日本民族は近代国家としての自己拡大をはかりつづけて来たが、その国家内部において、社会の深部において、わたしたちはまたさまざまな形でそれを実行してきた。アイヌに対するシャモとして。アイヌを差別し、搾取し、解体する支配者・シャモとして。」（高野斗志美、１９８０、「解説」『北海道文学全集第11巻　アイヌ民族の魂』立風書房、三三六―三三七頁）

このシャモ（和人）の加害者性をえぐった文章は、今でもシャモに課題を突き付ける。シャモは支配者とルールの点で一体化し、自分たちに都合のよい開拓史観を展開してきたのだと。アイヌ民族との「和解」があるとすれば、シャモが自分勝手な価値観の問題点に気づくことから始まるのであると。

遅れた「野蛮人」を「文明化」するという美名に隠れた開拓や開発、森や野生動物の消滅と生活圏の消滅、言語文化抹殺政策は、先住民自身の心に負のスティグマを貼りつつ多大な犠牲を課しながら進んだ。それは、16世紀から20世紀にかけて世界的に進んだ植民地主義、帝国主義の歩みとも同調していた。

としている。

M：そうすると、少なくとも**二重の植民地化**ということになるのでしょうかね。ひとつは、**シャモ（和人＝本州方面から渡って来た人々）がアイヌを**、もうひとつは、**内地が外地（ここでは北海道）を**、という。

そうして、今でも北海道に〝植民地のにおい〟が染みついている、ということになるんでしょうかね。さらには、道州制とか、北海道国家独立論の類とかの起源をここいらへんに求めることも可能なのかもしれないのですね。

O：北海道人のわたしの感覚だと、「開拓」「開拓地」、「入植」「入植地」、「移住」「移住地」ぐらいまでならわかるんですけど、「植（殖）民」、「植（殖）民地」となると、何だか違和感を感じます。

C：ここで、類似した概念を有する語群を列挙して押さえておくことにすると、

行為概念	対人呼称（集団）	対人呼称（個人）	土地呼称
「植（殖）民」			「植（殖）民地」
「拓殖」			「拓殖地」
「開拓」	「開拓民」	「開拓者」	「開拓地」
「開拓移住」	「開拓移民」	「開拓移住者」	「開拓移住地」
「伐開」		「伐開者」	「伐開地」
「入植」	「入植民」	「入植者」	「入植地」
「入地」	「入地民」	「入地者」	
「移入」	「移入民」	「移入者」	「移入地」
「移民」		「移民者」	「移民地」
「移遷」	「移遷民」	「移遷者」	「移遷地」
「移住」	「移住民」	「移住者」	「移住地」
「移転」		「移転者」	「移転地」
「移動」	「移動民」	「移動者」	「移動地」
「移送」	「移送民」	「移送者」	「移送地」
「移行」		「移行者」	「移行地」

「移駐」　「移駐民」　「移駐者」　「移駐地」
「転住」　「転住民」　「転住者」　「転住地」
「転地」　「転地者」
「転入」　「転入者」　「転入地」
「転居」　「転居者」　「転居地」
「出稼ぎ」　「出稼人（者）」　「出稼地」

などがある。

M：当然のことながら、宮澤賢治は北海道民でもなく、北海道人でもありません。本州人であり、内地人です。内地からみれば北海道は外地ということになります。〈植民地風〉や〈殖民地風〉の淵源はそこら辺にもあるのではないでしょうか。

ま、とにもかくにも、宮澤としては、北海道という「植（殖）民地」的なエキゾチシズム（異国情緒。異国趣味）を誘発する土地に、今まさに自分がその地に来て居て、北の大地の空気を吸っている感動や感慨があったのではないでしょうかね。

こんな小馬車に

Ki：〈こんな〉っていう表現は何となく上から目線のような気がしますよね。あんまり普通使わないですよね。〈植民地風〉から〈こんな〉で、北海道は伝統が薄いからね。東北あたりの伝統の深い地域からこっちに来たときに、そういう風に感じたんじゃないかと思うんですよね。

O：わたしは逆に感動してる方の〈こんな〉じゃないかなと思うんですけど。例えば、すごい気に入った贈り物をもらった時に、「こんな素適な物いただいていいんですか。」っていうその「こんな」っていう方の〈こんな〉じゃないかな。

Ki：なるほどね。わたしはほんとに「こんなの？」って方。全体の捉え方かもしれないね。

Mi：「こんな大馬車」だったら「こんなのに乗せてもらう」っていうのあるけど、〈こんな小馬車〉だから小馬鹿にした雰囲気。

M：〈植民風の〉と来て〈こんな〉みすぼらしいとまで言わないまでも粗野な〈小馬車〉のような意味ととるのと、〈こんな〉立派なとまで言わないまでも素朴で素適な〈小馬車〉のような意味ととるのと、解釈によって、朗読や音読などするときに〈こんな〉の読み方のトーンとか調子とかが違ってきますよね。

Ka：案外この人はさり気なく書いているようで、すごいひねってるのかもしれないですね。

K：当時の写真を見ると、前輪が少し小さく、後輪が大きい黒い馬車ですね。

C：当時の旭川停車場前の写真で〈小馬車〉が写っている「写真130　乗合馬車　旭川駅前（大正10ころ

当時の旭川停車場前と〈小馬車〉（大正10ころ撮）

撮）」（旭川市中央図書館蔵、旭川市総務局総務部市史編集事務局編『開基一〇〇年記念誌目で見る旭川の歩み』旭川市、平成二年（一九九〇）年九月二十日発行、九二頁中段→この頁の上の写真）等にみえる。

M：違う形態の馬車があったり、季節によって違っていたなどがあるかもしれないけれど、この写真の馬車を見る限りでは、馬車の屋根には白っぽい幌が掛かっていて、進行方向右横から乗り、黒い布は目隠しや日除け・寒さ防ぎなどのために後ろの方に掛けられていたり、降ろせるようになっていて、たくし上げてあるのが見え、前方に黒い布はないですね。黒布のないところ、もしくは、黒布越しに外がみえることになりますね。

当時の**旭川停車場**、今の旭川駅を出ると、駅前には、少し下った右手辺りにタクシー代わりの「辻馬車」「客馬車」「乗合馬車」「駅馬車」「ガタ馬車」「幌馬車」「乗用馬車」「乗馬車」などと称される馬車が待っています。六人から八人乗りぐらいの広さの馬車だったようです。

C：「第四章　交通」の中の「第十一節　道路」（坂東幸太郎・中村正夫共編『市制施行記念　旭川回顧録　完』改造評論社出版、大正十二年十一月二十五日印刷、大正十二年十一月三十日發行、二六七頁）に、

大正八年上川馬車鉄道会社廃絶するに及び市内交通上甚だ不便を感ずるに至りしかば旭川市役所は第七師団と諮り乗合馬車に補助を興へて一定区間を限り命令定期馬車を運行せしめつ、ある、現在乗合馬車数は百十七輌で其営業者は九十七人である

とある（旧字体を新字体とした）。

また、上野正人稿「第二章　明治・大正・昭和前期」の中の「五　札幌本道の建設」の節（同著『昭和までの北海道道路史物語——0から8万キロメートルへ』前出書、一八六～一八七頁）に、

開拓使は布告前の〈明治六（一八七三）年〉十月九日、函館・森村間（四五km）において乗合馬車の運行を開始した。鶴岡町（函館市大手町）に馬車会所を設置し、森村と中間の峠下村に停車場を置き、さらに峠下村には乗客のための旅館を建てた。「馬車仮規則」によれば、発車定日は「一六四九ノ日」で、函館と森村を、それぞれ午前七時に出発し、十一時、両便とも峠下村に到着する。そして午後一時に峠下村を出発し、午後五時、森村と函館に到着する。

大馬車は十人、小馬車は八人が定員で、士農工商にかかわらず先着順で乗車を許可する。亀田、桔梗野、七重、峠ノ上、蓴菜沼、宿野辺および追分（森町）に馬車休憩所を設け、宿野辺では馬を交換する。乗客の賃銭は、十五歳以上が函館・森村間一人あたり一円四十三銭七厘五毛で、貸切馬車の運行もあった。しかし、この乗合馬車は、「人心未(イマ)タ便利ヲ知ラス、其業振ハサルヲ以(モッ)テ」翌七年一月七日、冬季三か月の営業だけで「姑(シバラ)ク発車ヲ止ム」となった〈『北海道志』（開拓使編纂、歴史図

書社、昭和四十八年復刻＝同書巻末の「参考文献」、五七八頁より〉〉。

とある。これに拠ると、〈乗合馬車〉の〈小馬車は八人が定員〉であったことがわかる。明治六（一八七三）年と、ちょうど五一年遡るが参考になるかもしれない。

M：〈こんな小馬車〉と二度出てきますが、これは文字通り宮澤の感覚で小さな馬車だったからでしょう。「中馬車」が西部劇などに出てくる幌馬車で、「大馬車」が当時少し前まであった馬鉄のような大量輸送用の交通機関のイメージなのでしょうかね。

が、しかし、ことは大きさだけから来たっているのではなくって、**コトバのリズムや頭韻を踏んでいるなどの響きを合わせて感覚した調子を求めて**〈小馬車〉という語が選ばれて用いられているのではないでしょうか。「コンナ　コバシャ」「コンナ　コバシャ」と始めの方と終わりの方で計二回繰り返されていることになります。「konna　kobasya」で母音だけを抜き出してみると「oa　oaa」となります。これが「コンナ　バシャ」「コンナ　ツジバシャ」「コンナ　キャクバシャ」「コンナ　ノリアイバシャ」「コンナ　エキバシャ」「コンナ　ガタバシャ」「コンナ　ホロバシャ」「コンナ　ジョウヨウバシャ」「コンナ　ノリバシャ」では調子が良くない、ここは、「コバシャ」が**調子良い**、と。

*

M：ところで、「停車場」は、「ていしゃじょう」とも「ていしゃば」とも読めて、「ていしゃば」よりも「ていしゃじょう」の方が範囲が広いことがあるようなんです。宮澤は、どう読む意識で作品を書いていたのでしょうね。
例えば「銀河鉄道の夜」に出てくる「白鳥の――」?」
一同：ていしゃば。
M：「はくちょうのていしゃじょう」だと何だか少し言いづらいですよね。振り仮名の振ってある本なんかはほとんどが「ていしゃば」じゃないかと思いますが、なかには「ていしゃじょう」と振ってある本もあります。
C：宮沢賢治作、田原田鶴子絵『銀河鉄道の夜　宮沢賢治童話傑作選』（偕成社、二〇〇〇年十一月第一刷発行、九九頁下段）で、編集部が作成した「用語解説」には次のようにある。

停車場（ていしゃじょう）●ていしゃば。現在の鉄道の「駅」。広くは操車場（そうしゃじょう）や信号所も含め、こう呼んだ。

「停車場」は、宮澤が〝別世界への旅の手段としての鉄道が好きだった〟ことから作品に多く登場している。
宮澤賢治著（作）『心象スツケチ（ママ）（詩集）　春と修羅　大正十一、二年』（前出書）には、次のように登場している。

さつき盛岡のていしやばでも
たしかにわたくしはさうおもつてゐた（六四頁）

（中略）

つつましく肩をすぼめた停車場と
新聞地風の飲食店（六八頁）
（「小岩井農場　パート二」一九二二（大正十一）年五月二十一日）

きしやは銀河系の玲瓏レンズ
巨きな水素のりんごのなかをかけてゐる）
りんごのなかをはしつてゐる
けれどもここはいつたいどこの停車場だ（二〇七頁）
（「青森挽歌」一九二三（大正十二）年八月一日）

「ていしゃじょう」の平仮名書きやルビのある用例はない。
そのほかには、例えば、「厨川停車場」という作品があるし、「青森挽歌　三」で〈法隆寺の停車場で〉とかがあり、「マリヴロンと少女」の終わり頃には、
停車場の方で、鋭い笛がピーと鳴り、もずはみな、一ぺんに飛び立って、気違ひになったばらばらの楽譜のやうに、やかましく鳴きながら、東の方へ飛んで行く。

とあったり、「グスコーブドリの伝記」では、

六年の間はたらいた沼ばたけと主人に別れて、停車場をさして歩きだしました。

と出てくる。

M：〈盛岡のていしやば〉と平仮名書き、あるいは〈停車場（ば）〉とルビを振ってあるということは、逆に言えば、「じょう」と読まれる可能性を認識しているから、そう読まれないように「ば」と振り仮名することで読みを指定している、ということですよね。

また、「ていしゃじょう」の平仮名書きやルビのある用例はない、ということからすると、「ていしゃば」が当時の通常の呼び方であった証左としていいようですね。

当時の用例によっては例外があるかもしれないけれども、**通常は、宮澤は「ていしゃば」と読む意識で作品を書いていた**、としておきますか。

なお、大正十年の「國有鐵道建設規定」で、庶民が先に馴染みのある「驛」（「馬」が「つながる」場所）を使い出していたため、「駅」は列車を停止し旅客や荷物を取り扱うため設けられた場所として正式名称になった。が、ここではまだ旧来の「停車場」の意識が強かったのではないかとみておくことにしましょう。

そういえば、石川啄木のあの有名な「ふるさとの訛（なまり）なつかし／停車場（ていしゃば）の～」というのもありましたね。

C：明治四十三年十二月一日発行なので時期は遡ることになるが、宮澤も読んでいたと思われる石川啄

木著『歌集一握の砂』（前出の複刻版）では、次のように全部で八か所登場している。（旧字体を新字体に。一部を除き振り仮名は省略）

ふるさとの訛なつかし
停車場の人ごみの中に
そを聴きにゆく（一〇五頁より）

霧ふかき好摩の原の
停車場の
朝の虫こそすずろなりけれ（一二八頁より）

ふるさとの停車場路の
川ばたの
胡桃の下に小石拾へり（一三二頁より）

石狩の美國といへる停車場の
柵に乾してありし
赤き布片かな（一八二頁より）

子を負ひて
雪の吹き入る停車場に
われ見送りし妻の眉かな（一九二頁より）

汽車の旅
とある野中の停車場の
夏草の香のなつかしかりき（二六二頁より）

ふと見れば
とある林の停車場の時計とまれり
雨の夜の汽車（二六三頁より）

夜おそく停車場に入り
立ち坐り
やがて出でゆきぬ帽なき男（二七六頁より）

なお、この年代で「駅」の用例も次のように全部で三か所みられる。

真夜中の
倶知安駅に下りゆきし
女の鬢の古き痍あと（一七九頁より）

うたふごと駅の名呼びし
柔和なる
若き駅夫の眼をも忘れず（二〇一頁より）

さいはての駅に下り立ち
雪あかり
さびしき町にあゆみ入りにき（二〇三頁より）

M：高橋力執筆「北だより　大切な「停車場」」（「北海道新聞　第二七九七〇号（日刊）」北海道新聞社、二〇二〇（令和二）年十月十一日（日曜日）、十七面　地域の話題（旭川　上川））に、

明治生まれの亡き祖母は、駅のことを「停車場」と古風に呼ぶことがあった。（中略）激動の昭和を生きた祖母は、軍に入隊する息子を停車場で見送った。生還した息子が、勉学のた

当時の旭川停車場（『旭川回顧録』口絵写真より）

め都会に向かう際にも停車場に立った。停車場、駅は単なる交通施設ではない。出会いと別れ、旅立ちなど喜びや悲しみが交錯する人生の節目の舞台だ。

（中略）風雪に耐えながら、住民の営みを支えてきた。駅は地域の歴史を物語る大切な存在でもあり、それゆえに（中略）宗谷線の駅には全国から旅人が訪れる。

宗谷線のある駅に置かれたノートには、人生に疲れて自殺を考えるほど追い詰められた人が、これらの駅を独り訪れて心の安らぎを得て、再び立ち上がったとの思いがつづられている。駅は、そのような力さえ秘めている。

とあります。

「停車場・駅」が、時代を積み重ねて来てゐてその〝重み〟が変質してきている、旅を通して生きる力を与える、という感を抱きました。

朝はやく

M：〈朝はやく〉と〈朝早く〉で、二回出てきて、これも表記を変えています。一回目は〈朝はやく〉と「はやく」のところをひらがなにしていて、二度目は表記を変えて「はやく」のところを漢字にして変化を付けていますね。読むときのスピードが違ってくる気がします。「はやく」は少し遅くて、「早く」は少し速い気がします。

青函連絡船から函館本線に乗り換えて小樽・札幌を経由して旭川に着いたのが、朝の四時五十五分。これから約七時間、旭川（付近）に滞在していたことになります。

C：その時の宮澤の格好は、宮沢清六他編『【新】校本宮澤賢治全集 第十六巻（下）補遺・資料 年譜篇』（前出書、二五七頁上段）に拠ると、

ナーサルパナマの帽子、真白のリンネルの背広、渋いネクタイ、赤革の靴といういでたちで、黒皮のカバンに例によりシャープペンシルにノート。

となっている。

M：まず、〈ナ、ー、サ、ル、パ、ナ、マ、の帽子〉は長い間未詳だったんだけど、入澤康夫さんが、「マ、ー、シ、ャ、ル、パ、ナ

マの帽子」のことだと解明してくださった。

C：〈パナマの帽子〉については、『広辞苑』（電子辞書 CASIO EX-word DATAPLUS6 XD-B5900MED）の「パナマ-ぼう【パナマ帽】」の項に、

エクアドル産のパナマ草の若葉を細く裂いて白く晒（さら）し、これを編んで作った夏帽子。

とあり、『百科事典マイペディア』（電子辞書　同前）の「パナマぼう【パナマ帽】」の項には、

つばの小さな夏の日よけ帽。**panama hat**。中南米原産のパナマソウの若葉を裂いて乾燥させたものを編んで作る。３００年ほど前からエクアドルやコロンビアで作られており、イギリス人がかぶっていた。名称はパナマで売買されていたことに由来。

とある。

M：そう。そのようにわかっていたんですが、〈ナーサル〉がいろんな調べをしてみてもわからなかったんです。

C：入沢康夫稿「[研究漫筆]⑧　ナーサルパナマの謎」（本多健治編「賢治研究　95」宮沢賢治研究会、平成十七年三月三十一日発行、四九頁）に、

「ナーサルパナマの帽子、真白のリンネルの背広、渋いネクタイ、赤革の靴」というのが、昭和十七年に出た佐藤隆房『宮沢賢治』に記録された、大正十二年夏にオホーツク挽歌の旅に出で立つ際の賢治の服装だ。この記述は、他にこれと相違（あるひは追証）する証言もないまま、新校本全集の年譜に到るまで、ずっと踏襲されてきている。

と正確な経過の押さえが示されてから、次に、Mail に対するパナマ帽専門店である文二郎帽子店の先代からの回答に、

◯ナーサルパナマとは？

聞いたことがありません。

マーシャルパナマの間違いではないでしょうか。昔、第一次世界大戦の頃に太平洋の真ん中にマーシャル群島というドイツ領の島があったのですが、戦争が終わる時にそこが日本の統治（領土？）になり、その島で取った椰子の葉を乾燥し、染色して編んだ物を型入れした帽子がマーシャルパナマです。

こちらのパナマは、本パナマの次に上等でツヤがありました。・・多分材料自体に油があったのではないでしょうか。

型は、カンカン帽が流行った次の時代50年～60年前はスジイリパナマやツマミパナマが主流だったので、このような型だったのではないでしょうか。

ツバはあまり広くありせんでした。（通常は６㎝ぐらいです）」

とあり、これを受けて、

ナーサルはマーシャルの訛り（方言的な言い間違い、聞き間違い、または書き間違い）だったのである。

と、結論づけている。

M：いやー、これとわかったときには溜飲が下がりましたね。

C：なお、「マーシャル」は、『広辞苑』（電子辞書　同前）の「マーシャル‐しょとう【マーシャル諸島】」の項に、

（Marshall Islands）太平洋中央部、ミクロネシアの東部に散在する珊瑚島・環礁から成る共和国。住民はミクロネシア人。第二次大戦まで日本の委任統治領。１９４７年からアメリカの信託統治領となり、ビキニ・エニウェトク両環礁で核実験が行われた。８６年、独立。面積181平方キロメートル。人口５万７千（２００２）。首都マジュロ。

とあり、『ブリタニカ国際大百科事典』（電子辞書　同前）の「マーシャル諸島（Marshall Islands）」の項には、

ヤシが群生する首都マジュロ.

（中略）

正式名称　マーシャル諸島共和国 Republic of the Marshall Islands。

（中略）

西太平洋、ミクロネシアの東端にあるサンゴ礁群を占める国。北西から南東に2列の島列を形成。1529年スペインのA・サーベドラが来航、1788年イギリスのJ・マーシャルおよびT・ギルバートが探検した。1920年から日本の委任統治領となり、ジャルイト島（ヤルート島）に南洋庁支庁が置かれた。1947年から国際連合の信託統治領としてアメリカ合衆国が施政。（後略）

とあり、『百科事典マイペディア』（電子辞書　同前）の「マーシャルしょとう【マーシャル諸島】」の項には、

（前略）

1529年スペインの探検家サーベドラが到達したものの、スペインは開発に手をつけず、米西戦争に敗れたことにより、1899年カロリン諸島などとともにドイツに売却した。第1次大戦後の1920年、日本の国際連盟委任統治領、第2次大戦後は米国の国連信託統治領となった。（後略）

とある。

M：ということは、マーシャル諸島は、第一次大戦後の大正九（一九二〇）年から第二次大戦後の昭和二十二（一九四七）年にアメリカ合衆国の国際連合信託統治領になるまで、日本の国際連盟委任統治領だった、ということなんですね。

次は、〈真白のリンネルの背広〉と〈赤革の靴〉についてなんですけど―。

C：電子辞書（同前）に、〈リンネル〉は、

リンネル【linière（フランス）】　亜麻の繊維で織った薄地織物。リネン。（『広辞苑』より）

リンネル〔linière フランス〕　亜麻糸で織った薄地の織物。夏物の衣料や、ハンカチ・シーツ・テーブルクロスなどに使用される。リネン。（『明鏡国語辞典』より）

リンネル〔linen〕　薄手で夏向きの亜麻織物。綿製品。（『現代カタカナ語辞典』より）

とあり、〈赤革〉は、

あか‐がわ【赤革】　赤く染めたなめしがわ。（『広辞苑』より）

とある。

M：「風の又三郎」にあらわれた少年高田三郎は、〈白い半ずぼんをはいてそれに赤い革の半靴をはいて

ゐたのです。〉とあり、それぞれに付いている少年らしい「半」を取って少年が大人になれば、「白いずぼん」に「赤い革の靴」のいでたちになるし、「土神ときつね」の狐や「グスコーブドリの伝記」のブドリが〈赤革の靴〉を履いていて同じなんだけど、宮澤の好みだったのと、自分の分身たちだったのかも、ですね。

*

M：それから、食事摂りの件についてです。朝食はどこで何を摂ったのでしょうか。また、旭川を離れる頃には昼食の時間帯になっているんだけど、昼食は旭川のどこかで何かを食べたのでしょうか。あるいは、駅弁だったのでしょうか。

旭川停車場は駅弁を販売している停車場だったんです。

S：当時の駅弁が出てくる本ないかな。

M：それと、当時、宮澤が乗った旭川から稚内行きの列車には食堂車が付いていました。

一同：そりゃーやっぱり、鉄ちゃんとしては絶対に食堂車でしょう。

Mi：朝はねー、食べてないですよ。きっと。

M：駅弁って、何時から売ってるんでしょうね。

Mi：一番列車では売るんじゃないですか。四時五十五分着は夜行列車だから無いと思うけど。

M：そうすると、昼食として旭川停車場の駅弁の可能性はもちろんあるし、朝方に旭川停車場に戻っていれば、駅弁が売られていて、朝食として買って食べていた可能性があるということでしょうか。

作品後のことなので、また、あとで考えてみることにしますか。

ひとり乗ることのたのしさ

M：〈ひとり乗る〉とありますから、ほかに乗る人がいなかったんですね。いわば貸し切り状態。そしてその〈こと〉を〈たのしさ〉と形容していますね。気兼ねなく過ごせるからでしょうかね。

ところで、宮澤はこの旅で心理実験の成果を求めているようにも思えます。岩手県という地上世界・現実空間（三次元空間）のイーハトーブ化から、青森・北海道・樺太という北の涯・磁場空間の異空間への媒介空間化を通って、死後の世界・霊界の世界という異空間（四次元空間）の銀河世界の成立化を図り、トシの居る転生先である世界の現前化の成功を目論んでいるようにも思えるということなんです。

この旅は、妹トシの霊との交信を求めての最北の地へのひとり旅。対なる幻想を抱えながらの旅。そんな世界認識の差異の狭間の中で生まれたこの作品からは、なぜか爽やかに軽やかな明るい印象を受けます。〈たのしさ〉とあるように旅のひとときを愉しんでいる宮澤がいます。

「農事試験場まで行って下さい。」
「六條の十三丁目だ。」

K：「直筆原稿を観ると、ここの二行にはあとでカギ括弧を書き足しているよね。ここだけ括弧付けて会話にしている。なぜカギ括弧の会話にしたんだろうね。

O：〈この黒布はすべり過ぎた。／もっと引かないといけない〉、これは心の声で、カギ括弧付けてのは実際の会話として。心の中の声と入り混じってますよね。

M：カギ括弧を書き足す手法で、実際の会話であると形で表わしておく、もしくは、実際の会話であるように表わしておく作品にした、というようなところでしょうか。

そうすると、前の行き先を告げる言葉は乗客である宮澤だとして、あとの条丁目を言う言葉は誰が発したんだと思いますか。

S：〈馭者〉ですよね。当然。普通にやり取りだと。今のタクシーの運転手みたいなものですよね。市内のどこに何があるか把握していますよね。

M：普通に会話の受け答えだけを考えるとそうなんですけど、宮澤が来旭した大正十二（一九二三）年八月二日には、〈農事試験場〉は六条通十三丁目には無かったんです。だいぶ前の明治三十七（一九〇四）年から永山に在ったんです。それを今で言うタクシーの運転手が知らないとは思えないですよね。

O：単純計算で十九年も経ってますもんね。

K：宮澤が行き先を告げた際に、〈馭者〉が「永山までですか。」と言ったことに対して、宮澤が事前に調べてメモしていて答えた言葉だと思う。

M：そうですね。会話体の文末で〈だ〉、と言っているので、〈馭者〉が乗客に言うには不自然ですよね。

その実態を確かめるためにも、〈農事試験場〉の沿革（名称や所在地の変遷等）を調べておきましょう。

そして、そこから宮澤が事前にどのような資料で調べて、「〈農事試験場〉は〈六條の十三丁目〉に在る」と知って、大正十二年当時もその情報を信じたまま、その場所を実際に訪れる事態に陥ってしまったのか、について考えてみましょう。

C：北海道立上川農業試験場編「北海道立上川農業試験場年表」（同編『北海道立上川農業試験場百年史』同場発行、一九八六年八月二十日印刷、一九八六年八月二十三日発行、三〜七頁）に拠ると、

一八九七（明30）鉄道敷設により試験地は鉄道用地となるため**旭川村6条11丁目**（現、旭川東高校）に事務所を移転。試験用地約17.7 ha。〔口絵写真の説明に〈上川農事試作場の全景一八九七年（明30）ころ／旭川村6条11丁目（現東高等学校附近）〉とある。〕

一九〇四（明37）旭川市街拡張のため、**上川郡永山村**（現在地）に移転。（中略）試験用地約4.4 ha、水田約0.4 haを設けた。

一九一〇（明43）第一期北海道拓殖計画の実施にあたり、国費に移管され、**北海道農事試験場上川支場**と改称

西暦	和暦	所在地 ※（　）内は現在	名称	事項
一八八六	明19	忠別太（旭川市神居町155番地）	忠別農作試験所	麦、粟、稗、そば、そ菜類を播種試作
一八八七	明20	―	（廃止）	樺戸監獄署に業務引継ぎ
一八八九	明22	（旭川市一条通二、三丁目）	忠別農作試験所	復活。蚕桑業を授け、農作物を試作（桑、小麦、菜種、牧草等）
一八九〇	明23		上川農事試作場	改称
一八九四	明27			従来の蚕桑中心の試験を改めて農作物試験に着手
一八九六	明29			水稲試験開始
一八九七	明30	**旭川村六条十一丁目**（旭川市六条通十一丁目、旭川東高校）		鉄道敷設用地となるため移転 試験用地約17.7ha
一九〇一	**明34**		北海道庁地方**農事試験場**	北海道地方費法の制定に伴い**改称**
一九〇四	**明37**	**上川郡永山村9丁目三〇二番地**（旭川市永山六条十八丁目三〇二番地）		旭川市街拡張のため**移転** 試験用地約4.4ha、水田約0.4ha
一九〇八	明41		北海道庁立上川**農事試験場**	**改称**
一九一〇	明43		**北海道農事試験場上川支場**	第一期北海道拓殖計画の実施にあたり、国費に移管され**改称**
一九一五	大4			水稲品種改良試験を強化し分離育種法を採用
一九一八	大7			道産米百万石祝賀会開催
一九一九	大8			最初の育成品種「坊主一号」優良品種決定
一九二二	大11			五月三十一日神尾正支場長となる（大正十三年四月十四日まで）

当時頃の〈農事試験場〉 昭３（1928）
（舟山廣治著『宮澤賢治と上川農業試験場』北海道農業文化研究所、2000年2月25日発行、口絵写真より）

一九一八（大７） 道産米百万石祝賀会開催
一九一九（大８） 当場最初の育成品種「坊主一号」
　　　　　　　　優良品種決定

とある。

　さらに、同「年表」をベースに同書から補訂を加える等を施して関係分を表にまとめてみると、前頁のようになる。

M：これに拠ってひとつの仮説を導き出しておく試みが出来ると気が付きました。

　それは、この作品に〈農事試験場〉の所在地が、〈「六條の十三丁目だ。」〉と現出してくる謎について、その原因の追究を試みておけるのではないか、ということです。

　作品にある〈農事試験場〉と〈六條の十三丁目〉が、宮澤の有していた情報を精確に反映していて証拠となる、という前提に立ってみた場合には、

①明治三十年から明治三十七年移転までは〈旭川村六条十一丁目〉にあった（二丁違い）。
②明治三十四年に「農事試作場」から「農事試験場」に改称している。

とあるので、**明治三十四年改称後から明治三十七年移転前までの間を記した何らかの資料**に由って所在地を把握していた、という蓋然性が高くなります。つまり、宮澤は、少なくとも所在地の情報を、昔の所在地情報で載っている古い資料等に依って把握していた可能性があるということです。

その上で、もしかしたら、その資料にある「丁目」自体が誤植等で「一」が「三」となっていた、あるいは、メモなりして覚える際に「丁目」を少し間違った、というような何らかの具体的なミステイクに因って、実際に現地まで来てから戸惑う事態となってしまった、とも考えられるのではないかという仮説です。

*

M：と、ここまでは、この会話が事実どおりだとしての推測なのですが、「ん！　ちょっと待てよ。」とある時突然ひらめきがやって来ました。ここの会話はおかしいのではないか、と思い着いたのです。その「ひらめき」を逃さないように掴まえながら、違和感の中味を見極めるべく、よ～く考えて展開させて観ると、だんだんその内容が解って来るのを書き出していきました。

どういう内容になったかというと、――

このあと、〈駆者〉は〈小馬車〉を、旭川停車場前から師団通を北の方へ一条から六条まで行って、右折して六条通に入って東の方へ進めるのです。が、しかし、宮澤来旭当時からみて、〈農事試験場〉はとうの昔の明治三十七年に永山に移転していることから、このことを〈馭者〉は知っていると思われますので、停車場前で〈「農事試験場まで行って下さい。」〉と乗客に言われたら、停車場前から出発して、今手元にある旭川市の地図で大正十二年にできるだけ近くて道路幅がなんとか確認できる大正十五年の旭川市の地図（「地図41　大正15〈1926〉年　旭川市全図」（北海道旭川市役所著、旭川市役所編纂「旭川市全図　縮尺一万二千分の一」博信堂書房発売、大正十五年十一月二十五日印刷、大正十五年十二月一日発行、原本は旧字体、のカラー写真）、金巻鎮雄編『地図と写真でみる　旭川歴史探訪　旭川文庫[1]』（総北海、昭和五十七年四月三十日初版第一刷発行、五〇頁より））を観ても、当時と今と道路幅はそれほど変わりないと思われますので、普通は道幅が広くて大きい通り、今で言う国道類の師団通を通って行くのまではいいとしても、その後においても、今で言う国道類の四条通か道道類の一条通へと右折してから、国道類の永山街道を通って永山の〈農事試験場〉へと向かうのが自然なように思われます。まずもって師団通を六条まで行ってから右折して道幅の狭い市道類の六条通を通って永山街道へと普通は向かいません。

だとすれば、事実は、まず、宮澤が何かで調べてあった住所を〈馭者〉に馬車の行き先として告げたのではないでしょうか。つまり、ここの会話は実際の会話とは違うのではないか、事実をもとにあとで作品化していったどこかの過程でこういう会話の形にした、mental sketch modified の modified（モディファイド）のたぐいに類（るい）するのではないのか、と思うようになりました。

まとめると、実際のところの会話文は逆で、

「六條の十三丁目まで行って下さい。」
「農事試驗場だ。」（＝宮澤自身のつぶやき又は心の声）

というように宮澤は〈馭者〉に行き先を告げたのではないでしょうか。そうでないと〈馭者〉は六条まで行って右折して六条通に入って行かない、言い方を換えれば、そうであれば〈馭者〉は六条まで行って右折して六条通に入って行く、と思うのですが。

そうであるとすれば、六条通十三丁目に着いて、そこに〈農事試驗場〉が無いことに驚き、戸惑い、している中で、〈馭者〉から〈農事試驗場〉は永山に在ることをそこで聞いて知ったとしたならば、その後の行動として考えられるのは、次の五パターンになると思われます。

1　そのまま馬車で永山にある〈農事試驗場〉へ向かうことにして、〈農事試驗場〉訪問等ののち、永山停車場から稚内行きの列車に乗車した【可能性は残っている】

2　同じく〈農事試驗場〉訪問等ののち、旭川停車場へ戻って稚内行きの列車に乗車した【可能性は極めて低い】

当時の新旭川停車場（『宗谷線全通記念寫眞帖』鐵道省北海道建設事務所、大正 13 年 6 月 25 日印刷、大正 13 年 7 月 1 日發行より）

当時の旭川停車場（『宗谷線全通記念寫眞帖』より）

3　同じく馬車で〈農事試驗場〉に向かったが、途中で訪問を諦めて新旭川停車場から稚内行きの列車に乗車した【可能性は低い】

4　〈馭者〉から〈農事試驗場〉が永山停車場からほど近いことを教わり、旭川停車場へ馬車で引き返すことにして、旭川停車場から永山停車場へ列車で向かい、徒歩で〈農事試驗場〉等を訪問ののち、永山停車場から稚内行きの列車に乗車した【可能性は無くはない】

5　〈農事試驗場〉の訪問を諦め、その場で馬車を降りて街を逍遥しはじめたか、馬車をどこかへ向かわせてから降りて街を散策したか、などして時を過ごし、旭川停車場から稚内行きの列車に乗車した【可能性は高い】

これらについては、のちの「〔作品後〕」のところで再度考えてみることにしましょう。

また、ひるがえって、この会話の推察が正しいとしたら、宮澤はなぜこのような modified をしたのでしょうか。あるいはする必要があったのでしょうか。

参考までに、「modify は「尺度（moge）に合わせる」が原義で、目的に合わせて一部修正する・変更する、条件などを緩和する・和らげる・加減する、などの意味があるのですが。

心象スケッチ作品として整えたのでしょうか。どう思います?

C:宮澤賢治の心象スケッチには広義では、いわゆる詩のほかに、いわゆる童話なども含まれるとしていいように思う。

心象スケッチについての宮澤自身の説明として、生前に刊行された唯一の童話集である『注文の多い料理店』刊行に際して作られた広告用ちらしのうち「広告ちらし(大)」の方の広告文の中で、おそらくは作者である宮澤自身の文案によって書かれたと考えられている童話集の宣伝文の中に、

これらは決して偽でも仮空でも窃盗でもない。
多少の再度の内省と分折(ママ)(「析」の誤植)とはあつても、たしかにこの通りその時心象の中に現はれたものである。

(宮沢賢治著『【新】校本宮澤賢治全集 第十二巻 童話[V]・劇・その他 校異篇』前出書、一一頁上段より)

とあり、大正十二年十二月二十日の日付をもつ宮澤賢治著『イーハトヴ童話 注文の多い料理店』の「序」に、

これらのわたくしのおはなしは、みんな林や野はらや鉄道線路やらで、虹や月あかりからもらつてきたのです。

ほんたうに、かしはばやしの青い夕方を、ひとりで通りかかつたり、十一月の山の風のなかに、ふるえながら立つたりしますと、もうどうしてもこんな気がしてしかたないのです。ほんたうにもう、どうしてもこんなことがあるやうでしかたないといふことを、わたくしはそのとほり書いたまでです（ママ）

（名著複刻全集編集委員会編『新選 名著複刻全集 近代文学館 宮澤賢治著『注文の多い料理店』杜陵出版部版』財団法人日本近代文学館刊、ほるぷ発売、昭和四十九年十一月二十日印刷、昭和四十九年十二月一日発行、第十三刷、一〜二頁より。旧字体を新字体とし、振り仮名は省略）

とある。これらのことについて、と言っていいと思うが（いわゆる詩に関してではあるが）、宮澤和樹稿「第二章　賢治作品の守り人たち」の中の「志を受け継ぐ人々」の節（同著『わたしの宮沢賢治　祖父・清六と「賢治さん」』前出書、九二〜九四頁）で、

賢治さんは、自分で『春と修羅』は「心象スケッチ」だと書いていますす。それは、自分はあくまでも「書かされている」だけ、「スケッチしている」だけ。自然からいろいろなものが入ってきて、自分を媒体（ばいたい）として、自分がフィルターとなって言葉を出しているという意味のようです。

と、的確な押さえが成されている。
また、「心象スケッチ」について、入沢康夫稿「後記」の中の「解説」（宮沢賢治著、宮沢清六・入沢康夫・天

沢退二郎編『新修　宮沢賢治全集　第二巻　詩Ⅰ』前出書、三四九頁）で、

> 《心象スケッチ》という言葉は、「心象」という語の内容をどう考えるかによって、ある程度の違いは出てくるにしても、大まかに言って、心の中に生起・消滅するさまざまな幻像（イメージ）や思念を、その場で手早く言葉で書きとめる作業と、その結果を指していると思われるものである。これに加えて、賢治の場合、常に手帳（スケッチ・ブックだったという証言もある）と鉛筆（あるいは首から紐で吊したシャープ・ペンシル）をたずさえていて、しきりに山野を歩きまわり、好んで野宿もして、その間に目に触れた印象的な事物や、心に浮かんできたことがらを、猛烈なスピードでスケッチした、ということが、何人もの人々によって伝えられている。

としている（傍点は原文）。

さらに、「mental sketch modified」について、同稿の三五四〜三五五頁で、

> 直訳すれば「修飾をほどこされた（あるいは、一部分変更を加えられた）心象スケッチ」とでもなるであろう

としている。

M：**宮澤賢治の心象スケッチは、**調べていけばいくほど、**単に事実どおりに記録したものではない、**と

いうのがわかって来ます。**事実が基になっていることが多いけれども必ずしも事実そのままを書いたものではない。事実などを基に再構成したり虚構を交えたりして作品として創作している、**と言えると思います。

＊

M：宮澤は、チャンスさえあれば、できるだけ各地の農事試験場を訪れているように思えるんですが、事前に旭川の〈農事試験場〉の所在地などの情報が出ている会報とか雑誌・新聞とか何かしらの資料で調べていた可能性は高いですよね。

C：ひとつには「北海道農会報」が情報源であった可能性がある。北海道農事試験場上川支場の所在地情報も実験内容等も。というのは、川原仁左エ門編著『宮沢賢治とその周辺』（刊行会出版、昭和四十七年五月二十五日発行、二八〇頁下段）に拠ると、羅須地人協会時代に、

賢治の眼は常に東京に向いてゐると云はれているが、盛岡にも向いてゐて、岩手県農会には盛岡に来れば殆んど寄り、当時、全国の各道府県農会報が毎月刊行して、賢治は之を二時間位借覧してゐた。

又、岩手県農会は農業関係の蔵書が相当数あつたものだ。この蔵書を賢治は読んでゐた。

との証言がある。このことは既に花巻農学校教師時代からであり、盛岡の岩手県農会で「北海道農会

報」を閲覧して、北海道農事試験場上川支場の実験内容等を見て、是非とも視察したいと思い定め、住所をメモした、それが「六條十三丁目」になってしまっていた、のかもしれない。

M：当時の「北海道農会報」に当たってみれば何かわかるかもしれないですね。

いずれにしても、何から情報を入手したのか、それがわかれば〈六條の十三丁目〉と出てくるわけがわかるかもしれないですね。

C：それから、「著者略歴」に、〈北海道立農業試験場琴似本場、後に上川農業試験場に移り、農作物の病害に関する調査・研究に当たる。〉とある舟山廣治（ひろじ）著『宮澤賢治と上川農業試験場』（北海道農業文化研究所、二〇〇〇年二月二十五日発行、五頁）に、

当時の六条の十三丁目はどのようになっていたか、わたくしの手もとに当時の上川郡農会報（すべて揃ってはいないが）および要覧があり、それによると、上川外四郡農会は、明治二十六（一八九三）年にはじまり、明治三十二（一八九九）年から翌年にかけて、六条十三丁目村有地三戸分の貸付を受けて、予算二千円をもって木造二階建七十余坪の事務所、会堂を建築した（上川外四郡農会・一九二六、舟山・一九九九）。さらに、この事務所は大正十四（一九二五）年まで使用されたことが記されている（写真参

上川郡農会事務所　明35（舟山廣治著『宮澤賢治と上川農業試験場』北海道農業文化研究所、2000年2月25日発行、口絵写真より）

照）。したがって、賢治が訪れた時にはまだこの郡農会の建物が存在していた。

とあり、写真参照とある口絵写真の下の説明文に横書きで、

明治33年旭川6条13丁目に建築した上川郡農会事務所。写真は明治35年当時。玄関右柱に「上川郡農会事務所」と読める看板がある。この事務所は大正14年4月まで存在した。賢治はこの建物を見たであろう。後方は旭川（ママ）小学校。

とある。さらには、同書八頁に、

その頃の試験研究の成果は、琴似（現在札幌市）に在った本場より大正十二（一九二三）年までに北海道農事試験場報告十三号まで、並びに彙報二十九号まで、その他時報などが出版され、関係機関へ配布されていた。これらはすべてとはいかないまでも賢治の眼にとまっていたのではないかと考えられる。

とある。

M：なるほど、〈旭川6条13丁目に〉あった「上川郡農会事務所」の住所と誤って訪れることになってしまったのかもしれないのですね。

それと、〈その頃の試験研究の成果〉について、当時「北海道農事試験場報告」「彙報」「時報」などが出版されていて関係機関として岩手県農会へ配布されていたのを宮澤が読んで知っていた可能性が高くあるのですね。

C：ほかには、佐藤喜一稿「宮沢賢治に関して」（下村保太郎編「詩誌　情緒　第二十四号」北海道詩人クラブ、昭和三十二年六月十日印刷、昭和三十二年六月十五日発行、一七頁上段）に、

「東高校五十年史」によると明治三十五年四月一日上川中学認可となり三十六年五月一日をもって六条十三丁目左十（今の大成小学校第二運動場）の地にあった農事試験場の事務所二階建木造の一室を二教室にわけて職員七名で授業開始した旨の記事がある。（中略）その事務所跡は明治末年から大正時代まで残されていたのではないか。郡農会の事務所だったという人もある。

そうすると宮沢賢治の詩にある「六条十三丁目」は書き違いではなく正確さを持っていると思う。

とある。

M：『東高校五十年史』に〈六条十三丁目左十〉にあった〈農事試験場の事務所〉と記述があったとあります。「農事試験場事務所」と「上川郡農会事務所」との混同・混線がみられたことになり、ここらへんに原因があった可能性もあるのかもしれませんね。

＊

M：それにしても、旭川で降りずにそのまま稚内に行くのではなく、なぜわざわざ旭川で降りたのか、と思うかもしれないですが、当時の時刻表に拠りますと、旭川で急行列車に乗り換えになっていまして、次の稚内行きの急行列車は**旭川発午前十一時五十四分**になっていて、時間が六時間五十九分、約7時間も空いていたんですね。もしくは、旭川で時間が空くようにスケジュールを組んだんですね。稚内着は午後九時十四分となっています。

そこで、以前からのメモを基に、旭川にある〈農事試験場〉へ行こうとしたのでしょうかね。

C：農試は今も綿々と受け継がれている。明治十九（一八八六）年創立。二〇一九年二月現在は「道立総合研究機構上川農業試験場」（一九九四（平成六）年に比布町に移転。所在地は上川管内比布町南一線五号）で、寒い北海道でも栽培できる米や野菜の品種開発に取り組む。

米の新品種開発は、寒冷地の北海道ならではの品種を研究。

①低温でも育ちやすい＝**寒さ（冷害）に強い（耐寒性）**

②短い生育期間でも早く育つ＝**早くとれる**

③食味が良い＝**おいしい**

④いもち病等に強い＝**病気に強い**

⑤**収量が多い**

など、生産者にとって作りやすい米を目標とし、その他、農作業の効率化や省力化などを複合的に研究している。

M：上川百万石が大正十二年以前だったら、それで知って、寒冷地農業の旭川の〈農事試験場〉を一度視察しておこうという気が起きたため、と考えやすいのですが、残念ながら**上川百万石は昭和三年（一九二八年）**なので、そうとは考えられません。

C：大沼克之文「第五章　激動の昭和前期」の中の「上川百万石」の節（旭川市教育委員会編集・監修『歴史まんが旭川物語』㈱北海道経済、平成十四年三月三十一日発行、一六二～一六三頁）に、

旭川を中心とした上川地方の米づくりは、農家の人たちの長年にわたる努力や研究の成果が実を結び、ついに、昭和三年には、米の生産高が百万石（十五万トン）に達し、上川地方は一躍有名な米どころとして知られるようになりました。さらに昭和五年になると、全国ではじめて、米の市場（しじょう）が開設され、ますます「上川百万石」の名は、全国各地に知れわたりました。

と、わかりやすく記述されてある。

M：でも、道産米が百万石を突破した**北海道百万石は大正九年**なので、それを知って、とは言えるのですが。

C：この点に関して、岡澤敏男稿「宮沢賢治と小岩井ハクニー」（宮沢賢治記念館編「宮沢賢治記念館通信　第九

当時の上川水田（『宗谷線全通記念寫眞帖』より）

十八号」宮沢賢治記念館、平成二十年八月十日発行、三〜四頁）で、

旭川―稚内間は約8時間（ママ）、連絡船は深夜発つので**時間調整**と**農事試験場の見学**を兼ね旭川に途中下車したものらしい。だが旭川には初期短篇「柳沢」で登場させた「首に鬱金を巻きつけた旭川の兵隊上り」の男のこともあり、除隊前に従卒をしていた**旭川第七師団・第七騎兵連隊への関心**があったのかも知れません。

としており、旭川に途中下車した理由として、

1　時間調整
2　農事試験場見学
3　旭川の兵隊への関心

を挙げている。

M：時間調整と旭川の兵隊への関心、それと、**農民の生活向上に奮闘した宮澤らしく、農村社会の改善策に取り組む方途を模索し続けていた宮澤は、農村救済のために、農業技術の改善の取り組みに関心があり、北海道という寒冷地にある〈農事試験場〉で、寒冷地でも育つ冷害に強い稲などの寒冷地対応作物に関する当時の最先端研究の現場のひとつを是非この機会に観ておきたかった**のかもしれませんね。

C：〈農事試験場〉を目指した理由・目的について、舟山廣治著『宮澤賢治と上川農業試験場』（前出書、七～八頁）に、

賢治が農事試験場行をめざしたのはどのような理由なり目的をもっていたものであろうか。

賢治は、常々農業の改良改善には多大な関心をもって研究、実践をして居り、当時は農学校の教師として活動していた折りでもあり、農業に関する新しい研究成果を体得し、自らの取り組みに生かしたいと考えて、農事試験場行きを計画していたものであろう。

当時、永山における農事試験場では畑作に関する試験研究から稲作に関する試験研究に重点が移行する時代で（舟山、一九八一）、稲の品種改良に従前の純系分離による方法から大正十（一九二一）年交雑育種が取り組まれており、賢治はこの様な試験研究を実地に見聞したいと考えていたのかも知れない。

同時にまた、東北や北海道における稲作は冷害対策を抜きにしては成り立たないと言える大きな問題で、そのために今日まで稲作の試験研究はもち論のこと農政上総合的な対策が採られて来た訳だが、賢治は絶えずその問題意識を持っていたことは、農業指導などから知られる処で、したがって北国の農事試験場においては、どのように取り組まれているのであろうかと考えて来たものであろう。

賢治が問題意識を持っていたであろう冷害についての農場試験研究の成果やあるいは農政上の施策が固まって来るのは、さらに後年に至るまでまたなければならなかった。

とある。

＊

K：突然だけど、賢治と蛇紋岩の関係が面白いですよね。訪旭の意図の一部に神居古潭（カムイコタン）変成帯があったかもしれませんね。

C：宮澤の実際の言動としては、盛岡高等農林学校時代の友人の証言として、高橋秀松稿「賢さんの思い出（一）」（川原仁左エ門編著『宮沢賢治とその周辺』前出書）に、

五輪峠の蛇紋岩脈も見に行つた。（六一頁上段より）

五輪峠では、蛇紋岩脈にハンマーを打ち入れ転び散る岩片を拾い乍ら、ホー、ホー二十万年もの間陽の目を見ずに居たので、みな驚いていると叫んでいた。（六一頁下段より）

とある。

また、宮澤の教え子たちの証言が集録されている『マコトノ草ノ種マケリ　花農九十周年記念誌』（岩手県立花巻農業高等学校同窓会、平成八（一九九六）年三月三十一日発行）にある安藤寛談「「銀河鉄道の夜」の風景の中に、清水観音へ夜行した時の情景が綴られている」の中で、

旧校舎の頃の実習地は小舟渡にあったので、校舎の北側にある小道を通り、一列になって坂を下りて農場に行くのであるが、賢治先生は途中の貝殻のある層を指して、この辺は洪積世時代は海だったと話したり、石を拾っては「これは蛇紋岩という石なんだ」と言って組成や特性の話をしながら実習地に行ったのだという。（八頁上段より）

とあり、長坂俊雄談「賢治精神を「飢餓陣営」のバナナン大将から学ぶ」の中では、

いつだったか、鍛治町の宮弥商店前の道路に敷いた砂利の中から、赤い石と緑の石を拾って、先生に見せたことがあったが、その時、先生はすぐに「この赤い石は、赤瑪瑙で和賀の石だ。緑の石は宮守の蛇紋岩だよ」といって、石の生成される話までしてくれたのを聞いてすごい先生だと思ったという。（一一頁中段より）

とある。

宮澤の用例としては、宮沢清六他編『【新】校本宮澤賢治全集 別巻 補遺・索引 索引篇』（前出書）にある六種類の索引に拠れば、「主要語句索引」にのみ該当がみられ、「蛇紋」「蛇紋岩」「蛇紋山地」「蛇紋石」等で、本文篇と校異篇合わせて二十一箇所となっている。

少し例を挙げれば、「種山ヶ原（たねやまはら）」の冒頭に、

種山ヶ原といふのは北上山地のまん中の高原で、青黒いつるつるの蛇紋岩や、硬い橄欖岩からできてゐます。

（宮沢賢治著『【新】校本宮澤賢治全集　第八巻　童話［Ⅰ］本文篇』筑摩書房、一九九五年五月二十五日初版第一刷発行、九六頁より）

とあったり、「原體劍舞連（mental sketch modified）」に、

蛇紋山地に篝をかかげ

（宮澤賢治著（作）『心象スツケチ（詩集）　春と修羅　大正十一、二年』前出書、一三四頁より）

のようにみられる。

ここで、「蛇紋岩」について調べてみると、二〇二一年六月三十日現在においてのインターネット上には、フリー百科事典『ウィキペディア（Wikipedia）』の「蛇紋岩」の項に、

蛇紋岩（じゃもんがん、serpentinite）は、主に蛇紋石（serpentine）からなる岩石である。変成岩ないし火成岩中の超塩基性岩のどちらかに分類される。岩石の表面に蛇のような紋様が見られることから、蛇紋岩と命名された。二〇一六年五月十日に日本地質学会によって「岩手県の岩石」に選定された。

とあり、http://www.geosociety.jp/name/content0150.html の日本地質学会公式サイトのTOP∨普及教育活動∨県の石∨北海道・東北（県の石）の中の「岩手県の「県の石」」の項に、

◆岩手県の岩石

　蛇紋岩（主要産地：早池峰山）

展示してある場所：岩手県立博物館

蛇紋岩はかんらん岩を起源とする岩石で、詩人で童話作家の宮澤賢治が特別な親しみを持っていたことでも知られる．蛇紋岩地帯には固有の植物種が成育するため、早池峰山を訪れる登山客にも馴染みが深い．早池峰複合岩類中の中岳蛇紋岩類は、南部北上山地の北縁に位置し、早池峰山周辺に広く分布する．一九八〇年代以降の研究で、南部北上山地の基盤をなすオルドビス紀の島弧オフィオライト（地殻断面の岩石）であると位置づけられるようになった．国定公園、日本ジオパークのジオポイントとして指定されている．

とある。

一方で、旭川の嵐山公園を含む神居古潭一帯には蛇紋岩が広範囲に分布しており、神居古潭石は蛇紋岩を含む変成岩だといわれている。

これに関しては、柴田秀賢（ひでかた）執筆「第２章　地殻の構成」の「Ⅱ．岩石（rock）」の「３．変成岩（metamorphic rock）」の「f）わが国の主な変成帯」の中の「v）神居古潭帯」の項（柴田秀賢・藤田至則共著『大

学教養　地学Ⅱ』森北出版、一九六七年五月二十日第一版第一刷発行、一九七九年三月十五日第一版第十四刷発行、三七頁）に拠ると、

北海道神居古潭を通る南北に延びた変成帯で主として古生層から変成し、三波川変成帯の上部に類似した岩石からなるが、蛇紋岩が多く、蛇紋岩自身が変成作用に与かった特殊のものである．日高変成帯の前衛帯として白亜紀末のものとされる．

とあり（原文は横書き）、藤田至則執筆「第6章　日本列島の成立」の「Ⅳ．日高造山運動」の中の「2．造山期」（同前書、一七五頁）に拠ると、

地下深部におけるマグマ作用や広域変成作用の過程は、結果的に、その部分の膨張の形をとり、このふくれ上りの現象は、それまで沈降していた地向斜を隆起の場に転化させるのである．このため、日高造山帯はその東側の地帯を中心に隆起しはじめ、次第に西側へのし上がるような運動が進行する．この過程で不変成の厚いジュラ紀～白亜紀の地層は圧縮を受けて褶曲しつつ、低角の衝上断層が発生し、東側の地層が西側の地層の上にのし上がってくる．このような断裂帯には、地下から塩基性マグマが集中的に上昇し、蛇紋岩の貫入が行なわれるのである．これらの貫入岩は高圧を受けてさらに変成されるのであって、宗谷岬から夕張山脈をへて日高の西海岸に至る、神居古潭変成帯とよばれる変成した蛇紋岩帯はこうしてできたものである．

とある（原文は横書き）。

M：してみると、北海道の旭川に行くとしたときに、頭の中のどこかで思い浮かべていた可能性があるかもしれませんね。往路とか帰路とかで、列車の窓から神居古潭の景観を観ることができたのでしょうかね。

C：参考として、「書簡ナンバー67　大正七（一九一八）年六月六日　宮沢政次郎あて　封書」（宮沢賢治著『【新】校本宮澤賢治全集　第十五巻　書簡　本文篇』前出書、七六頁）に、

北海道にては現に仝地質より砂白金及イリヂウムを産し、殊にイリヂウムは多く有望なるも鉱量少き事を聞き申し候、本県は之等稀金属の母岩たる蛇紋岩の分布最大に有之必ずや近く之を問題とするに至る事と存じ候

とある。

*

M：作品に戻りましょう。

S：この原稿はどこで書いたんでしょうか。あとで原稿に書いたんですよね。だとすれば、そのときに、そこに無かったのになぜ〈六條の十三丁目〉と書いたんでしょうね。

C：森荘已池稿「「先生」生徒集めに行く」（同著『森荘已池ノート　宮澤賢治　ふれあいの人々』前出書、二一二頁中段）に、

多くの詩作品「心象スケッチ」が作られたが、まったく明りのない真っ暗な中を歩きながら、十銭の手帳に詩を表き（ママ）、次の日それをと身こう身（ママ）しては、大きなノオトや原稿用紙に書き写した。

とある。

M：〈例によりシャープペンシルにノート〉と、いつものいでたちと年譜にみえます。その場ではメモしていったとして、原稿用紙を持って歩いていたとしても、作品として書いた時点では、〈農事試驗場〉は〈六條の十三丁目〉にないことを知っていたことになりますね。それでもそのままにしてあるというのは、通常の紀行文などの推敲とかとは違って、見えたまま感じたまま、自らの心象に現れたままをスケッチして定着していく心象スケッチだからなんでしょうかね。

K：もしかして、永山六条十三丁目のことなんじゃないのかな。〈農事試驗場〉があったのは、現在の住所では旭川市永山六条十八丁目三〇二番地になるよね。「8」を「3」と写し間違いだったという可能性もあるかもしれないよね。大正十二年当時のここらあたりの住居表示が条丁目になっていればの話だけど。

M：残念ながら、当時の正式名称と所在地は「**北海道農事試験場上川支場**」「**上川郡永山村九丁目三〇二番地**」です。

〈六條の十三丁目〉に〈農事試驗場〉がない、とわかってから宮澤はどうしたんでしょうね。時間的

にはそのまま馬車で永山の〈農事試験場〉まで行って、帰ってくる、もしくは、永山停車場から汽車に乗ることも可能だと思うけれども。

平成七年だったと思いますが、農業試験場出身の舟山廣治北海道議会議員が、突然、私の職場を訪れたことがありました。私が旭川市中央図書館内の別室（男性職員用休憩室）で、旭川市立図書館五十周年記念事業の展示準備をしていたところに、顔を出され、当時の館長らの計らいで、館長室で宮澤賢治についてお話をしているうちに、大正十二年来旭時に〈農事試験場〉を訪れたか否かの話になり、同場に記録等ないものか、御自身が出身の職場である上川農試に、その場で館長机上の電話から電話を掛けてくださり、来旭当時の記録等無いか調べるように話をしてくださいました。

そこまでしていただいたその結果の上川農試からの回答は、「来場したという記録類はなく、来場したかわからない（当時の来場者記録に宮澤賢治という名は出てこない）。」とのことでありました。

C：舟山廣治著『宮澤賢治と上川農業試験場』（前出書、九頁）に、

賢治が農事試験場へ立ち寄ったとすると、なんらかの足跡はないものかと、大正十二（一九二三）年の上川農業試験場の事業成績を当たってみた。その結果、この年における場参観者数は五百五拾名と記録されているのみであった。

とある。

M：記録がないから訪れていない、と限った訳でもないと思いますけれども、〈農事試験場〉を訪れて

いた場合には、心象スケッチか何かに残していそうにも思いますし、何も痕跡が残っていないところをみると、少なくとも今のところ訪れたと肯定できる根拠とするに足る証拠材料（直接的はもちろん、間接的を含めた資料、証言、情報等）は見受けられていません。

ということで、宮澤賢治は北海道農事試験場上川支場を訪問する目的を持って旭川停車場に降り立ち、同場へ行こうとしていた、と思われますけれども、所在地違い判明後において、訪問を可能にする選択肢はありましたが、「選択肢が見つかっていたが選択しなかった（＝行かなかった）」、あるいは、「選択肢を見つけられなくて選択できなかった（＝行けなかった）」のかもしれません。

つまり、前者であれば、行こうとすれば、行けた思われますが、何らかの事情・状況等があって、行かなかった、ということになりましょう。

ですが、持ち前の行動力から類推すると、訪問可能な方法が見つかっていた場合には宮澤ならば実行に移していて何らかの訪問した痕跡を残していたであろうと思われるため、その訪問したという痕跡がみられない現時点では、後者を採っておくこととして、

宮澤賢治は北海道農事試験場上川支場に行けなかった（至れなかった・辿り着けなかった・行き着けなかった）可能性の方が高い。

としておきましょうかね。

このように、伝記的事実というものの中には、なかなか実証できない事実もあって、それについては、

推理や推測・推量・推断・推定等を駆使しながら仮説を重ね合わせて、その事実を追求しておくことになります。
これについても、のちの「〈作品後〉」のところで再度考えてみることにしましょう。

＊

M：それと、余談になりますが、北海道立上川農業試験場で、一九八八（昭和六十三）年に耐冷性と食味の良さを併せ持つ「きらら３９７」が誕生したのですが、この品種の開発に、品種改良の系譜において、宮澤が岩手の農民たちのために推奨していた冷害にも稲熱病にも強く食味も良いといわれて当時普及し始めていた「陸羽一三二号」が使われていないのでしょうかね。

C：「陸羽一三二号」は、「きらら３９７」の祖先に当たる品種のひとつである。
まず、「きらら３９７」について、二〇二二年二月五日現在においてのインターネット上の、https://www.hro.or.jp/list/agricultural/center/kankoubutsu/syuhou/60/60-1.pdf の佐々木多喜雄・佐々木一男・柳川忠男・沼尾吉則・相川宗嚴稿「水稲新品種「きらら３９７」の育成について」（『北海道立農試集報 60』一九九〇年（一九八九年十一月二十八日受理）、一頁）に、

「きらら３９７」は、１９８０年に北海道立上川農業試験場で交配した「渡育２１４号（しまひかり）／道北３６号（キタアケ）」の雑種後代から育成され、１９８８年2月、北海道の奨励品種に

採用された。

とある（原文は横書き）。「きらら397」と「陸羽一三二号」との関係については、同稿の二頁にある「図1「きらら397」の系譜」に拠って関係分を抜き出してみると、

【母親】森田〔多〕早生×**陸羽132号**→農林1号×農林22号→コシヒカリ
×収921→北陸77号（コシホマレ）×そらち→渡育214号（しまひかり）

【父本】農林15号×**陸羽132号**→北海112号×農林34号→ふくゆき
×北海182号（ユーカラ）→道北5号×永系7361→道北36号（キタアケ）

→きらら397

となっており、「きらら397」の両親それぞれの先祖に「陸羽一三二号」の存在がある。

一方で、宮澤賢治と「陸羽一三二号」との関係については、原子朗著『定本 宮澤賢治語彙辞典』（前出書、七五九頁下段）の「**陸羽一三二号**【農】」の項に、

稲*の品種の一。秋田県大曲市にある農林省農事試験場陸羽支場ではじめて人工交配（亀ノ尾×陸羽二〇号）に成功、開発されたので、その名がある。賢治作品ではこの品種が活躍するが、これ

はそれまでの在来品種（神力、愛国、旭、亀ノ尾一号、坊主、陸羽二〇号）に比し、病虫害や冷害に強く、＊反当収穫高も多かった。農林一号と並んで新品種として国でも作付けを奨励。ちなみに現代の人気品種は味のよいことでコシヒカリ、ササニシキ等だが、陸羽一三二号も復元栽培が試みられている。詩「〔あすこの田はねえ〕」に「陸羽一三二号のはうね／あれはずゐぶん上手に行った」とある。

とある。

M：つまり、宮澤が訪れようとした、あるいは、訪れた当時の〈農事試験場〉の後継である上川農業試験場で開発された「きらら397」にとって、両親それぞれの先祖として宮澤賢治縁の「陸羽一三二号」の存在がある、ということになるのですね。

なんだか、時間も空間も超えて存在する〝縁〟を感じますね。

馬の鈴は鳴り馭者は口を鳴らす。

Z：馬の首の辺りに鈴を付けていましたね。危険防止のためと客引きも兼ねていたのでしょうか。馬車追いは舌を丸めるようにして口を鳴らして馬に合図していましたね。

C：遠藤千代造稿「第一章――徴兵検査で軍隊に」の中の「旭川第7師団に入隊［大正10年11月］」の節

（同著『NF文庫ノンフィクション　陸軍工兵大尉の戦場　最前線を切り開く技術部隊の戦い』前出書）に、

首に鐘を吊るした馬車馬は「カラン」「カラン」と鳴らしながら走る。（一八頁より）

馬車は首鈴をカランカランと鳴らしながら走る。（二〇頁より）

とあり、当時の様子を伺い知ることができる。

O：〈馬の鈴は鳴り〉は、「チャグチャグ馬コ（うまっこ）」を想い起こしていたかもしれませんね。

M：わたしの祖父が馬が好きで地域のなかでは相当遅くまで馬を飼っていた方だったと思うのですが、そのためもあって子どもの頃に冬は馬橇、夏場には田畑で馬に一緒に乗った記憶があります。その時に馬を操るために舌を丸めるようにして〈口を鳴らす〉のを覚えています。

黑布はゆれるしまるで十月の風だ。

K：〈黑布〉は何と読むと思います？

M：いろいろ考えられて、振り仮名が無いので、確定は難しいですが、みなさん、〈黑布〉はどう読みますか。

S：「くろぬの」でしょうか。
I：「こくふ」？
S：まさか、「くろぎれ」？
K：こう書いて、カタカナで「カアテン」。「カーテン」と伸ばすのでなくて、「ア」ね。と読むんだったりして、というのもあるかもしれんな。
M：ちょっと気がついたんですが、朗読や音読で耳で聴いたときのこの作品での他のところの色の読みは、

①「**あお**くふるえるぽぷるす」
②「**き（い）**と**あか**のしま」
③「**しろ**いは」

となっていて、これ以外には読めなくって、「あお」「き（い）」「あか」「しろ」というように、いわば色そのものの音（おん）になります。その並びで、それに合わせるとすればですが、これは「こくふ」とか「かあてん」ではなく、「くろ」なんとか、と読むところで、「くろぬの」とか「くろぎれ」とかになるんじゃなかろうか、と。
S：普通に読めば、「くろぬの」でしょうか。
M：いまは、黒い布（ぬの）ということで、「**くろぬの**」と読むことにしておくこととしますか。

C：黒い布ということでいえば、こののちの羅須地人協会時代のことになりますが、東光敬稿「前篇宮澤賢治の生涯」の中の「第八章　羅須地人協會」（同著『宮澤賢治の生涯と作品』百華苑、昭和二十四年四月十日印刷、昭和二十四年四月十五日發行、一一五〜一一六頁）に、

深夜、彼の住まひから、すみきつた読経の声が毎夜きこえて来た。一日の仕事が終ると、流しもとに出て頭から水をかぶつて身を清め、書棚にも机にも黒い布をしいて、恭々しくお経を誦するのであつた。

とある（旧字体を新字体とした）。

M：これ以前から、読経をするときに黒い布をしいていることがあったのかもしれませんね。だとしたら、黒い布には〝信仰〟のイメージが含まれていて、まとっているとの読みも可能になってくるかもしれませんね。

*

K：ここの一文は、普通は、「黒布はゆれるし、まるで十月の風だ。」と読むのでしょうが、ここのところを、「黒布は、ゆれる（揺れる）、しまる（閉まる）で、」と読んだ人がいるんですが、どうですか。

M：それは、トンチ、ということで。（一同笑い）

＊

K：宮澤作品での風は、極めて重要な展開の契機となっている。特に冷たい風。という見解を読んだことがありますが、ここにも、〈十月の風〉という冷たい風が出てきますね。

C：天澤退二郎著『宮澤賢治の彼方へ』（思潮社、一九六八年一月十五日発行、一五三〜一五四頁）で、「マサニエロ」の詩句を引用した上で、次のように風のモチーフの意味を解く（傍点は原文）。

宮沢賢治の文学世界においては、《ざっこざっこ雨三郎　どっこどっこ又三郎》の新鮮なリフレーンから最後の《雨ニモマケズ　風ニモマケズ》の疲弊した呟やきにいたるまで、「風」は「雨」と肩を並べる重要な原モチーフのひとつである。しかもこの両者の荷っている役割は互いに交換できない特異性──自然（フユジス）が詩人（ここに限りハイデッガーが人はみな詩人として生まれてくると云った意味での詩人）に対してもつ原形質的な力の、互いに相容れざる二面──からきている。

いま、青ぐらい修羅を歩く足どりも疲れでとどこおりがちな詩人のからだを、つめたい十月の風が吹きさらす。ここまで進行してきた自己意識の分裂の裂け目へ胸もつまるほどしみこんでくるその風は、存在から、存在を越えてその彼方からいま激しく侵入してくるもののつめたい手のむれだ。詩意識が充溢し満ちているときには、風は賢治の文学世界を豊かにしにやってくる想像力のまっ青な声──言葉の風である。「ざあざあ吹いてゐた風が、だんだん人のことばに聞え、やがてそれは、いま北上の山の方や、野原に行はれてゐた鹿踊の、ほんたうの精神を語りました。」（『鹿踊のはじまり』）それが『ひのきとひなげし』をはげしく揺すり、『いてふの実』や『おきなぐさ』の毛を旅立たせるとき、賢治の世界に詩はきらめき流れる。だが詩人の意識にそれだけのメタモルフォーズを実現する力が欠けているとき、そしてまた河谷いっぱいに吹く和風のなかで「素朴なむかしの神のやうに／べんぶしてもべんぶしても足りない」ほどの現実生活意識の充溢もないとき、風は言葉をもたず、生のまま残酷につめたく詩人のからだを吹きさらし、胸をつまらせるばかりなのである。

また、同書一九五頁で、〈『青森挽歌』からまる五年後、一九二八年夏と推定される無題の詩稿〉「澱った光の澱の底」に〈つめたい秋の分子をふくんだ風〉が吹いている、とある。

M：心象スケッチ作品「旭川。」の作中世界の時間帯においても、八月二日という真夏なのに冷たい風が吹き渡っている。

冷たい風が吹いて、場面が展開して、向こうからやって来る一群に新たに出会うんですね。

＊

C：宮澤自身が心象スケッチについて、宮沢賢治著『【新】校本宮澤賢治全集 第十五巻 書簡 本文篇』（前出書、二二二〜二二三頁）にある大正十四（一九二五）年二月九日付け森佐一あて封書の中で、

前に私の自費で出した「春と修羅」も、亦それからあと只今まで書き付けてあるものも、これらはみんな到底詩ではありません。私がこれから、何とかして完成したいと思って居ります、或る心理

学的な仕事の仕度に、正統な勉強の許されない間、境遇の許す限り、機会のある度毎に、いろいろな条件の下で書き取って置く、ほんの粗硬な心象のスケッチでしかありません。私はあの無謀な「春と修羅」に於て、序文の考を主張し、歴史や宗教の位置を全く変換しやうと企画し、それを基骨としたさまざまの生活を発表して、誰かに見て貰ひたいと、愚かにも考へたのです。あの篇々がい、も悪いもあったものではないのです。私はあれを宗教家やいろいろの人たちに贈りました。

（中略）

私はとても文芸だなんといふことはできません。そして決して私はこんなことを皮肉で云ってゐるのでないことは、お会ひ下されば、またよく調べて下されば判ります。

と、説き明かしてくれている。

さらには、明確に、同書二三四頁にある大正十四（一九二五）年十二月二十日付け岩波茂雄あて封書の中で、

わたくしは岩手県の農学校の教師をして居りますが六七年前から歴史やその論料、われわれの感ずるそのほかの空間といふやうなことについてどうもおかしな感じやうがしてたまりませんでした。わたくしはさう云ふ方の勉強もせずまた風だの稲だのにとかくまぎれ勝ちでしたから、わたくしはあとで勉強するときの仕度にとそれぞれの心もちをそのとほり科学的に記載して置きました。その一部分をわたくしは柄にもなく昨年の春本にしたのです。心象スケッチ春と修羅とか何とか題して

関根といふ店から自費で出しました。友人の先生尾山といふ人が詩集と銘をうちました。詩といふことはわたくしも知らないわけではありませんでしたが厳密に事実のとほりに記録したものを何だかいままでのつぎはぎしたものと混ぜられたのは不満でした。

と、書き記してくれている。

M：宮澤の心象スケッチについての研究方法のひとつとして、宮澤自身が〈よく調べて下されば判ります。〉と示してくれているんですね。実際、よく調べてみると、ほとんどが事実と合ってはいるんです。ここの〈まるで十月の風だ。〉とあるのも、実際に**旭川地方気象台**に調べに行くと、この日の気象記録が残っていましたよね。

C：一九九〇（平成二）年九月十八日（火曜日）に、当時は旭川市八条通十一丁目左一号にあった旭川地方気象台で、調査を行ったところ、

1　明治からの「旭川地方」の記録はある。その他の地方は、それぞれの気象台に保管されている。
2　天候・気温などの手に入る出版はされていない。

とのことであった。閲覧し、複写させていただいた資料に拠ると、一九二三（大正十二）年八月二日は、

1　この日、一日を通しての「日照時数　眞太陽時（ヂョルダン式）」の総計が0.00で、**日照時間なし、**

である。

2 「天氣」欄をみると、**2h**・**10h**・14h・2h〔22h〕は**曇り**で、**6h**と18h**が雨**、となっている。

これらのことから、この日は、**「曇り時々雨」**であった、ことがわかる。

また、この日の「氣溫」の欄をみると、

2h **12.5**、**6h** **13.4**、**10h** **17.0**、14h 21.6、18h 21.0、22h 17.8、平均 17.22

となっていて、作中時間帯頃は、**「約十三度」**であったことがわかる。

M：ということは、真夏だというのに、**作品中における時間帯での気温は約十三度**という肌寒い一日であり、事実と一致しています。

心象スケッチには、無意識領野を背景に持った意識領域における現在性（いま）と現場性（ここで）がみられます。詩的幻想などにしても心的・肉体的な実体験・原体験・現実体験を基盤にして、真実を描出してみせようとしているように思えます。で、こういう言い方もできると思います。どんなにほんとうらしいことであっても事実そのものではないが、しかし、真実である、と。

というとことなんですが、またあとで考えてみることにしますか。

C：宮澤も読んでいたと思われる石川啄木著『歌集一握の砂』（前出の複刻版、一八〇頁）に、次のように「ポプラ」と「秋の風」が登場してくる（旧字体を新字体に。振り仮名は一部を除いて省略）。

アカシヤの街木(なみき)にポプラに
秋の風
吹くがかなしと日記(にき)に残れり

今井泰子注釈『日本近代文学大系 第23巻 石川啄木集』(前出書、一二五頁上段)の注釈に、〈「アカシヤ」「ポプラ」が、本州の風土感と異なる札幌の異国的な情調をいう。「秋の風」は秋の到来を膚身で感じさせるもの。〉〈「吹くが……残れり」が主題で、札幌の秋の異国的なさわやかさにかえって人にいえぬ漂泊の思いをかきたてられたという歌。〉とある。

M:宮澤の場合、〈漂泊の思い〉とは違うけど、「ポプラ」に〈異国的な情調〉や〈異国的なさわやかさ〉を感じ、そこに八月二日という真夏だというのに秋のようなさわやかな風が吹いているところなど、どことなく似ているところがありますね。

C:同じく『歌集一握の砂』の二七九頁に、次のように「十月の朝の空気」と登場してくる(旧字体を新字体に。振り仮名は省略)。

十月の朝の空気に
あたらしく
息吸ひそめし赤坊のあり

同じく今井泰子注釈（一六四頁上段）に、〈「十月の朝の空気」で、秋のここちよい冷気の感触を伝え、「あたらしく……のあり」で、小さい命の誕生に感動し、さわやかな身のしまる思いを覚えたことを一行目に呼応させていう。長男の出産を祝う歌。〉としている。

M：ここの〈十月の朝の空気〉は、〈まるで十月の風だ。〉を彷彿とさせるところがありますね。なるほど、宮澤は、この風に寒さなどではなく、**ここちよさ**や**さわやかさ**など好印象の意味で記しているということでいいのでしょうかね。

一列馬をひく騎馬従卒のむれ、

M：わたしはかつて、ここを、「一列馬を、ひく」と読んで、「いちれつば」という言葉があるのか、当時の軍隊用語なのかとか思っていて、一列縦隊の形に馬を引く、あるいは、陣形を敷く、と受け取っていました。

でもやはり、素直に読んで、「一列、馬をひく」で、一列になって馬を引く、と読むんでしょうね。

C：恩田逸夫注釈「列」の項（『日本近代文学大系　第36巻　高村光太郎・宮澤賢治集』前出書、三六二頁上段）で、「青森挽歌」の最初部にある〈乾いたでんしんばしらの列が／せはしく遷つてゐるらしい〉と〈支手のあるいちれつの柱は／なつかしい陰影だけでできてゐる〉などの〈列〉に関して、

当時の第七師団（『宗谷線全通記念寫眞帖』より）

「列」という語には、死後の国をおもわせるような彼方の異空間へ向かって、連続し延長している感じが含まれている。

と注釈を立てている。

M：すぐに遙か北の彼方のベーリングまで続く電信柱の行軍などのイメージが浮かんできますが、ここでは騎馬従卒の一群が馬を引きながら一列となって、妹トシもゐるであろう彼方の異空間である死後の国へと向かって行進しているイメージを重ねて見ている宮澤がいる、ともとれるということですかね。

K：騎馬従卒はどういう意味でしょうかね。

C：『広辞苑』（電子辞書 CASIO EX-word DATAPLUS 6 XD-B5900MED）に拠ると、

き‐ば【騎馬】 馬に乗ること。また、馬に乗っている人。

じゅう‐そつ【従卒】 将校に専属し、身のまわりの世話をする兵。将校当番兵。従兵。

とある。

M：ここは「騎馬」と「従卒」で、「騎馬」は将校が馬に騎乗しているのを、担当の「従卒」、付き従う者が手綱を手で引いて歩いている、ということだと思います。

この当時、早朝に毎朝、陸軍第七師団を出て、旭川停車場（現、旭川駅）まで来て、現在のタクシー乗り場辺りをぐるっと回って、また師団に帰っていくコースで、乗馬の訓練をしていました、と聞いたことがあります。

K：そうすると新米・新人の若い将校を乗せて、最近その担当に新しく付いた従卒に任命された若い兵隊との息を合わせるための訓練でもあったわけか。

結局ここは、「一列、馬を引く、騎馬、従卒の群れ」と読むんですね。

M：宮澤の乗った馬車の向かいから（あるいは後ろから）やってきたので、それまで何列かで話をしながらやって来たのを、すれ違う（あるいは追い抜く）ために、少し前で一列になった、とも考えられますね。

この偶然の馬はハックニー たてがみは火のやうにゆれる。

M：〈ハックニー〉という馬種は、宮澤が小岩井農場へ出掛けて行って見かけた馬種と同じです。

C：原子朗著『定本 宮澤賢治語彙辞典』（前出書）の「ハツクニー」の項（五七九頁上段）に、

hackney　イギリス原産の輓馬（ばんば）（車輌や大砲などを輓〈挽〉（ひ）く）。多く軍馬として活躍。おとなしくて耐久力が強いので重輓馬（賢治は「重挽馬」と表記）とも。

とある（傍点は原文）。

また、梯久美子稿「第二部　「賢治の樺太」をゆく」の中の「四　移動する文学」の「旭川での賢治」（同著『サガレン　樺太／サハリン　境界を旅する』前出書、一七七頁）には、

ハックニー種はイギリス原産で、強靭（きょうじん）な脚を持ち、歩き方の美しさで知られる馬である。馬車に使われたほか、軍馬としても活躍した。

このハックニー種を明治時代から輸入し、すぐれた馬を多く産出したのが岩手県の小岩井（こいわい）農場だった。

と、わかりやすく説明がある。

M：用例は結構あって、宮澤はおそらくこの語の音の響きが好きだったのもあるのでしょうね。

C：宮澤賢治著（作）『心象スツケチ（ママ）（詩集）　春と修羅　大正十一、二年』（前出書）では、全部で三か所、次のように登場している。

馬車がいちだいたつてゐる
駁者(ぎょしゃ)がひとことなにかいふ
黑塗りのすてきな馬車だ
光澤(つやけ)消しだ
馬も上等のハツクニー
（六四頁、「小岩井農場　パート一」一九二二（大正十一）年五月二十一日）

この荷馬車にはひとがついてゐない
馬は拂ひ下げの立派なハツクニー
脚のゆれるのは年老つたため
（八〇～八一頁、「小岩井農場　パート三」一九二二（大正十一）年五月二十一日）

落葉松のせわしい足なみを
しきりに馬を急がせるうちに
早くも第六梯形の暗いリパライトは
ハツクニーのやうに刈られてしまひ
ななめに琥珀の陽(ひ)も射して
（二八二～二八三頁、「第四梯形」一九二三（大正十二）年九月三十日）

もう少し詳しく調べてみると、前出の宮沢清六他編『【新】校本宮澤賢治全集 別巻 補遺・索引 索引篇』に収載の六種類の各種索引のうち、〈ハックニー〉関連語の該当がみられる索引は、天沢退二郎他編「主要語句索引」のみであり、この索引の凡例細則に、

（前略）

1. 本索引は、いわゆる総索引やコンコーダンスではない。そのため、本全集収録の詩・童話・短歌・短唱・手帳・ノート等の全語彙を網羅的に採集したものでなく、また、見出しにひかれた語句の全用例を採集したものでもない。あくまで、それぞれの作品（テクスト）等の中で主要に用いられている語句の索引として作成したものである。

（中略）

12. 校異篇については、本文篇に重複しない逐次形・下書稿・推敲過程のみを採集対象とした。また、複雑な推敲過程を示すために、あらためて整理し一括掲載した箇所等は、採集の対象外とした。

（後略）

とある（原文は横書き）ことから、あくまでも、この索引で出てくる用例に拠れば、ということになるのであるが、〈ハックニー〉関連語は次表のとおり全部で二十六か所となっている。

なお、「ハクニー」は該当ナシである。

用語	索引頁	該当頁	用例　※（　）内は作品名。注記もあり。	日付
ハックニー	208左段	②59	**馬も上等のハックニー**（「小岩井農場　パート一」）	一九二二、五、二一
		②68	**馬は払ひ下げの立派なハックニー**（「小岩井農場　パート三」）	一九二二、五、二一
		②207	**ハックニーのやうに刈られてしまひ**（「第四梯形」）	一九二三、九、三〇
		②281	②59と同じ（宮沢家本）	
		②416	②207と同じ（宮沢家本）	
ハックニー	208左段	②59	（現代仮名遣いの表記を併載した分）	
		②68	（現代仮名遣いの表記を併載した分）	
		②207	（現代仮名遣いの表記を併載した分）	
		②281	（現代仮名遣いの表記を併載した分）	
		②416	（現代仮名遣いの表記を併載した分）	
		②463	**この偶然の馬はハックニー**（「旭川。」）	一九二三、八、二
		③51	**あるひは巨きなとかげのやうに／日を航海するハックニー**（「七五　北上山地の春」）	一九二四、四、二〇
		③264	**あるひは巨きなとかげのやうに／日を航海するハックニー**（「種馬検査日」）	一九三一、八、か？
		④*70*	**……それはよろしいその馬はハックニーぢゃ……**（「一〇〇一　汽車」）	一九二七、二、一二

用語	索引頁	該当頁	用例 ※（ ）内は作品名。注記もあり。	日付
ハックニー馬	208左段	④116	**ハックニー馬の尻ぽのやうに／青い柳が一本立つ**（「一〇八九〔二時がこんなに暗いのは〕」）	一九二七、八、二〇
		④*253*	**ハックニー馬のしっぽのやうに／青い柳が一本立つ**（「〔倒れかかった稲のあひだで〕」）	不明
		④*254*	**ハックニー馬のしっぽのやうな／青い柳が一本立つ**（「〔倒れかかった稲のあひだで〕」）	不明
		⑨338	**ハックニー馬のしっぽのやうな、巫戯けた楊の並木**（「ガドルフの百合」）	一九二三か？
重挽馬	128左段	②169	**年老つた白い重挽馬は首を垂れ**（「オホーツク挽歌」）	一九二三、八、四
		②379	②169と同じ（宮沢家本）	
		③51	**ふさふさ白い尾をひらめかす重挽馬**（「七五　北上山地の春」）	一九二四、四、二〇
		③264	**ふさふさ白い尾をひらめかす重挽馬**（「種馬検査日」）	一九三一、八、か？
		③*115*	**またまっ白な重挽馬に**（「七五　北上山地の春」）	一九二四、四、二〇
		③*118*	**またまっ白な重挽馬まで**（作品番号、題ナシ）	不明
		⑤46	**それは払ひ下げの重挽馬の／蹄の上の房毛がまっ白で**（「〔おぢいさんの顔は〕」）	不明
挽馬	214右段	④*69*	**挽馬のなかに尻尾のない**［も→削］**のがございました……**（「一〇〇一　汽車」）	一九二七、二、一二

これらの用例を、日付順に並び替えて並べて観て、整理を施してまとめてみると、次の表のようになる（網掛けの強調は引用者）。

用例　※（　）内は作品名。注記もあり。	日付
馬も上等のハツクニー（「小岩井農場　パート一」）	一九二二、五、二一
馬は払ひ下げの立派なハツクニー（「小岩井農場　パート三」）	一九二二、五、二一
この偶然の馬はハックニー（「旭川。」）	**一九二三、八、二**
年老つた**白い重挽馬**は首を垂れ（「オホーツク挽歌」）	一九二三、八、四
ハツクニーのやうに刈られてしまひ（「第四梯形」）	一九二三、九、三〇
ハックニー馬の**しっぽ**のやうな、巫戯けた楊の並木（「ガドルフの百合」）	一九二三、か？
また**まっ白な重挽馬**に（「七五　北上山地の春」）	一九二四、四、二〇
ふさふさ白い尾をひらめかす重挽馬／あるひは巨きなとかげのやうに／日を航海するハックニー（「七五　北上山地の春」）	一九二四、四、二〇
挽馬のなかに**尻尾**のない［も→削］のがございました……／……それはよろしいその馬はハックニーぢゃ ……（「一〇〇一　汽車」）	一九二七、二、一二
ハックニー馬の**尻ぽ**のやうに／青い柳が一本立つ（「一〇八九　〔二時がこんなに暗いのは〕」）	一九二七、八、二〇
ふさふさ白い尾をひらめかす重挽馬／あるひは巨きなとかげのやうに／日を航海するハックニー（「種馬検査日」）	一九三一、八、か？
ハックニー馬の**しっぽ**のやうに／青い柳が一本立つ（「〔倒れかかった稲のあひだで〕」）	不明
ハックニー馬の**しっぽ**のやうな／青い柳が一本立つ（「〔倒れかかった稲のあひだで〕」）	不明
また**まっ白な重挽馬**まで（作品番号、題ナシ）	不明
それは払ひ下げの**重挽馬の**／**蹄の上の房毛がまっ白**で（「〔おぢいさんの顔は〕」）	不明

ここから判ったことは、確認できる最初の日付をもつ「小岩井農場」一九二二、五、二一↓「旭川。」一九二三、八、二↓「オホーツク挽歌」一九二三、八、四↓「第四梯形」一九二三、九、三〇↓「ガドルフの百合」一九二三、か?↓……への流れであり、「**白い**ハックニー・重挽馬」のモチーフ、「ハックニー・重挽馬の**しっぽ**」のモチーフの流れがみられる。「旭川。」以前の用例は二か所、以後は日付がはっきりとはわからない「ガドルフの百合」を含めると八か所、日付不明は四か所ということになる。

また、ここから見えてくることは、ここに出てきた用例に限ってみた場合ではあるが、「旭川。」に出てくる〈ハックニー〉に関して、「旭川。」以前からのオリジン（起源、根源、出所、由来）として考えられるのは、つまり、言葉を換えると、「旭川。」で〈ハックニー〉を使ったときに宮澤の念頭にあった〈ハックニー〉は、小岩井農場の〈ハツクニー〉であった、であろうということである。

「旭川。」以後においては、前掲の語彙辞典にあるとおり、「オホーツク挽歌」の〈重挽馬〉が〈ハックニー〉であるとすると、「旭川。」の二日後の日付を持つ「オホーツク挽歌」に〈ハックニー〉がモチーフのひとつとして登場していることになる。これを具体的にみてみると、宮澤賢治著（作）『心象スツケチ（ママ）（詩集）　春と修羅　大正十一、二年』（前出書、二二九〜二三〇頁）で、この北への旅でサガレンのオホーツク海に面した栄浜で詠んだ「オホーツク挽歌」にもこの〈ハックニー〉が次のようにして登場してくるのである。

いまさつきの曠原風の荷馬車がくる
年老つた白い重挽馬は首を垂れ

またこの男のひとのよさは
わたくしがさつきあのがらんとした町かどで
濱のいちばん賑やかなとこはどこですかときいた時
そつちだらう、向ふには行つたことがないからと
さう云つたことでもよくわかる
いまわたくしを親切なよこ目でみて
（その小さなレンズには
たしか樺太の白い雲もうつつてゐる）

このように〈年老つた白い重挽馬（じゅうばんば）〉としてそこに居たのである。

M：宮澤にとって〈ハックニー〉のモチーフは「hakkunii」（「ハーモニー」に近い語感）という語の持つ明るい響きもあり、（少なくとも「旭川。」においては）**好ましい明るい気持ちをもたらしてくれる存在だったのかもしれないですね。**

これらの用例のなかで、佐藤泰正編「別冊國文學・No.6 '80春季号　宮沢賢治必携」（學燈社、昭和五十五年五月十日発行、一〇一頁上段）で、〈現存草稿の執筆は大12か。〉とされている「ガドルフの百合」の冒頭部分を、読み方のわかるルビがあるので『ちくま文庫　宮沢賢治全集6』（筑摩書房、一九八六年五月二十七日第一刷発行、二一八頁）から引用すると、

ハックニー馬のしっぽのやうな、巫山戯(ふざけ)た楊(やなぎ)の並木と陶製の白い空との下を、みじめな旅のガドルフは、力いっぱい、朝からつゞけて歩いて居(を)りました。

とあり、〈楊〉はポプラのことであるし、どことなく「旭川。」と状況が似ていますよね。大正六（一九一七）年七月一日発行の「アザリア　第一号」に発表している「「旅人のはなし」から」を考え合わせると、宮澤は生涯ずうっと旅をし続けていた、ということが象徴的に表われて出て来ているかのようですね。

＊

K：馬の本に拠ると、この馬種は、前足をカッ、カッと高く曲げて上げて歩くことができて、祭典などに見せて歩く特殊な歩き方ができるとあった。この歩き方だから、歩くたびに、〈たてがみは火のやうにゆれ〉ていたんだと思うんだ。このたてがみの揺れ方からすると、この時、早朝やっていた乗馬訓練も、単なる乗馬訓練ではなく、何かの行事（七夕?、お盆?、師団関係?）のための歩行訓練・予行練習だったのかもしれないね。

M：その可能性はありますね。北鎮記念館へ行くなどして調べてみるなど、資料に当たってみる必要がありますね。もしかしたら、八月七日の七夕のための行事かもしれませんね。

C：北鎮記念館　館長宛のEメールで、二〇二〇年十月十七日（土曜日）に、次のような内容でレファレンス（参考調査）を依頼した。

宮澤賢治の作品「旭川。」に、

一列馬をひく騎馬従卒のむれ、
この偶然の馬はハックニー
たてがみは火のやうにゆれる。

と第七師団関連が登場しております。

大正12年8月2日（木曜日）の早朝午前5時過ぎ頃、師団通（現在の平和通買物公園）で出会っていると思われます。

当時の資料等により次の点についてお調べ頂きたく思います。

1　この活動・行事等の目的・趣旨などは何だったのか
2　「騎馬」に関する具体的な情報について
3　「従卒」に関する具体的な情報について
4　「むれ」とは何組ぐらいであったのか
5　「ハックニー」に関する具体的な情報について

〈ハックニー〉（エルウィン・ハートリー・エドワーズ原著、楠瀬良監訳、ボブ・ラングリッシュ写真『アルティメイト・ブック　馬』緑書房、1995年3月20日第1版発行、P56左下の写真より）

6　その他、関連情報があれば
7　それぞれの情報の出典や典拠等

すると早速、翌日の二〇二〇年十月十八日（日曜日）に、陸上自衛隊旭川駐屯地　北鎮記念館　森山英介館長からEメールで、次のような内容の御回答をいただくことができた。

ご依頼のありました内容について調べましたが、旧陸軍第七師団としての記録はありませんでしたので、あくまでも私的な見解を記させていただきます。ご参考になれば幸いです。

1　早朝の騎馬の列は、行事でも活動でもありません。記録もありません。
2　「騎馬」の表現は軍馬を表すために使用し権力者を表現したかったものと思います。
3　「従卒」とは、将校に専属して身の回りの世話をする兵です。
4　「むれ」については、何組とかではなく、少々見下している表現と思われます。
5　「ハックニー」とは、英国原産で中間種、乗系種に分類される馬の品種の一つで、馬車用としては最上級の品種です。馬好きじゃないとわからないことかと思います。（「ハックニー」はWikipedia に掲載されています。）
6　「馬をひく」は隠語で「つけ馬をつれてくること。」を意味し、遊興費が不足した場合、客が帰る時、不足額の受取人を連れてくることをいいます。

※花柳語に「袂おうように大店くぐり朝の帰りに馬がつく」とあります。

第八代第七師団長　内野辰二郎中将（大正八年十二月一日〜大正十二年八月五日）の送別会が八月一日に行われていた可能性はあります。（記録は残っていません。）この席に参加された将校（特定はできません。）が朝方まで遊興していたところに従卒が呼び出され、「支払い」もしくは「官舎への送迎」に行く途中であったとも考えられます。

この為、「一列の馬をひく騎馬従卒のむれ」は従卒の乗った馬と、それにひかれた一頭の合計二頭かと思われます。

それを「むれ」と表現したのは、良い馬に乗るような将校が朝帰りするシーンに出くわし、愉快かつ、少し見下して書かれているのではないでしょうか。

なお、最後の方でもう一度「あくまでも個人的な見解ですので、」と断り書きが添えてある。

M：関係者でないと思い至れない、眼を開かされるような瞠目に値する見解であると思います。

馬車の震動のこころよさ

M：当時は舗装道路ではないので、〈小馬車〉の絶え間ない〈震動〉に揺さぶられている朝の身体。「しんどう」の「しん」には「振」ではなくて、「震」の文字を用いていますね。

C：大野晋・浜西正人著『類語国語辞典』（角川書店、昭和六十年一月二十日第一刷印刷、昭和六十年一月三十日第一刷発行、二〇二頁四段目と二〇三頁一段目）に拠ると、

［振動］　物理学では、位置や量などが一定時間ごとに繰り返し変化する現象をいう。
［震動］　地震および火山の噴火については「震動」を用いる。

とあり、『類語例解辞典』（電子辞書 CASIO EX-word DATAPLUS 6 XD-B5900MED）に拠ると、［使い分け］の項で、

「振動」は、振れ動くことだが、物理学では、音波や電波などのように、一定の周期をもつものについていう。
「震動」は、大きくてどっしりとしたものが震え動くことをいう。地震など、自然現象によるものをいうことが多い。

としている。
M：してみると、大づかみでいうと、「振動」は物理的現象で、「震動」は自然現象といえそうですね。宮澤はこれを自然現象として捉えていると言えるのかもしれません。
K：地学の人だから、地面全体の揺れを座っていて感じている。地面との一体感をからだ全体で感じている体感を表わしていると思うよ。

C：佐藤喜一稿「宮沢賢治に関して」（下村保太郎編「詩誌　情緒　第二十四号」前出誌、一六頁下段）に、

駅前にタムロしていた駅馬車（ガタ馬車と町の人はよんでいた、モウモウたる砂塵を蹴立てて、飛び上るように振動する坐席では話声を風と共に舞い上った、まるで西部劇の感じがした、私の体験で）を恐らく拾ったにちがいない。

とある。
M：何で〈こころよさ〉とあるのでしょう。
I：「ここちよさ」とよく言うけど、〈こころよさ〉なんですよね。
M：「心地よい」は環境とか周りの外的要因から気持ちよくなっている感が強くて、「快い（心よい）」だと、より内的要因から内部の深いところに届いたところで気持ちよくなっている感じがしますが、何でこころよいんでしょう。
C：宮沢賢治著『【新】校本宮澤賢治全集　第三巻　詩［Ⅱ］本文篇』（筑摩書房、一九九六年二月二十五日初版第一刷発行、二三九頁）で、大正十四（一九二五）年七月十九日の日付をもつ「岩手軽便鉄道　七月（ジャズ）」に、

本社の西行各列車は
運行敢て軌によらざれば
振動けだし常ならず

されどまたよく鬱血をもみさげ
……Prrrrr Pirr!……
心肝をもみほごすが故に
のぼせ性こり性の人に効あり

とある。

M：これと同様で、肉体的にマッサージの効果があって、旅の疲れを揉みほぐしてとってくれる、さらには、心理的にこの揺れが心を癒す、いわば精神が按摩にかかっているような、ちょうど良い〈震動〉であったからかもしれないですね。

そういえば、宮沢賢治記念館の売店で購入した「セロ弾きのゴーシュ」原稿の精密カラー複製を観てみると、野ねずみのパート（一挿話）に、最初に書かれたと言われている赤インクで、まず、〈「どうか先生、この児がおなかをいたくしましたからいつもあんまをとっていたゞけないでございませうか。」／「おれはあんまは知らないよ。」セロ弾きはすこし怒ってさう云った。〉と書いています。そして、最終形態から採ると、〈からだ中とても血のまはりがよくなって大へんいゝ気持ちで〉とか〈セロの音がごうごうひゞくと、それがあんまの代りになって〉とも書いていますよね。

C：ここのパートは、萩原昌好稿「セロ弾きのゴーシュ　――この未完成の完成――」（黒河内平編「国文学　解釈と鑑賞　666　第五十一巻十二号　特集　宮沢賢治――詩と童話」至文堂、昭和六十一年十二月一日発行、一一五頁）にある説に拠れば、藁半紙（ザラ紙）に赤インクで書かれた最も古い地層であり、嘉藤治が孔の空いたセロを購入した大正十年を少し下った頃までの露頭と考えることも可能とある。

M：そうなると、もしかしたら来旭よりも以前にモチーフとなっていて、宮澤の脳裡のどこかをよぎっていた可能性もあるかもしれないですね。

S：なぜ赤ペンに藁半紙？　赤ペンは普通は家にないですよね。どちらも学校教師の道具ですね。書きたくなったその時に近くにあったのでそれで書いたのでは？　だとすると、教師時代の大正十年十二月頃とか大正十一年頃とかに初稿が書かれたとするのは辻褄が合うような気がしますね。

O：そうそう。まるで学校の先生がプリントを作成するために置いてある謄写版刷り用の藁半紙がすぐ手元にあって、夜、宿直室で教師がよく使う赤ペンで思いつくままに一気に書き付けているシチュエーションが浮かびますよね。

M：そう考えると時期も符合するように思えますね。だとすると、大正十二年八月二日に来旭する前に、この〈震動のこころよさ〉とあるのと同様のモチーフを既に書いた経験があった、ということになりますね。

この黒布はすべり過ぎた。もっと引かないといけない

M：〈黒布〉がまた出てきました。よーく見ると字体が旧字体の〈黑〉と新字体の〈黒〉で違っている、

あるいは、違えている、つまり、使い分けていると思われます。

〈すべり過ぎた。／もっと引かないといけない〉とはどういう状況を言っていると思いますか。

K：生地が滑りやすいビロードみたいな少し厚手の生地で、手で押さえていたのが揺れるたびに抜けていく。もっと景色をみるためにぐっと引いておかないといけない、という意味でないかな。

M：宮澤が乗った〈小馬車〉の〈黒布〉の掛かり具合はどんな状態だったのでしょうか。また、宮澤の座った位置はどこだったのでしょうか。

基本的に宮澤は〈小馬車〉に乗りながら外を見ようとしていますよね。当時の写真に拠りますと、〈黒布〉は、前方には無く、前と中程の横の方はまくし上げてあって、後ろの横の方だけ掛かっていて、後方にはない、ようです。

だとしたら、作品に登場する状景が進行方向に向かって左側にあったものばかりであることから、**後ろの〈黒布〉の傍に進行方向に向かって左側に坐り**ながら左手で〈黒布〉を引き開けて外をみている。そして、右手で書き付けている。

この日の朝は寒いくらいだったので〈黒布〉が閉じ気味になっていたところ、外を見るために手で開けて押さえていたのが、〈馬車の震動〉で〈黒布はゆれるし〉、〈まるで十月の風〉の具合もあって閉まってきたので、外がよく見えるように〈もっと引かないといけない〉となった状況でしょうかね。

あるいは、この心象スケッチ作品のためのメモ書きをしながらなので、〈黒布〉を手ではなくて体で押さえていたのが〈馬車の震動〉や〈風〉でだんだんずれてきて見えづらくなってきたので、〈もっと〉外が見えるように〈引かないといけな〉くなった状態を記したものでしょうか。

こんな小さな敏渉な馬を

K：普通は、「小さく敏捷な馬」のところを、〈小さな〉と、「く」を「な」としているのは、韻だと思う。〈こんな〉の「な」、〈小さな〉の「な」、〈敏渉な〉の「な」と、三つ繰り返している。

それと、〈敏渉〉の〈渉〉の字の右傍らの圏点、小さな丸印をしてあるのは、その印が自筆であれば、いったん書いたけれども違うんじゃないかな、とちょっと引っかかって、後で調べようと印をつけておいてそのままになったんでしょうかね。〈渉〉ではなく、正しくは「捷」ですからね。

M：入沢康夫監修・解説『宮沢賢治「銀河鉄道の夜」の原稿のすべて』宮沢賢治記念館、一九九七年三月発行に拠ると、「銀河鉄道の夜」の生原稿のカラー写真をみると同じような印があって、非自筆とされています。つまり、他の原稿の例からみて、〈渉〉の右傍らにあるこの○印は、宮澤自身によるものではなくて、のちの編集者などが付した印だと思われます。なので、ここの〈渉〉という漢字については、宮澤が何らかの意図・意味を込めてわざと〈渉〉に○印としたものではなく、単純に宮澤が「捷」を〈渉〉と書き間違えたんでしょう。

Iri：「旭川。」の碑の〈渉〉の右傍らにある」このマル、今からでもとれないですかね。

M：そうですね。直筆原稿を拡大してそのまま専門業者の方に彫っていただいたのでこうなっているのですが、宮澤賢治が創った作品の碑文としては、〈渉〉の右傍らにある○印を無くすことを、そのうち、いつか、機会があれば考えてみてもいいですね。

朝早くから私は町をかけさす

M：二回目の〈朝早く〉ですね。
〈私〉は「わたくし」と読むのでしょう。そう読むと、七・五・七となります。
〈町〉も「街」の字とか、ひらがな、カタカナ、ローマ字、外国語などいろいろ考えられますがこの字としていますね。イメージが違ってきます。

C：ちなみに、大野晋・浜西正人著『類語国語辞典』（前出書、七〇六頁二段目）に、

［町］田舎に対する都会
［街］店などが道に沿って数多く並んでいる地区

とある。

M：なるほど、これに拠ると、「街」の方が範囲が狭いということになるんですね。

当時の旭川市全景（『宗谷線全通記念寫眞帖』より）

それは必ず無上菩提にいたる

M：何故、〈無上菩提にいたる〉のでしょうか。

C：『広辞苑』（電子辞書 CASIO EX-word XD-L8950）に拠れば、〈無上菩提〉とは、仏教用語で「無上正覚に同じ。」とあり、「**むじょう‐しょうがく【無上正覚】**」の項をみると、「最上の正しい覚知。仏の悟り。無上正等覚。無上菩提。阿耨多羅三藐三菩提（あのくたらさんみゃくさんぼだい）。」とあり、「阿耨多羅三藐三菩提」の項では、「最高の正しい悟りの意で、仏陀の悟りを指す。無上正等正覚。無上正遍知。」とある。

梅原猛著『梅原猛の授業 仏教』（朝日新聞社、二〇〇二年二月五日第一刷発行、二〇〇二年三月十五日第四刷発行、一九六頁、朝日文庫版、二〇〇六年十月三十日第一刷発行では、二二三頁）の竹村司執筆「菩提」の注には、

仏陀の混ざりけのない正しい悟りの智。一切の煩悩から解放された、迷いのない状態をいう。

当時の旭川市全景（『宗谷線全通記念寫眞帖』より）

とあり、小川環樹・西田太一郎・赤塚忠編『角川新字源』（角川書店、昭和四十三年一月一日初版印刷、昭和四十三年一月五日初版発行、八六〇頁上段）「菩提」の項には、

道、覚、知などと漢訳されている。煩悩（ぼんのう）を断ち切って正しい知恵を得、さとりを開くこと。また、極楽往生をとげること。

とある。

M：それは必ずこの上ない悟りを開いて極楽往生することになるんだ、といいたいのでしょうか。

Z：とにかく最高に気持ちよかったんじゃないの。

M：この心象スケッチ作品で一番言いたかったテーマがこの〈必ず無上菩提にいたる〉だったかもしれませんね。妹トシもみんなもいつかは〈必ず無上菩提にいたる〉んだ、と。

偶然でしょうけれども、作品内における位置的にみると、二枚にわたる直筆原稿をひとつにつなげてみれば、ですけど、この一行、特にこの〈無上菩提〉が、この作品のほぼ中央にあることから、少し離して全体を眺めてみると、みようによっては真ん中で燦然と輝いているようにもみえませんか。この作品の全体を支える柱、中心軸になっている如くに。

C：既存発言からの紹介としては、関登久也稿「賢治の面影」の章の中の「精進力」という項（同著『角川選書　賢治随聞』角川書店、昭和四十五年二月二十日初版発行、三七頁）で、

無上菩提へみんなといっしょに行こうとする賢治の精進力ほど、われわれを奮起させ感激させるものはありません。賢治の全作品は、最後のものへみんなを到達させる一つの架橋の役目を果たせば、それで能事終われりとしているのであります。おどろくべき無我の心境です。いずれの作品の中にも、それら上昇しようとする賢治の精神が、強くみなぎり、あるものは火の玉の発光体となって、ぐんぐん天へ昇るようすを示しております。

と述べているのがある。

M：ここで、宮澤の座右の書のひとつである島地大等著『漢和對照　妙法蓮華経』（明治書院、大正三年八月廿八日發行、大正十年三月一日十八版）に拠りますと、「法華字解」の三十八頁に、〈【無上菩提】　佛智、或は正覺に同じ。〉とあり、「佛智」の項は無くて、十六頁に〈【正覺】　正しきさとり。佛のさとり。〉とあります。また、三十八頁に〈【無上道】　無上菩提に同じ。佛のさとりをいふ。〉とあります。

まとめると、無上菩提＝仏智＝正覚（しょうがく）＝無上道、つまり、**無上菩提＝無上道**、となります。

そこで、前出の新校本全集の索引に登場してもらうと、「無上菩提」が「主要語句索引」に三か所（②463、⑨290、⑩97）と出てくるだけで、「仏智」「正覚」「無上道」は該当ナシになっています。「無上道」が出てこないのが気になりますが、②463は「旭川」、⑨290は「雁の童子」、⑩97は「氷と後光（習作）」

です。
これらを含めて、宮澤賢治における「無上菩提」の主な用例を少し丁寧にみてみますと、次のようになっています。

こんな小さな敏渉な馬を
朝早くから**私は**町をかけさす
それは必ず**無上菩提にいたる**
（「旭川。」の直筆原稿より）

「尊いお物語をありがたうございました。まことに**お互ひ**、ちょっと沙漠のへりの泉で、お眼にかかって、たゞ一時を、一諸に過ごしただけではございますが、これもかりそめの事ではないと存じます。ほんの通りかゝりの**二人の旅人**とは見えますが、実は**お互**がどんなものかもよくわからないのでございます。いづれは**もろともに**、善逝（スガタ）の示された光の道を進み、かの**無上菩提に至る**ことでございます。それではお別れいたします。さようなら。」
（「雁の童子」のラストシーンから。宮沢賢治著『【新】校本宮澤賢治全集 第九巻 童話［Ⅱ］本文篇』筑摩書房、一九九五年六月二十五日初版第一刷発行、二八九～二九〇頁より）

「さあ、又お坐りね。」こどもは又窓の前の玉座に置かれました。小さな有平糖のやうな美しい赤と青のぶちの苹果を、お父さんはこどもに持たせました。

「あら、この子の頭のとこで氷が後光のやうになってますわ。」若いお母さんはそっと云ひました。

若いお父さんはちょっとそっちを見て、それから少し泣くやうにわらひました。

「この子供が大きくなってね、それからまっすぐに立ちあがって**あらゆる生物のために、無上菩提を求める**なら、そのときは本当にその光がこの子に来るのだよ。それは私たちには何だかちょっとかなしいやうにも思はれるけれども、もちろんさう祈らなければならないのだ。」

若いお母さんはだまって下を向いてゐました。

こどもは苹果を投げるやうにしてバアと云ひました。すっかりひるまになったのです。


（「氷と後光（習作）」のラストシーン。宮沢賢治著『【新】校本宮澤賢治全集　第十巻　童話［Ⅲ］本文篇』筑摩書房、一九九五年九月二十五日初版第一刷発行、九七頁より）

エスペラントとタイプライターとオルガンと図書館と言語の記録と築地小劇場も二度見ましたし歌舞伎座の立見もしました。これらから得た材料を私は決して無効にはいたしません、みんな新しく構造し建築して小さいながら**みんなといっしょに無上菩提に至る橋梁を架し、みなさまの御恩に報ひやう**と思ひます。

（書簡ナンバー221　大正十五（一九二六）年十二月十二日　宮沢政次郎あて　封書、宮沢賢治著『【新】校本宮澤賢治全集　第十五巻　書簡　本文篇』前出書、二四〇頁より）

宮澤賢治において「無上菩提」がどう現われ出て来たのかの経過を前出の佐藤泰正編「別冊國文學・№６ '80春季号　宮沢賢治必携」にもよって推定してみると、

①「旭川。」大正十二年八月二日＝〈私〉（個人幻想の位相）
↓
②「雁の童子」〈現存草稿の執筆は大12か。〉（一〇二頁上段より）＝〈二人〉（対幻想の位相）
↓
③「氷と後光（習作）」〈大13冬の清書か。〉（一一一頁下段より）＝〈あらゆる生物〉（共同幻想の位相）
↓
④父宛書簡　大正十五年十二月十二日＝〈みんな〉（共同幻想の位相）

となります。この順であるとすると、

①「無上菩提」が現われた最初が「旭川。」においてであったことになる。

②「無上菩提」の現われ方をみても、この青森・北海道・樺太への旅をぐることによって、わたくし・わたくしたちからみんなが「無上菩提」へ（仏教的には小乗から大乗へ）、と考え方の変化が観て取れる。

と、なります。

C：浜垣誠司執筆「発表者と演題　「〈みちづれ〉希求」の挫折と昇華　――詩集『春と修羅』を貫く主題――」の梗概（山猫通信編集室編「（隔月刊）山猫通信　227号　二〇二一年（令和三年）六月」宮沢賢治研究会、令和三年五月二十二日発行、一頁下段）で、

これ（「〈みちづれ〉希求」＝引用者註）は詩集『春と修羅』の中心を貫く重要なモチーフであり、賢治がこの集の創作と推敲の二年間をかけて、思想的な超克を強いられた課題でもあった。この格闘を通して彼は、「個別性から普遍性へ」、「主観性から客観性へ」とも言うべき、人間観および世界観の大きな転換を成し遂げたのである。

としている。

M：この一人旅は、様々な意味合いを持つ旅となりました。ここからは、〝自己を見詰め直す旅〟ともなった（でもあった）〝実成（じっせい）〟が窺われます。

＊

M：ところで、「無上道」の用例があったように思うのですが。

C：「無上道」の用例としては、次のようなものがみられる。

宮澤賢治作「靑森挽歌」、同著（作）『心象スツケチ（ママ）（詩集）　春と修羅　大正十一、二年』（前出書、二三

六頁）に、

あいつはどこへ堕ちやうと
もう無上道に屬してゐる
力にみちてそこを進むものは
どの空間にでも勇んでとひ（ママ）こんで行くのだ

とみえる。ここに関する中村稔執筆「鑑賞」（伊藤信吉・伊藤整・井上靖・山本健吉編『中公文庫　日本の詩歌18　宮沢賢治』前出書、九四頁下段）で、

トシが無上道に属しているはずだ、と確信する。無上道はこの上ない尊い悟りである。

としている。

M：それから、大正十（一九二一）年一月三十日の保阪嘉内宛書簡に、

曾って盛岡で我々の誓った願
　我等と衆生と無上道を成ぜん、これをどこ迄も進みませう

（書簡ナンバー186、宮沢賢治著『【新】校本宮澤賢治全集　第十五巻　書簡　本文篇』前出書、二〇六頁より）

とあります。
また、宮澤賢治の遺言の言葉としては、宮沢清六他編『【新】校本宮澤賢治全集 第十六巻（下）補遺・資料 年譜篇』（前出書、五二〇頁上段）に拠ると、

「（前略）私の一生の仕事はこのお経をあなたの御手許に届け、そしてあなたが仏さまの心に触れてあなたが一番よい、正しい道に入られますようにということを書いておいてください」

とあったのを受けて、遺言どおり刊行された『國譯妙法蓮華経』（宮澤清六發行、昭和九年六月一日印刷、昭和九年六月五日發行、本文終わりの裏側＝次の頁の上段）には、次のようになっています。

合掌
私の全生涯の仕事は此經をあなたの御手許に届けそして其中にある佛意に觸れてあなたが無上道に入られん事を御願ひするの外ありません
昭和八年九月二十一日
臨終の日に於て
宮　澤　賢　治

さらには、前出の島地大等著『漢和対照 妙法蓮華経』の三五七頁、「妙法蓮華經　巻第五」の中の「勧持品第十三」の偈には、

我不愛身命　但惜無上道　　　我身命を愛せず　但無上道を惜まん

とあります。

なお、玄侑宗久稿「第二章　愛と慈悲、そして行き過ぎる表現」（同著『講談社文庫　慈悲をめぐる心象スケッ

チ』講談社、二〇一一年一月十四日第一刷発行、三四〜三五頁）で、

彼（白隠禅師＝引用者註）が菩提心の実践目標として執拗に掲げたのが「四弘誓願（しぐせいがん）」だった。

衆生は無辺なれども誓って度せんことを願う
煩悩は無尽なれども誓って断ぜんことを願う
法門は無量なれども誓って学せんことを願う
仏道は無上なれども誓って成ぜんことを願う
（宗派によって多少の違いあり）

これはまさに、前章で述べた宮澤賢治の「世界がぜんたい幸福にならないうちは個人の幸福はあり得ない」という宣言にも通じ合うではないか。

としています。

C：宮澤の場合、「道」とくれば、「求道」とか「菩薩道」などが浮かんでくるが、恩田逸夫注釈「パッセン大街道」の項の「補注　一一二七」（『日本近代文学大系　第36巻　高村光太郎・宮澤賢治集』前出書、四七一頁下段）で、

「道」は賢治の思想のうちで重要な意味を持っている。それは理想へ到達するための手がかりであ

り、人と人とを結びつけたのしい連帯感をもたらすものである。また、「道」とは、われわれが人生という旅を生きてゆく生き方でもある。「鉄道」も、当然、「道」と関運がある。

とし、以下に「街道」の用例を挙げている。

＊

M：さて、〈無上菩提〉に戻りましょう。

C：大塚常樹著『宮沢賢治　心象の宇宙論』（朝文社、一九九三年七月二十日第一刷発行、二四八頁）に、

すべての生き物は輪廻転生という苦しみを繰り返さざるを得ないが、同時にすべての生き物には仏性（輪廻転生から解放され無上菩提という悟りに至る可能性）が内在されているという、大乗仏教の根幹にかかわる思想を、賢治がトシの死を通して確認しようとした、ということにほかならない。以後の賢治の執拗な文学行為は、極論すればトシからの通信の可能性の模索にはじまって、その不可能性の自己確認の段階へと進み、やがては思考することよりもまずは大乗精神を実践することへと向かって行ったと言えよう。こうした一連の壮大な哲学的思想的投企

とある。

M：心象スケッチ作品「旭川。」が、妹トシ死後の挽歌詩群の中のひとつである、と思える一番の理由

は、ここの〈それは必ず無上菩提にいたる〉とあるところからなんです。
レクイエムとは元来「彼らに安息を」という意だというけれども、ある意味、死者のための鎮魂詩となっている作品、死者の魂があの世に迎えいれられるように祈る詠誦となっている作品、したがって、この作品はレクイエムである、と言ってもよいのかもしれません。

C：新藤兼人脚本、田村章ノベライズ『宮澤賢治——その愛——』（扶桑社文庫、一九九六年八月三十日第一刷、一一六頁）に、

挽歌とは、その人の死を悼み、そこから立ち直るために歌われる絶唱

とある。

M：良い定義ですね。

六條にいま曲れば

M：ここで師団通（今の平和通買物公園）から六条通へ入るために右折したわけです。
『春と修羅』初版本目次で一九二二（大正十一）年五月二十一日の日付を持つ、あの長詩「小岩井農場」が、宮沢賢治著『【新】校本宮澤賢治全集 第二巻 詩［Ⅰ］本文篇』（前出書、八九頁及び三〇五〜三〇六頁）に

拠ると、宮沢家本自筆手入れ結果では、

ラリックス　ラリックス　いよいよ青く
雲はますます縮れてひかり
かつきりみちは東へまがる

（初版本本文は「わたくしはかつきりみちをまがる」となっており、方角は示されていない。栗谷川虹著『気圏オペラ　宮澤賢治『春と修羅』の成立』（前出書、二〇〇頁）で、〈蠱惑的な四次元に、敢て背を向け現実に向って「かっきりみちをまが」ろうとした〉としている。）

で終わっている。曲がる方角が〈東へ〉で同じで、しかも見えてきたのが〈落葉松〉＝〈ラリックス〉ときており、どこか頭の隅で小岩井農場を想起していた可能性があるのではないでしょうか。

そう言えば、語順が「いま六條に曲れば」ではないんですよね。

K：数字を揃えたんだと思う。行頭の数字を足すと六＋一＋六で十三になる。行の中段に十三があり、下段に出てくる数字を足すと十＋一＋二でこれまた十三になるのは、単なる偶然とは思えないよね。十三の深く意味するものが潜んでいると思うな。

それと地図感覚だと思う。〈六條〉がまず先にあってそこを曲がるんだというような。

C：〝喩としての十三〟なるものとして捉えてみると、水之江有一稿「十三（Thirteen）」の項（同編『シンボル辞典』北星堂書店、一九八五年九月二十日初版発行、一九九六年四月十日六刷発行、一三九頁下段）から、関連がありそう

な意味合いを抜き出してみれば、

地上の時間が十二の時や、十二の月など十二を一単位としており、十二を「現世」の表象と考えるとき、十三は「次の世」を意味し、「天上」または「神性」、「幸運」を示す数。

とあり、そのほかに、〈死〉、〈死後の「再生」の表象でもある。〉〈呪文〉とある。

M：「十三宗」とみれば、すべての宗派・学派、もっと言うと、すべての宗教を含んで凌駕した地点・高みからみる境地を示していると捉えるのも可能だし、「十三仏」とみれば、トシの追善供養をしているとみることもできるのかもしれないですね。

C：「十三仏 じゅうさんぶつ」の項（中村元・福永光司・田村芳郎・今野達編『岩波仏教辞典』岩波書店、一九八九年十二月五日第一刷発行、三九三頁左段）に拠れば、

死者の追善供養のために初七日から始まる七七日、百か日、一周忌、三回忌、七回忌、十三回忌、三十三回忌の十三仏事それぞれにわりあてられた仏・菩薩をいう．最初から順に不動、釈迦、文殊、普賢、地蔵、弥勒、薬師、観音、勢至、阿弥陀、阿閦、大日、虚空蔵である．中国の十王思想から発展してきたもので、いずれも冥王の本地仏とされる．地蔵十王経にははじめの十仏事のみが説かれるが、日本では中世以降にあとの三仏事が加わり、十三仏信仰が成立した．（以下略）

とある〈原文は横書き〉。人の死後、初七日から三十三回忌までの十三回の忌日を司るとされる十三仏に、それぞれの忌日において死者の追善供養の成就を祈願する室町時代に始まった俗説とされる〈十三仏信仰〉からきているとも考えられる。

ここで、わかりやすくまとめておくと、

①初七日　不動明王
②二七日　釈迦如来
③三七日　文殊菩薩
④四七日　普賢菩薩
⑤五七日　地蔵菩薩
⑥六七日　弥勒菩薩
⑦七七日　薬師如来
⑧百か日　観世音菩薩
⑨一周忌　勢至菩薩
⑩三回忌　阿弥陀如来
⑪七回忌　阿閦（あしゅく）如来
⑫十三回忌　大日如来
⑬三十三回忌　虚空蔵菩薩

となる。なお、廣安恭壽著『新編 十三仏の由来』（国書刊行会）という本もある。
M：十三仏信仰との関係性は調べないとわかりませんが、シャーマン（占い）、医者、教師でもあった山伏たちの修験道の考え方によれば、「十三」の意味は、人間が亡くなってから三十三回忌までに十三回の忌日（いみび）がある。その十三回の忌日がそれぞれの仏様に守られているので、十三の神様をお参りしていく、とのことです。そのほかには、十三塚信仰というのもありますし、十三重塔というのもありますね。
C：宮澤賢治が信仰していた日蓮宗においては、日蓮聖人が一二八二（弘安五）年十月十三日の朝（午前八時頃）、享年六十一歳（満六十歳）をもって、当時の池上宗仲邸（現在の日蓮宗大本山池上本門寺）で入滅した日にあわせて、御会式（おえしき）という宗祖日蓮の命日（忌日）に営む法会（ほうえ）の儀式が行われる。
つまり、わかりやすく言うと、日蓮の月命日が毎月十三日で、祥月命日が十月十三日、ということで、「十三」という数が意味を持っていることになる。
M：ところで、そういえばなぜ〈六條〉と書けたんでしょうか。地図みたいなものを持ってみていたんでしょうか。メモしたあとで原稿用紙に書くときに調べたんでしょうか。どんな資料を使っていたんでしょうかね。それがわかると〈農事試験場〉が〈六條の十三丁目〉と出てくる謎も解けるかもしれませんね。

お、落葉松　落葉松　それから青く顫えるポプルス
この辺に來て大へん立派にやつてゐる
殖民地風の官舍の一ならびや旭川中學校

M：ここの〈お、〉にこもっている思いについては、道を九十度東に曲がってすぐ目に飛び込んで来たのが、故郷岩手の小岩井農場などで目にしていたと同じ〈落葉松〉であった感慨を含めての感嘆詞のように思います。それと〈ポプルス〉にも。

C：森荘已池著『森荘已池ノート　宮澤賢治　ふれあいの人々』（前出書）の「やっと合点写真家の目」（八二頁上段）に、

浜谷浩さんと小岩井農場に行ったときのこと。（中略）真っすぐな小岩井みちの北側に沿った落葉松のみち

同書の「処女雪の道を車で行く」（八五頁上段）に、

小岩井農場へゆくタクシーに、浜谷さんと同乗した。（中略）道に沿った落葉松の防風林

同書の「ベッドさがしましょう」（九六頁下段）に、

農場の入り口あたり、提灯（ちょうちん）をつけて歩いていた二人の人は、落葉松の林に沿った道を、だんだん遠くなっていったのを見た

とあり、これらから落葉松が小岩井農場への道路に沿って北側に防風林としてあったことがわかる。

また、同じ「ベッドさがしましょう」（九六頁上段〜下段）に、

小岩井農場の西方、岩手山麓（ろく）に近い姥屋敷をすぎると、無人の松林の高原だった。（中略）

突然、「ベッドをさがしましょう――」と、賢治は言った。「はあ？ベッドですか？」

びっくりした私は、愚かにも聞きかえした。「高原特製の、すばらしいベッドですよ」と賢治は、笑った。（中略）

ところが、そのベッドというのは、大木ではない、二、三メートルの若い松の木の下にあるようであった。

松の葉が、枯れて落ち、木の下に、たまっている。それが、ふわふわ、柔らかで暖かく、「最高のベッド」だということだった。「普通の松の木よりも、落葉松の林の中の、枯れ葉の方が、ベッドには高級なんです」ということだった。

こういう落葉松の林は、小岩井農場の中にだけしかないのだという。植林である。

同書の「松の木の下で二人野宿」（九七頁上段～中段）に、

そこらは、岩手山ろく一帯の松林だが、高さは二、三メートルぐらいの松林で、ハツタケとりに来たところだった。

手ごろな松を二本えらんで、「ここに寝ましょう」と、賢治は言った。（中略）

「岩手山ろく、無料木賃ホテルですナ」に、私は笑わせられ、いっぺんに楽しくなった。

同書の「「小松の下」は葉ベッド」（二一七頁中段～下段）に、

誘われて岩手山麓（ろく）を歩いた。小松の下に、眠ったりした。（中略）

賢治は、

「この松の葉ベッドに寝て、寝ものがたりしながら、眠りましょう――」と言った。

詩『春谷暁臥』は、私が眠っているうちに、手帳に書かれたのである。

とある。

なお、東光敬稿「前篇　宮澤賢治の生涯」の中の「第七章　歸農」（同著『宮澤賢治の生涯と作品』前出書、八一頁）に、〈教へ子の一人である菊池信一氏は、思ひ出を書いて居られる。〉として引用している証言の

中に、羅須地人協会への道の様相について、

路にそうて短い落葉松がまばらに植付けられ、それのきれた向ふの端には銀どろが精よくのびて、風もないのに白い葉うらが輝いてゐた。更に西向に突出た玄関へと聯る道の北側には空地に型どつた三角形の花壇があり、ひなげしであつたか、赤と黄が咲き乱れてゐた。

とあり、何とはなく似た状景として彷彿とさせるものがある（旧字体を新字体とした。「銀どろ」＝ドロノキ＝ポプラ（ポプラ属の総称。日本に自生する三種であるドロノキ、ヤマナラシ、エゾヤマナラシのうちの一種））。

M：宮澤にとって馴染みの樹種だったということが伺われますね。

それと、落葉松は日本では自生していないので、こんなところにも落葉松が人の手によって植えられている、ということを目の当たりにして、発見したときの驚きのような気持ちも込められているのではないでしょうか。

ところで、〈落葉松〉は、「修学旅行復命書」に〈車窓石狩川を見、次で落葉松と独逸唐檜との林地に入る。生徒等屡々風景を賞す。〉と出てきたり、「第四梯形」に〈落葉松のせわしい足なみを〉と出てくるなどのように、結構な頻度で作品等に登場してくるように思います。

六条通を歩いてみると、〈落葉松〉以外の松もみられます。当時も〈落葉松〉だけではなかったように思われます。だとしたら、〈落葉松〉を採り挙げていることになります。そこに何らかの思いが隠（こも）っている。もっと言えば、思いを込めている、ともとれますね。

C：坂東忠明稿「はじめに」（同著『カラマツの来た道～北海道カラマツ一〇〇年の歩み～』エコ・ネットワーク、二〇一三年十月二十五日発行）に、

明治開拓期、カラマツの小さな苗木は長野県から海をわたり外来樹種として北海道にやって来ました。長野県にルーツをもつニホンカラマツは異郷の地である北海道で植えられてきました。（中略）

カラマツの歩みの視点は、第1にカラマツは北海道開拓事業の所産であったということ、第2にはカラマツは農民＝小規模森林所有者の手によって植えられてきた樹種であること、そして第3にはカラマツは必ずしも林業経営を目的に移入された樹種ではなかったという、この3点です。

とある（原文は横書き）。

M：本土からみて〈開拓〉、北海道からみて〈外来樹種〉、本土からみて〈異郷の地〉のイメージをまとっている樹種なんですね。

北海道は本土からみれば〝外地〟で、北海道から本土をみれば〝内地〟だという意識は今でも少しありますし、当時は今よりもっと強かったと思います。

沖縄に行ったときに沖縄のお店の方が本土のことを「〝内地〟からいらしたんですか。」のように言っていました。その時、「ああ、北海道人と同じ言い方をするんだ。北海道と沖縄の立つ瀬が同じなんだ。我々が縄文人の末裔であることを残してくれているアイヌ民族と琉球民族が似ていると思わさるのと何

か関係があるのだろうな。」と悠久の歴史にも思い至って、妙に感心したのを今でもよく覚えています。

*

M：ここでの〈落葉松〉はどう読んでいましたか。
I：からまつ、じゃないんですか？
M：読み方は三つ考えられますよね。「からまつ」と「らくようしょう」、それから「ラリックス」と。
C：もう一つ、ロジャー・パルバース著、森本奈理訳『賢治から、あなたへ　世界のすべてはつながっている』（集英社インターナショナル発行、集英社発売、二〇一三年二月二十八日第一刷発行、六一頁）で、「らくようまつ」とルビを振ってある例がある。
M：北原白秋の詩「落葉松」には、〈からまつ〉と出てくるので、そう読むのだろうけれども、ここは、振り仮名もないので、「からまつ」とも読めるし、「らくようしょう」とも読めるし、「らくようまつ」ですか、とも読めるのですが、わたしは、「ラリックス」だと考えています。
その理由としては、三点ありまして、

①【学　名】この作品中に登場してくる〈ポプルス〉にしても〈バビロン柳〉にしても学名なんですね。その並びでいくと、カラマツ属の学名のラリックス（ラテン語 Larix）じゃないかと。
②【音の響き】音の響きから言っても宮澤の好きそうな響きですし、この行でのラリルレロのラ行

音の共鳴もみられるようになるので。

③【リズム】そして、全体を流れるリズムからも、この場合、合っている。

と思うのです。

C：宮澤の他の作品を少しみてみると、宮沢賢治著『【新】校本宮澤賢治全集 第一巻 短歌・短唱 本文篇』（筑摩書房、一九九六年三月二十五日初版第一刷発行、三八九頁上段）で、短唱群「〔冬のスケッチ〕」のなかの現存紙葉の保存順の番号「四五」に、

くらいやまと銀のやま
かれくさとでんしんばしら
ラリックス。

とある。

また、宮沢賢治著『【新】校本宮澤賢治全集 第十二巻 童話［Ⅴ］・劇・その他 本文篇』（前出書、二五〇頁）にある「沼森」では、〈落葉松（ラリックス）など植えたもんだ。〉と二回繰り返されているように、〈落葉松〉と書いて宮澤自身が〈ラリツクス〉とルビを振っている例がみられる。

さらに、宮澤賢治著（作）『心象スツケチ（ママ）（詩集） 春と修羅　大正十一、二年』（前出書）では、「ラリックス」の用例としては全部で三か所、次のように登場している。

ラリツクス　ラリツクス　いよいよ青く
雲はますます縮れてひかり
わたくしはかつきりみちをまがる（一一四頁、「小岩井農場　パート九」より）

ラリツクスの青いのは
木の新鮮と神經の性質と両方からくる（一二七頁、「印象」より）

よくおわかりのことでせうが
日射し（ひざし）のなかの青と金
落葉松（ラリツクス）は
たしかとどまつに似て居ります（一二九頁、「高級の霧」より）

そのほか、宮沢賢治著『【新】校本宮澤賢治全集　第二巻　詩［I］校異篇』（前出書、三九頁下段）で、「小岩井農場」の〈下書稿の現存部の内容を、推敲による異文を含めて示すと、次のようになる。〉とした、いわゆる先駆形の四一頁上段～同下段に、

それから私のこゝろもちはしづかだし

どうだらうこ丶こそ〔ま〔さ〕→㊔〕天上ではなからうか

こ丶が天上でない証拠はない
天上の証拠は沢山あるのだ
そら遠くでは鷹が空を截ってゐるし
落葉松（ラリックス）の芽は緑の宝石で
ネクタイピンにほしいほどだし
たったいま〔心の→㊔〕影の〔中を行ったのは→やうに行ったのは〕
〔人馬→㊔〕立派な人馬の徽章だ
騎手はわかくて顔を熱らせ
馬は汗をかいて黒びかりしてゐた。

とあり、〈こ丶こそ〔ま〔さ〕→㊔〕天上〉、〈こ丶が天上〉である証拠のひとつとして〈落葉松（ラリックス）の芽〉の美しさを挙げている。どうやらラリックスは宮澤の気持ちを新鮮に高揚させる効用を有していて、ついには、**ラリックスに〝天上〟のイメージが含まさっている**、ようになっていたとも考えられる。

また、宮沢賢治著『【新】校本宮澤賢治全集　第三巻　詩［Ⅱ］本文篇』（前出書、二五一頁）にある『春と修羅　第二集』の「四〇三　岩手軽便鉄道の一月」に、〈からまつ　ラリクスランダー　鏡をつるし〉などとある。

一同：結構あるんですね。

C：今は亡き入澤康夫さんも、二〇〇三年十月四日（土曜日）に、サン・アザレアの三階ホールで開催された宮沢賢治学会地方セミナーin旭川での講演「心象スケッチ「旭川」と、その前後」（九十二分）の中で、録音したカセットテープで確認すると、

「これは、まあ、あのー、研究者としてではなくて、詩を書いている人間としてやっぱり「ラリックス」が大変よろしいと思ってるね。感覚、言葉の感じとしてねー。」

とおっしゃっていた。

＊

M：次の、〈それから青く顫えるポプルス〉についてですが、〈それから〉とあるように少し進行して次に見えてきたのが〈まるで十月の風〉が吹いている中、緑の葉っぱたちが〈青く顫えるポプルス〉で、ポプラたちでした。

C：原子朗著『定本 宮澤賢治語彙辞典』（前出書）の「楊（やなぎ）」の項（七二八頁上段）に、

詩［旭川］や詩［〔ほほじろは鼓のかたちにひるがへるし〕］に出てくる「ポプルス」、「ポプルス楊（やなぎ）」（populus）もポプラに同じ（ポプラのラテン語学名。語源「人民」）。

とある。

M：ポプラといえば、北大キャンパス（札幌市北区）にある一九〇三（明治三十六）年に植樹された「北海道大学ポプラ並木」が有名です（余談として、二〇〇〇（平成十二）年に北大農学部付属農場の北側に植えられたポプラ並木は「北海道大学平成ポプラ並木」と呼ばれている）が、〈旭川中學校〉の後身である北海道旭川東高等学校に私が通学していた頃には六条通に面した敷地内等で巨木となってゐました。

C：喩としてのポプラは、水之江有一稿「ポプラ（Poplar）」の項（同編『シンボル辞典』前出書、二六五頁下段）に、

（前略）「死と再生」。

（中略）ポプラの冠はヘーラクレースが冥界への旅より無事帰還を果たしたときもその頭にあり、業火のため葉は黒ずみ、葉裏は英雄の額の汗のために白変した。葉の黒色は冥界、白色は至福の野を表わす。（中略）

キリストの「磔刑の十字架」の材であったと考えられ、この木が微風にも葉を震わせ続けるのは、その罰としてであるとも、その罪を恥じおののくがゆえであるともされる。

（中略）十八世紀末アメリカの独立戦争やフランス革命においては「自由」の象徴として植えられ「自由の樹」となった。

とある。

また、佐藤国男稿「ポプラとカシワの木」（同著『山猫博士のひとりごと』北水、二〇〇二年七月十五日初版発行、五二頁）に、

ポプラの語源は、ラテン語のポプルス（「震える」の意）。

中国では「風響樹」「響葉樹」と呼ばれていて、いかにも夏の日差しを浴び、そよ風にぷるぷる震えるイメージが伝わってくる。

賢治もこのポプラが好きだったのか、詩や童話にたくさん登場する。

感性の鋭かった賢治その人が、ポプラの木と重なり合って見えたりもするのである。

とある。

参考までに、森荘已池稿「ポプラ・銀ドロを好む」（同著『森壮已池ノート　宮澤賢治　ふれあいの人々』前出書、四〇頁三段目～同頁四段目）に、

新設花農は、ひろびろとしたところに、ポッンと見えた。賢治はポプラの苗木を買ってきて、場所をえらんで植えた。ポプラは、みごとに育ったが、戦争中に、敵機監視の邪魔になると、伐（き）られてしまった。

こんど中央公民館の庭園に、風の又三郎の群像ができた。近くの賢治詩碑のまわりに、賢治の植

えたサクラとポプラが、巨木になっている。農村を明るくするために、まず家のまわりに、ポプラを植えたいという念願を持っていた。（中略）
賢治のいとこ岩田豊蔵さんが、「賢治さんは、木を植えるときポプラや銀ドロを植えたがった。どっちも生育が早く、ドンドン大きくなるが、パルプにしかならない木だ。賢治さんは、早く亡くなる人だったから、木まで、さっさと大きくなるのを植えたんすじゃ」と、言ったことがあった。
私はこの話に感心した。
松や杉など、古風な、陰気くさい感じを追放するためのポプラだと思っていたのである。

とある。

M：そして、〈青く〉の「青色」についてですが。

C：青い色の意味について、二〇一九年十二月三十日（月）二十一時四十九分から地上D071で放映のテレビ番組「たけしの新・世界七不思議　史上初！古代エジプト新発見の「棺」開けますSP字」の中で、東日本国際大学学長の吉村作治教授が、教授自身が発見した約四千年前の中王国時代の行政官セヌウの青いマスクについて、〈「なんでブルーの色がついているかっていうと、空を越えてあの世に逝くでしょ。だからあの世の色なんですよ。ブルーっていうのは。」〉と解説している。

M：青い色は海の色でもありますよね。「ニライカナイ」なんかは、海の彼方に楽土をみていますよね。

C：喩としての青色は、水之江有一稿「青色（Blue）」の項（同編『シンボル辞典』前出書、一一頁上段〜同下段）に、

形而上的には「雲なき状態」から「調和」「真理」「明り」、人間性においては「無垢」「勇気」「希望」を示す。（中略）

「月」の色としては「やさしき愛」や「受身」「深淵な知恵」に結びつく。

とある。

また、ロジャー・パルバース著、森本奈理訳『賢治から、あなたへ　世界のすべてはつながっている』（前出書、一三五頁）では、

賢治の世界では、「青い光」は「あの世」を意味していることがよくあります。その一例を示す、幸せに暮らしている夫婦についての『わたくしどもは』という美しい詩があります。この詩では、悲しいことに、たった一年の結婚生活を終え、若い妻が他界してしまうのですが、その死の前兆として賢治はこう書きます。

……その青い夜の風や星、
すだれや魂を送る火や……

厳密に言えば、夜も風も青くはありません。しかし、賢治にとっては、この「青い夜の風」は「魂を送る火」の媒体、つまり、生命の灯を消すものなのです。

としている（太字化は原文）。

M：心象スケッチ「旭川。」の二日後の一九二三（大正十二）年八月四日の日付を持っている心象スケッチ「オホーツク挽歌」の中で、〈青〉という色に、妹トシの面影を見い出して読むことを可能とするようなフレーズを記していましたよね。

C：宮澤賢治著（作）『心象スツ(ママ)ケチ（詩集）春と修羅　大正十一、二年』（前出書、二三四頁）で、

緑青(ろくせう)は水平線までうららかに延び
雲の累帯構造のつぎ目から
一きれのぞく天の青
強くもわたくしの胸は刺されてゐる
それらの二つの**青いいろは**
どちらも**とし子のもつてゐた特性だ**

としている。

M：オホーツクの海と空を望みながら、〈**青いいろは**〉〈**とし子のもつてゐた特性だ**〉としています。「旭川。」では〈青く顫えるポプルス〉で、妹トシが〈ポプルス〉に仮託されている、とも解釈可能かもしれませんね。そこに妹トシ（の霊魂）が〈顫え〉て存在している、と感じている宮澤がゐた、と。

*

M：次の「ふるえる」の〈顫〉の漢字についてですが。

C：この漢字の用例として、宮澤賢治作「朝に就ての童話的構図」（同著『【新】校本宮澤賢治全集 第十二巻 童話［Ｖ］・劇・その他 本文篇』前出書、二三一〜二三二頁）に、きのこが成長していく様子の描写で、

　それはだんだん大きくなるやうです。だいいち輪廓のぼんやり白く光つてぷるぷるぷるぷる顫えてゐることでもわかります。

とある。

M：ここの〈ぷるぷるぷるぷる〉というオノマトペが、〈顫（セン）〉という漢字が表わすふるえ方の様子をわかりやすく伝えていると思います。

C：他の用例としては、書簡ナンバー〔**484a**〕〔**427**〕「昭和八（一九三三）年八月三十日　伊藤与蔵あて封書」（宮沢賢治著『【新】校本宮澤賢治全集 第十五巻 書簡 本文篇』前出書、四五五頁）に、

　実に病弱私のごときただ身顫ひ声を呑んで出征の各位に済まないと思ふばかりです。

とある。

M：「旭川。」での〈顫〉の漢字も、振幅が小さくて周期が速い、小刻みにふるえるイメージで、ポプラのたくさんの葉が風にちらちら揺れるのを表現するのに合っている漢字を使っていると思います。

*

K：次の、〈この辺に來て大へん立派にやつてゐる〉のは、〈落葉松〉や〈ポプルス〉なのか、〈官舎〉や〈旭川中學校〉なのか、どっちのことを言っていると思います？　何が〈立派〉だというんだと思います？

S：〈落葉松〉と〈ポプルス〉がこんな寒いところで〈立派に〉育っている、じゃないかな。

Z：建物。

M：わたしは、街づくりのことだととっていたので、〈官舎〉や〈旭川中學校〉にかかると思っていました。

でも、よく考えてみると両方なのかもしれませんね。というのは、〈この辺に來て大へん立派にやつてゐる〉の最後に句点があれば〈落葉松〉や〈ポプルス〉が、なのでしょうけれど、句点はないので、あとに掛かっていくととって〈官舎〉や〈旭川中學校〉が、だと思ったのですが、もう少し深く踏み込んで考えてみると、どちらともとれるように、つまり、前も受けて、後ろにも掛かるととれるように句点を打たなかった、打たないようになった、もっと言うと、作品が打たせなかった、とも考えられるかもしれません。

＊

M：ところで、〈この辺〉の〈辺〉は「へん」と読みますか「あたり」ですか？

S：「へん」の方が合いますね。

C：明治四十三年十二月一日発行と遡るが、境忠一(ただいち)著『評伝 宮澤賢治』（桜楓社、昭和五十年四月十日印刷、昭和五十年四月十五日発行、三八七頁）で〈賢治の詩が啄木の『一握の砂』を出発点としている〉としている石川啄木著『歌集一握の砂』（前出の複刻版、一六五頁）に、「辺土」と登場してくる（旧字体を新字体に。振り仮名は省略）。

わがあとを追ひ来て
知れる人もなき
辺土に住みし母と妻かな

今井泰子の注釈『日本近代文学大系 第23巻 石川啄木集』（前出書、一一九頁上段）の注釈に、〈初出は四句「函館に住みし」。〉であったとあり、北海道函館を〈辺土〉としていることがわかる。

M：ここの北海道函館を〈辺土〉という意識は、〈この辺に來て大へん立派にやってゐる／殖民地風の〉というときの意識と似ているところがあるような気がしますね。

＊

M：〈ゐる〉は存在を表す「居る」という意味ですね。これはまたあとで考えてみることにしましょう。〈官舎〉はどうして〈官舎〉とわかったんでしょうね。

K：形でわかると思うな。

M：この〈官舎〉は何の官舎なのかを調べたことがあるのですが、当時、上川支庁に勤めていたわたしの祖父 松田正義（一八九四（明治二十七）年四月十三日生、一九九〇（平成二）年十二月二十九日没（満九十六歳））の証言に拠るとですが、この〈官舎〉が六条通から見えるのは、宮澤来旭当時には、上川支庁の裏手で六条通十丁目左の進行方向左手・北側に当たる方をみると、手前の区画が空き地になっていたため、その奥に建っていた〈官舎〉が見えていて、その〈官舎〉は上川支庁の職員住宅となっていたそうです。このことは、わたしの父 松田敏男（戸籍上は敏夫）（一九二六（大正十五）年十一月二十六日生、二〇〇九（平成二十一）年六月二十六日没（満八十二歳））が、当時から少しのちの子供の時にその〈官舎〉に遊びに行った、という証言が一致しています（なお、父によると、これ以前は、その空き地に郡農会の大きな建物があり、〈官舎〉は郡農会の職員住宅だった、とのことでした。）。

当時の上川支庁のところにも〈落葉松〉か（『旭川回顧録』P236上より）

どうも、東に一丁進んで六条通十一丁目左という次の区画で進行方向左手・北側、校舎の西隣にあったであろう〈旭川中學校〉の教員住宅群の〈官舎の一ならび〉のことではないようです。が、もしかしたら、両方を指して言っている可能性もあります。

〈一ならび〉とあるのは、三戸が長屋のように一連なりに建っていたことを指している、と祖父と父は言っていました。

〈旭川中學校〉と登場してくるのは、正式には「**北海道廳立旭川中學校**」で、旧制旭川中学校時代に来旭となったということで、現在は北海道旭川東高等学校です。

C：森三紗談「わたくしの宮沢賢治体験」（宮沢賢治学会イーハトーブセンター編集委員会編「宮沢賢治学会イーハトーブセンター会報　第58号・オパール」宮沢賢治学会イーハトーブセンター、二〇一九年三月三十一日発行、六頁上段）に拠ると、〈盛岡中学校の目指す校訓のようなもの〉として〈「質実剛健」〉とあり、旭川東高と同じである。双方ともにこの当時以前からであるとすれば、宮澤来旭時には既に両校に共通の〈校訓のようなもの〉があったことになる。

M：興味深いですが、何か背景がありそうですね。「質実剛健」の由来は何となっていますか。

C：インターネット（二〇二二（令和四）年三月四日現在。この発言内で以下同様）で調べてみると、一九〇八（明治四十一）年十月十三日発布の「戊申詔書（ぼしんしょうしょ）」から生まれた言葉とされている。

『広辞苑』（電子辞書 CASIO EX-word DATAPLUS 6 XD-B5900MED）の「戊申詔書」の項に拠ると、

1908年（明治41、戊申の年）第2次桂太郎内閣の〈平田東助内務大臣が詔書案を閣議に提出し、閣議で了承され、明治政府の〕要請をうけて明治天皇が国民教化のために出した詔書。日露戦争後、人心が次第に浮華に流れているとして、国民の団結や勤倹を説いた。

とあり、フリー百科事典『ウィキペディア（Wikipedia）』の「戊申詔書」の項には、

戊申詔書（ぼしんしょうしょ）は、１９０８〔（明治41）〕年10月14日に官報〔（第７５９２号）〕により発布された明治天皇の詔書の通称。日露戦争後の社会的混乱などを是正し、また今後の国家発展に際して必要な道徳の標準を国民に示そうとしたものである。この詔書をきっかけに地方改良運動が本格的に進められた。

とある。

そして、『ＹＡＨＯＯ！ＪＡＰＡＮ知恵袋』の「〝質実剛健〟という四字熟語の由来ってなんですか？」という質問に対する「ベストアンサー（日々是好日さんの二〇一六年六月十一日二十一時二十三分の回答）」に、

（前略）〔「戊申詔書」に「質実」の意を含む一節があり、〕これを　中央大学　奥田義人学長が引用して訓示を学報にのせ　これを読んだ　〔卒業生でもあった〕天野徳也という当時の法学新報社の記者が　この訓示に　質実剛健の校風　とつけたのが始まり。（後略）

とある。

また、『Oggi.JP』の「「質実剛健」の意味や由来は?」の中の「質実剛健の言葉の由来」の項(https://oggi.jp/6116755)には、

「質実剛健」のルーツは、明治時代に遡ります。明治維新を経て日本は、それまで鎖国によって知ることができなかった欧米諸国の情勢について知るようになります。そこで初めて自分たちが海外の国々に遅れていることに気がつくのです。

1908年、明治政府は欧米諸国に追いつくために様々な分野で改革を行いました。そんな中、国民に勤倹節約と国家を発展させるために国体尊重を徹底する目的で明治天皇によって発布されたのが「戊辰詔書(ぼしんしょうしょ)[ママ]」です。(以下略)

としているのがある。

M:全国的にどうなっているのかがありますが、少なくとも、本州という内地・本土の盛岡中学校においてはもちろん、北海道という外地・離島の旭川中学校においてまで及んでいるという事実が存在しています。

何か日本という国家づくり、特に領土の治政等から来たっていて、当時の政治、特に地政学等からくる外地・離島を含めてひとつの国としてまとめていこうというような理念みたいな考えが顔を出して表

当時の〈旭川中學校〉（北海道庁立旭川中学校）（『旭川回顧錄』P459上より）

に出て来ている事例のひとつのような気がします。

もう少し調べてみると何かが見えてくるような予感もしますね。

＊

M：固有名詞って言ったら、題名を除いて〈旭川中學校〉だけですよね。

O：どうして〈旭川中學校〉とわかったんですかね。馬車に乗りながら前を通ったときに正門の看板か何かが見えてたのかしら。地図か何かからなのかな。

それとも、タクシーの運転手さんがいろいろ話すように、その頃の〈馭者〉の人って説明しながら乗せていってくれたわけではないでしょうねー。ここが〈旭川中學校〉なんですよーって。

Mi：結構しゃべってるんじゃないかなー。ずっとメモしながら、これは何だ、これは何だとすごく観察しながら細かく見てた。これは何ですかって聞いているんじゃないかしらね。これは〈旭川中學校〉ですよ、とかね。

当時の〈旭川中學校〉校長 川村文平
(『旭川回顧錄』P458及び附録のP111より)

M：〈駁者〉から聞き知ったとか、何かで調べてもわかるでしょうけれども、確か当時の写真で正門に「旭川中學校」って看板が見えてたと思うから、おそらくは、それをメモしたんでしょうね。

C：大正十二年十一月三十日発行の坂東幸太郎・中村正夫共編『市制施行記念　旭川回顧錄　完』(前出書、四五九頁)に写真が掲載されていて、六条通から正門に掲げられている校名の看板が見えるのがわかる。

＊

M：当時の〈旭川中學校〉の校長が岩手県出身の川村文平校長とわかっていますが、そのことを知っていて宮澤が夏休み中であったこの日に川村校長を、校舎のすぐ西隣りの六条通十一丁目左にあったと思われる公宅か、学校に訪ねて逢っていった可能性もあるかもしれないと思っています。それで、寒い北の涯の地で同郷の校長が、〈この辺に來て大へん立派にやってゐる〉〈旭川中學校〉と。

C：川村校長の略歴として、「附錄人物事業編」の中の「旭川中學校長川村文平君」の項(坂東幸太郎・中村正夫共編『市制施行記念　旭川回顧錄　完』前出書、一一一頁)に、

君は明治十一年十二月二十一日岩手県柴波(ママ)郡徳田村に生る、幼時より穎才能く友を驚かした順序

の学階を経て東京高等師範学校に入学し、日露戦争に於ける奉天大会戦役間もなき明治三十八年三月三十一日を以て其業を好成績を以て卒ゆ、校門を出でたる君は、茨城県、長野県の各学校に奉職して常に立派なる成績を挙げ大正五年一月北海道師範学校に転任し、大正八年四月庁立札幌第二中学校長に補任し、大正九年四月庁立旭川中学校長に転任し来り以て今日に至つた。

とある（旧字体を新字体にした）。

馬車の屋根は黄と赤の縞で
もうほんたうにジプシイらしく
こんな小馬車を
誰がほしくないと云はうか。

M：当時の写真をみても、わたしの祖父の証言でも、当時の馬車の屋根は〈黄と赤の縞〉ではなかったと思われるのですが、〈黄と赤の縞〉の〈屋根〉とあるのは、どういうことなんでしょうかね。

一同：心象スケッチっていうんだから、当時、賢治が乗った〈小馬車〉は、〈黄と赤の縞〉の〈屋根〉だったんじゃないんでしょうかね。実際にないとこうやって出てこないと思うので。

Iri：心象スケッチはそんな不自由なものではないと思いますよ。

一同：イマジネーションで何でもありでしょうか。

M：アドレアン・ウェルクの「想像は現実よりも価値がある」という立言を聞いたことがあります。

C：俵万智稿「あとがき」（同著『チョコレート革命』河出書房新社、一九九七年五月八日初版発行、一九九七年六月二六日29刷発行、一六四～一六五頁）で、

恋の歌については、「ほんとうにあったことなんですか？」ということを、しばしば聞かれる。歌が生まれるきっかけやヒントになる人は、決して架空の人物ではない。が、この歌集を読んで、思いっきり思い当たる人もいれば、まったく身に覚えのない人も、いるだろう。そのまんまやないかと思う人もいれば、なんでこうなるの？　と思う人もいるはずだ。

つまりそういうことで、確かに「ほんとう」と言えるのは、私の心が感じたという部分に限られる。その「ほんとう」を伝えるための「うそ」は、とことんつく。短歌は、事実（できごと）を記す日記ではなく、真実（こころ）を届ける手紙で、ありたい。

としている。

M：面白くて興味深いことを言っていますね。「**この世は事実と物語でできている**」ということを踏まえた上で、真実を追究する、というところが共通しているようにも思えます。

C：さらに心象スケッチのバリエーションは広く、平尾隆弘稿「第五章　詩集『春と修羅』の成立」（同著『宮沢賢治』前出書、一三二頁）に、

表現者が、かれの内部でとらえたひとつの事実は決して日録的な事実そのものではない。

とある（傍点は原文）。

M：ここは、未だ確認できていないけれど、そういう色をした屋根の馬車が実際に存在していたものなのか、詩的幻想という虚構を加えて再構成したものなのか。

あくまでも、もし、実在だとしたらなのですが、ひとつ考えられるのは、宮澤賢治が旭川市に来た日（来旭日＝この作品の取材日）と同月同日同時刻頃である八月二日の早朝に旭川駅前から歩いてみて気が付いたことがあったのですが、今もこの時期は夏の祭りの行事が目白押しで、黄や赤などの色彩で飾り付けがされています。北海道では明治から七夕は八月七日なので、宮澤の来旭した八月二日に七夕用の飾りがされてあって、馬車の屋根にも〈黄と赤の縞〉の段だら模様の布などを掛けていたのかもしれません。

C：執筆者明記なしの「卓上四季」（「北海道新聞　第二八二三〇号（日刊）十六版　二〇二一年（令和三年）七月七日（水曜日）一面」北海道新聞社）に、

七夕を秋の季題とすることについて「うべなるかな」と記したのは山口誓子であった。現代では新暦で祭るところが多いが、7月では梅雨明けしていない地方もある。「八月を待つがよい、七夕は旧暦の七月七日に祭るがよい」と「星空をながめて」に書いたとあり、長谷川櫂（かい）著『筑摩選書0009　日本人の暦　今週の歳時記』（筑摩書房、二〇一〇年十二月十五日初版第一刷発行、二一五頁）にも、

立秋のころに旧暦の七夕（たなばた）がめぐってきます。今では太陽暦の七月七日に七夕をするところが増えましたが、この時期はまだ梅雨が明けていないので星空の見えない年がほとんど。

これに対して、八月初めの旧暦の七夕のころになると、晴天がつづき、夜空も澄みはじめて織姫（琴座（ことざ）のベガ）も彦星（鷲座（わしざ）のアルタイル）も天の川もはっきりと見えます。

とある。ちなみに、続けて、

八月六日は広島、九日は長崎の原爆の日です。この二つの原爆の日は十五日の終戦の日とともに八月を鎮魂の月にしている

とある。

M：なるほど、宮澤賢治が昭和八（一九三三）年に亡くなって、没後十二年というのちの昭和二十（一九四五）年になってではあるけれど、〝八月が〈鎮魂の月〉となる〟ことになるのですね。

さて、〈馬車の屋根〉の色ですが、あるいは、朝露とか雨に濡れている〈馬車の屋根〉に、道路沿い

などにあった七夕飾りの色が反射して映り込んでいるのを捉え見て表現したのかもしれませんね。

C：似たような現象を採り挙げて扱った短歌として、書簡ナンバー22「大正五（一九一六）年〔九月五日〕保阪嘉内あて　葉書」（宮沢賢治著『【新】校本宮澤賢治全集　第十五巻　書簡　本文篇』前出書、三〇頁）に、

霧はれぬ分れてのれる三台のガタ馬車の屋根はひかり行くかな

がある。

M：連関性があるかどうかわかりませんけれど、「銀河鉄道の夜」の章題に、「ケンタウル祭の夜」とあるのですが、宮沢賢治著『【新】校本宮澤賢治全集　第十一巻　童話［Ⅳ］校異篇』（筑摩書房、一九九六年一月二十五日初版第一刷発行、一八二頁上段）に、

［ケンタウル→⑥《七→㊔》星→星曜→ケンタウル］祭の夜

とあり、「ケンタウル祭」を、「七星祭」や「星曜祭」にしようとした痕跡が残っている。そして、「ケンタウル祭」に戻している。「七星祭」や「星曜祭」は星まつりを意味し、これは七夕（七月七日や八月七日）のこととされ、〈ケンタウル祭〉の内実には七夕のイメージを重ね蔵している、とも解せるように思われます。

K：俺は事実だと思わんね。五色合わせるためにこの二色をもってきた。二箇所に出て来る〈黒布〉の

黒色、〈青く顫えるポプルス〉の青色、〈そらが冷たく白いのに〉と〈白い歯〉の白色、計三色はあったので、五色にするために黄色と赤色としたんだと思うな。その二色からの連想で〈ジプシイ〉というコトバが出てきたとも思うし。

O：オリンピックのシンボルである五輪マークの色は、青・黄・黒・緑・赤の五色ですよね。俗説ですが、これらの色には意味があって、青が水・黄が砂・黒が土・緑が木・赤が火で、五つの自然現象を表わすとも言われていますよね。

　このように、この作品の五色にも、色に意味がある？　そう考えるのは単なる憶測に過ぎないとか妄想の類になる？　それとも、色に何かしらの意味を込めている、あるいは、何か深い象徴的な意味合いが含まさっているのかしら。

M：なるほど。確かに仏教で「五色(ごしき)」がありますね。

C：「**五色** ごしき」の項（中村元・福永光司・田村芳朗・今野達編『岩波仏教辞典』前出書、一二七〇頁右段）に、

　青・黄・赤・白・黒の5種の色をいう．五色の観念は、中国古代、『書経』禹貢、『老子』12、『周礼』天官、『礼記』礼運など多くの用例が見え、五行説に関連づけられた．仏教では〈五正色(ごしょうじき)〉また〈五大色〉とも称するが、インドの教団では比丘(びく)が着用する衣には用いてはならない華美な色とされた．五正色は五方の正色の意味で〈五間色〉（緋・紅・紫・緑・磂黄(くりげ)）に対していう．五大色は五大説のもとに五色を考えるもの．特に密教において教義に関連づけて説かれ、五方の配当にも2説ある．なお、聖衆来迎の瑞相とされる五色の雲、臨終の儀式として阿弥陀仏の手と病者の手

をつなぐ五色の糸の五色は、いずれも青・黄・赤・白・黒の五色をさした．「百日法花経を講じけるはての日、其の所に五色の雲たちて、過去の四仏あらはれたまへり」〔法華百座３・27〕「入滅の日に、五色の糸をもて仏の手に繫(か)けて、これを取りて念仏して気絶えぬ」〔拾遺往生伝中27〕．

とある〔原文は横書き〕。

M：でも、空海が開いた真言宗（真言密教）の高野山の中門(ちゅうもん)にある袴(はかま)状の幡の色は、五色は同じでも色の種類が異なり、青・黄・赤・白・緑の五色で、黒がなかったですけれどもね。

また、法然を宗祖とする浄土宗では初盆のときに飾る「在家用　お盆棚真幡」というのがあって、緑・黄・赤・白・紫の五色紙でつくられているもので、封筒の表に「お盆のいわれ」と題した解説文があり、その中で、

この五色の剪り紙は真幡と言い、七宝（金銀……）でできた仏さまの塔で、インドのブッダガヤ大塔をかたどったものです。

〔各家にまつわる〕餓鬼〔（供養を受けられず、まつられぬ亡霊）〕がこの塔に入り菩提心を発し仏と一体となり、光明の天に上るとされております。

とあります。

これでは、青が緑、黒が紫となっています。宗派などによっても五色の色の種類が少し異なるのでし

ょうかね。

C：宮澤の短歌に大正十年四月の「比叡」があり、これらは、突然家出上京した長子の安否を気遣って上京した父とともに関西旅行をしたときの短歌である。そこに「五色」が次のように出てくる。

※　大講堂

776　いつくしき五色の幡（はん）はかけたれどみこころいかにとざしたまはん。

※

777　いつくしき五色の幡につゝまれて大講堂ぞことにわびしき。

（宮沢賢治著『【新】校本宮澤賢治全集　第一巻　短歌・短唱　本文篇』前出書、二八一上段～二八二頁上段より）

ほかにも、宮澤賢治作品の用例からみてみると、「台川」に登場する岩の色が、青・黄・赤・白・黒の五色で、同じである。

M：宮澤文学における心象スケッチの特質のひとつと言っていいと思いますが、意識的にも無意識的にも、はたまた深層心理などからも、叙景が全体情況や心理状態などと奥深いところで共鳴・共振していることがみられる場合が多くあると思っています。

「なめとこ山の熊」の小十郎の死のラストシーンで、その導入の叙景として、

小十郎は**白**沢の**岸**を**遡って行った**。水はまっ**青**に**淵**になったり硝子板をしいたやうに凍ったりつ

ら、が何本も何本も**じゅず**のやうになってかゝったりそして**両岸**からは**赤**と**黄いろ**のまゆみの実が花が咲いたやうにのぞいたりした。小十郎は自分と犬との**影**法師がちらちら光〔り〕樺の幹の**影**といっしょに雪にかっきり藍いろの**影**になってうごくのを見ながら**遡って行った**。

（宮沢賢治著『【新】校本宮澤賢治全集　第十巻　童話〔Ⅲ〕本文篇』前出書、二七一頁より）

とあります。〈赤と黄いろ〉は〝死の影〟を表わしているのかもしれません。さらには、〈白沢〉の白、〈水はまっ青〉の青、〈影〉の黒を合わせるとここでも五色になることや、〈岸〉・〈淵〉・〈じゅず〉・〈影〉・〈遡って行った〉などは〝死の予兆〟を意味していると解釈可能なのかもしれません。つまり、「赤と黄色」「五色」は、〝死〟の想念を帯びてまとっているのかもしれません。

「旭川。」における〈黄と赤〉も、もしかして、〝死〟を象徴的に表わしている可能性があるのかもしれませんね。トシの死、自分の死、みんなの死などを。そう思って読み返してみるとまた違った印象になりませんか。

C：その他には、岡本綺堂作「半七先生」（同著『半七捕物帳』青空文庫 https://www.aozora.gr.jp/cards/000082/files/1118_15012.html　二〇二二（令和四）年三月十日現在）に、旧暦の七夕の描写がみられ、

嘉永三年七月六日の宵は、二つの星のためにあしたを祝福するように、あざやかに晴れ渡っていた。七夕（たなばた）まつりはその前日から準備をしておくのが習いであるので、糸いろいろの竹の花とむかしの俳人に詠（よ）まれた笹竹は、きょうから家々の上にたかく立てられて、五色（ごしき）にいろどられた色紙（いろがみ）や短（たん）

尺が夜風にゆるくながれているのは、いつもの七夕の夜と変らなかったが、今年は残暑が強いので、
それは姿ばかりの秋であった。

とある。

M：そうすると、もしかして、五色には、「年に一度逢える日」、「妹トシと逢えるかもしれぬ」、という念い（願い・希望・願掛け・思い寄せ・思い懸け・目論見・企て・企図・企望・企み・謀・秘策）が込められているのかもしれませんね。

八月九日樺太離島説を採ることとしておいて、樺太でも北海道の多くの地と同じに八月七日が七夕だとしたら、その日の夜には、樺太で夜空を望みながらそのようなことを想って居たのかも、と想像したくなりますね。

七夕の「五色の短冊」は、青（緑もある）・黄・赤・白・黒（紫で代用されることが多い）の五色で、魔除けの意味だそうです。「旭川。」でも五色にして魔除けの意味を込めてある、なんてことも考えられるのでしょうか。

鯉のぼりの「吹き流し」も五色で、実物は青・黄・赤・白（又はピンク）・緑だったりして黒を避けているようにみえるのですが、これも要するに魔除けだそうです。

これらは、中国の陰陽五行説で万物を表わす五つ（火・木・水・金・土）の色が使われていることと関係があるとされています。このことについても、いま少し調べていく必要がありそうです。

C：それから、赤と黄色については、『春と修羅　第二集』に入っている大正十三（一九二四）年五月二

十三日の日付を持つ「一三九　夏」に、

木の芽が油緑や喪神青にほころび
あちこち四角な山畑には
桐が睡たく咲きだせば
こどもをせおったかみさんたちが
毘沙門天にたてまつる
赤や黄いろの〔〕幡をもち
きみかげさうの空谷や
たゞれたやうに鳥のなく
いくつもの緩(ゆる)い峠を越える

（宮沢賢治著『【新】校本宮澤賢治全集　第三巻　詩［Ⅱ］本文篇』前出書、八〇頁より）

とみえているのがある。

M：ここにみられるのは、仏教が土俗化した農村地域にある民間信仰の対象のひとつである幼児の病気治癒を願う毘沙門天（信仰）ですね。

この作品と「旭川。」と、同じ「夏」という季節感からの連想でしょうか。東北の農村の風物詩のひとつである毘沙門天の祭りに集まる主婦達の姿をふっと想起して、同じ「赤と黄」という派手な色彩が心象中に出現して来た可能性もあるのかもしれないですね。
C：そして、この口語詩「一三九　夏」を文語詩に改作した「文語詩稿未定稿」にある短歌の連作のような「祭日〔二〕」では、下書稿（二）などに〈赤とうこんの　幡もちて〉とあったのを次のように〈赤〉一色にしている。

アナロナビクナビ　睡たく桐咲きて
峡に瘧のやまひつたはる
ナビクナビアリナリ　赤き幡もちて
草の峠を越ゆる母たち
ナリトナリアナロ　御堂のうすあかり
毘沙門像に味噌たてまつる
アナロナビクナビ　踏まるゝ天の邪鬼
四方につゝどり鳴きどよむなり

（宮沢賢治著『【新】校本宮澤賢治全集　第七巻　詩［Ⅳ］本文篇』筑摩書房、一九九六年十月十日初版第一刷発行、二五九頁より）

M：「赤い色」については、飯倉晴武（いいくらはるたけ）稿「赤飯――めでたい席に必ず出されるワケ」の項（同編著『青春新書　日本人のしきたり　正月行事、豆まき、大安吉日、厄年…に込められた知恵と心』青春出版社、二〇〇三年一月二十五日第一刷、二〇〇七年二月十日第十九刷、一〇四～一〇五頁）に、

古くから赤い色には、魔除けの力があると信じられており、そのため、赤飯が慶事などで出されるようになったともいいます。

とあります。

「雁の童子」には、〈黄いろと赤のペンキさへ塗られ〉た小祠が出てきますね。〈ジプシイ〉といい、**西域や北海道旭川の地という開拓地などの〝異郷〟の表象**なのかもしれないですね。

C：それと、榊昌子著『宮沢賢治「初期短篇綴」の世界』（前出書、四四頁）で、

童話はもちろんだが、〝心象スケッチ〟においても、心象のスクリーンに映し出された現象が、あるがままに言葉に置き換えられていくのではなく、取捨選択が意識的に行なわれ作品世界が構成されていることが、**その色使いからも**見て取れる。

と、〈色使い〉にも〈意識的に〉〈構成〉がみられるとしている。

M：なんか難しいですね。

目には見えない不思議な世界を本来、日本人は大切にしてきました。この世はもちろん、あの世に存在するすべてのものはつながっていると考えて、そこにないものを描くことによって情景等を自在に編集する手法を採っているともとれるかもしれないですね。それには、見えないものが語り得ないことをも想像（イメージ）することで、見えないものをも捉えたい、という思念が感じられるような気がします。
C：栗谷川虹稿「賢治の「最初の歌」について」（同著『宮沢賢治の謎をめぐって――「わがうち秘めし異事の数、異空間の断片」――』前出書、二二九〜二三三頁）に、

この小品（「秋田街道」＝引用者註）で賢治は、誰もが知覚しうる現実と、賢治にしか知覚できない「心象」風景とを、同時に捉（とら）えようとしていることになる。言い換えれば、正直に書けば童話にしかならない「心象」を、普通の現実的な散文の中へちりばめ、その交錯を描こうとした。（中略）
賢治はこの二重の世界を同時に生きた（中略）
賢治が幻想、幻覚を得るとは、異常なものが、異常でないものとして――それが狂気であろうと、幻であろうと、彼には疑いようのない知覚として、まざまざと現前することを意味していました。いや、正常な理性の目に、この世のものではない異空間の異風景が、確然と示されるとすれば、これは彼だけに示された神秘の啓示ではないのか……。
（中略）
私たちが現実と呼ぶ普通の世界と、私たちには感知することのできない異界、この二つの世界を同時に所有する「心象」が、賢治にとっては、神秘に触れているという自負とともに、それが彼だ

けにしか知覚できないという異常によって、大きな苦悩でもありました。

「心象スケッチ」とは、私たちの現実を超えた異次元の、私たちには知ることのできない空間の報告である

（中略）

とある（傍点は原文）。

M：なるほど、〈馬車の屋根は黄と赤の縞で〉という「心象」についても同様であると。

いまのところ、一番説得力を持っていて納得がいく明察であると思います。

そうだとして、では、なぜ、ここに〈ジプシイらし〉い〈黄と赤の縞〉の〈屋根〉の〈小馬車〉が現象（象として現出）してくるのでしょうか。

〈五色の幡（ばん）〉、〈赤や黄いろの〔〕幡〉、〈赤とうこんの　幡〉、〈赤き幡〉などは、仏界や神界の仏様や神様からみて、〝目印〟の役割を果たしているのではないでしょうか。

たとえば、「旭川神社々報　かがみ　第117号」（旭川神社々務所、令和三年七月十日発行、七頁）の「お祭りの『のぼり』の意味」に、

のぼりには古来から、神事の際に神様が降りてくるための目印である「招代（おぎしろ）」という意味があります。神様が祭の場所に迷わず降りてきてくださるように、目立つように掲げられています。

　また、のぼり等で神社を立派に飾り付けをすれば神様が喜んで下さり、さらに力を発揮してくれると考えられているため、特に1年に1回のお祭りではのぼりをはじめとした様々な装飾が施されます。

　家の前や町内で掲げるのぼりにはそのような意味が込められております。

とあります（原文は横書き）。

だとすれば、ここでは、〈黄と赤の縞で〉〈ジプシイらしく〉思われる〝目立ち〟は、〈無上菩提にいた〉ったトシの霊からみて〝目印〟となるものではなかったでしょうか。「自分は〝今〟〝ここに〟居るよ。はるばるやって来た北の地の旭川というところで〈小馬車〉を走らせているよ。」という。トシの霊や祖霊、さらには、宇宙意志からみられている、宇宙意志がみている、という潜在意識がそうさせているのかもしれませんね。

　作品からみると、そのような意味を帯びて持ってしまっている、あるいは、意味が込まさっている、ということになるのでしょうかね。

C：『星の王子さま』の王子が出会った狐のセリフに、

「（前略）心で見なくちゃ、ものごとはよく見えないってことさ。かんじんなことは、目に見えないんだよ」

（サン＝テグジュペリ作、内藤濯訳『岩波の愛蔵版1　星の王子さま』岩波書店、一九六二年十一月二十七日第一刷発行、一九七二年九月三十日第二十六刷改版発行、一九七五年十一月二十日第三十刷発行、九九頁より）

とあり、見えないものの力、見れないものの力に触れている。

また、写真家ソール・ライター（一九二三―二〇一三）の言に、

本当の世界は隠れたものとつながっている

（寺岡環・梅原勇樹制作統括「日曜美術館「写真家ソール・ライター　いつもの毎日でみつけた宝物」」NHKエデュケーショナル制作、タルタルビジョン制作協力、NHK制作・著作、二〇二〇年二月九日（日）放送、二〇二一年二月二十八日（日）再放送、地上D 021　9：00～9：45　45分間より）

とある。

宮澤自身の認識がどうであったのか、作品の中からは次のように伺い知ることができる。

宮澤賢治作「小岩井農場」（一九二二、五、二十一）の「パート九」、同著（作）『心象スツケチ（ママ）（詩集）春と修羅　大正十一、二年』（前出書、一一〇～一一二頁）に、

ちがつた空間にはいろいろちがつたものがゐる

（中略）

さまざまな眼に見えまた見えない生物の種類がある

とあり、同「噴火灣（ノクターン）」（一九二三、八、十二）、二五四頁に、

わたくしの感じないちがつた空間に
いままでここにあつた現象がうつる
それはあんまりさびしいことだ
（そのさびしいものを死といふのだ）
たとへそのちがつたきらびやかな空間で
とし子がしづかにわらはうと
わたくしのかなしみにいぢけた感情は
どうしてもどこかにかくされたとし子をおもふ

とあり、同「宗教風の戀」（一九二三、九、十六）、二六五頁に、

そこはちやうど兩方の空間が二重になつてゐるところで
おれたちのやうな初心のものに
居られる場處では決してない

とある。
栗谷川虹稿「賢治と法華経」（同著『宮沢賢治の謎をめぐって　――「わがうち秘めし異事の数、異空間の断片」――』前出書、七七頁）で、

「心象」を抱えた賢治が、現実と異空間の狭間（はざま）にあった

としている。
M：目に見えないものにも世界を変える力がある。目に見える世界は目に見えない世界に包まれている。大いなる意志（宇宙意志）の中にわたしもみんなも存在している。そんな気がします。
C：栗谷川虹稿「第一部」の中の「３」の章（同著『気圏オペラ　宮澤賢治『春と修羅』の成立』前出書、五八～六四頁）から、長くなるが重要な見解であるので引用すると、

彼の対象とするものは、彼の四次元世界の事物、彼の表現に従えば「心象に明滅する」事物なのであって、多少の例外はあっても、三次元世界を、三次元のまゝで表現していることはほとんどないのである。

（中略）

スケッチは、対象――我々が共通に所有する自然の対象をありのままに描くのではなく、それらの

四次元延長に於ける姿を描くので、その異様な事物を解き明かそうとすることは、四次元の三次元への還元に他ならなかった。いわば、詩人と対象と読者、と云う三者のつながりは、どこかでプッツリ断ち切られ、『春と修羅』を読む我々は、いきなり或る奇怪な事物に直面させられるのである。

（中略）

「心象」とは、確かに、賢治の知覚であり意識なのだが、「心象」の異常さは、賢治の側にあるのではない――少くとも彼はそう考えた。彼の考えによれば、異常なのは対象そのものなのである。そしてこの対象が異常なのは、それが四次元の事象だからであって、彼の知覚が狂っているからではない。狂人の異常な知覚とか、詩人の鋭敏な感覚とか云う場合、その知覚が誤ったものであれ、或いは我々の知覚の純化、深化であれ、それらは決して我々の次元から離れることはない。云ってみれば、その異常も、鋭敏も、「普遍的知性」の周囲をめぐるのである。しかし、「心象」は、我々の知覚と同一平面上にある特異な知覚ではない。別の、もう一つの知覚なのである。

（中略）

彼は、物理の法則に従わぬ「他界」から帰還しようとしていたのである。

この「他界」或いは異空間と、現実、と云う二重の世界を抱えた自分の精神現象の一切を、彼は「心象」と呼び、そこに去来する事象を「そのとほりに」正確に写すことを、「スケッチ」と呼んだのである。岩手山に限らず、客体は、常に、この二重の世界の二重の存在として彼に現前した。この知覚の二重性が、苦悩だったのであって、苦悩が二重性を造形したのではない。そして、この異様な知覚、それがそのまま夢であり幻覚であるような、絶対的な知覚を前にして、彼には、抒情の余裕など全くなかったのである。たゞひたすら見つめること、見詰めるという行為以外に、この二重の感覚と云う分裂から逃れる道はなかった。

としていて、同「5」の章（八七〜九五頁）で、

我々には心的交流としか云いようのない、この「四次元存在」の交流は、彼によれば、三次元存在の物的交流と等しいものとして意識されていたようである。精神の物的交流とは、確かに奇妙な言葉だが、「四次元」が「マコトノ世界トヒトシ」かった彼の作品を読んでいると、「心象」とは、我々の心理学の対象としての精神現象ではなく、心と云う実体、更に云えば、心と云う物質のことだ、と云う印象を強く受けるのである。

言葉を得るとは、彼にとって、見ると云う行為に他ならなかった。「四次元」とか「異空間」とは、空想によってデッチ上げられた世界ではない。「他界」を彼が垣間見たと云うことなのである。一見象徴的に見える彼の数々の言葉も、その実体が我々には見えぬことから、象徴的と曖昧に規定しているに過ぎぬのであって、彼にはどれもこれも、判然と見えた風景の極めて具象的なスケッチであったに違いない。我々は、この現実にないものを意識することを、幻覚と簡単に割り切ってしまうのだが、彼には、感覚の混乱によって、現実にないものを意識しているとは考えられなかった。ちょうど光の反射と云う物理現象によって、ある物体の映像を得るように、真存在（哲学的な意味でなく、「心象」に出現する四次元存在＝八六頁の原文より）の意識とは、物理とは異る法則に従う実体

の、物的現象なのである。

（中略）

彼の考え（感じ方と云うべきか）によれば、この世に、普通の意味で、独立して在る存在はない。博士の死も、保阪さんのことも、「私」とは別の独立した現象ではない。「私の中の事件」なのである。詳しく云えば、三次元の個々の存在の軸は、更に四次元まで延びて、そこで現実とは別の「異空間」を形成する。この両次元が「ヒトシイ」ものとして彼の「心象宙宇」に含まれていた賢治には、あらゆる現象は、現実の物理的現象であるばかりでなく、四次元現象として、彼の「心象」に侵入してくる、文字通りの意味で、「私の中の事件」であった。その意味で、この世の苦しみや悲しみは、まさしく彼自身の苦しみであり悲しみであった。「世界ぜんたいが辛福にならないうちは個人の辛福はあり得ない」とは、決して、他人の苦しみを自分の苦しみと感ずる、愛情の深さとか同情心の厚さばかりから出た言葉ではない。「青びとのながれ」の如く、彼の「心象」に侵入してくる流転する万象の苦業を抱えて、あらゆるものが辛福にならないうちは、文字通り個人の幸福はあり得ないのである。だから、我々は誰も、みんなの為に尽さねばならぬ、祈らねばならぬ――真存在は賢治の「心象」にばかりあるのではない、ただみんな気付かないだけだ――これは単なるモラルの問題ではない。当然そうあらねばならぬ、いや、我々はそれ以外に在り様のない存在なのだ。こう彼は考えたのではなかったか。

としている（傍点は原文）。

また、同「第二部」の中の「2」の章（一六二頁）で、

「心象スケッチ」は、「他界」の単なる明瞭な意識化ではない。それを知覚する自己をも意識化すること、即ち、自己を曇りなき鏡と化し、あらゆる精神の動きを遁さずとらえ、それをペンでなぞって確めること、これが彼の「心象スケッチ」であった。そして、ここにこそ彼は自己統一の唯一の足掛りを見出したのである。

としている。

M：これらの賢察は正鵠を射ていると思います。

宮澤が心象宙宇を見ているのではない。宮澤は心象宙宇に見せられていることを書いている。宮澤が心象宙宇を書こうとしているのではない。宮澤は心象宙宇に書かせられている。心象宙宇が宮澤に書かせた。

と考えることができ、その上でならば、外的体験だけでなく、内的体験をも言語化することによって普遍的な現象として捉えようとする試みであり、ある意味、我々みんなに共通している〝内面感覚〟とでもいえるようなものを伝えるために類い稀な言語化力で捉えて引き出して見せてくれている、と言っていいように思えます。

C：「心象」とはどんなものか、についてであるが、玄侑宗久稿「第一章「春と修羅」の周辺」（同著『講談社文庫　慈悲をめぐる心象スケッチ』前出書、二〇頁）に、

心象は無限の時間を含み、どんなに離れた空間も瞬時にゆききする。

とあるのが、その内質を言い得ている。

M：「心象」というものの適確な良い性質づけですね。

ここで、「心象スケッチ」とは、についてなのですが、私なりに、総合的に勘案してみると、残さなければならないものの、からだ全体で感じた感覚のようなもののイメージを全精力かけて掴み取って記録することで、他の人には見えないものをも見えるようにすることが自らの役目・役割であるという自覚をもって、

宇宙意志から宇宙根源力（まことのちから）が来たっている現空間（現界）と異空間（異界）の様々な位相にみられる宇宙意識をあらわれたそのままに記録してあるのが心象スケッチである。

と言える、と私はいまのところ考えております。

（↓見返し（後ろ）の図「宮澤賢治の心象スケッチの構造」参照のこと）

O：「宇宙意志」という言葉は何に出て来たんでしたっけ。

C：宮澤賢治が書き残して在った小笠原露宛書簡の下書きのひとつの中にみられる。それは、「書簡ナンバー**252c**（**不2・不4・不6**）〔**日付不明　小笠原露あて**〕」の「**下書**(四)」（宮沢賢治著『【新】校本宮澤賢治全集　第十五巻　書簡　校異篇』筑摩書房、一九九五年十二月二十五日初版第一刷発行、一四四頁上段〜同下段）に、

（前略）たゞひとつどうしても棄てられない問題はたとへば宇宙意志といふやうなものがあってあらゆる生物をほんたうの幸福に齎（もたら）したいと考へてゐるものかそれとも世界が偶然盲目的なものかといふ所謂信仰と科学とのいづれによって行くべきかといふ場合私はどうしても前者だといふのです。すなわち宇宙には実に多くの意識の段階がありその最終のものはあらゆる迷誤をはなれてあらゆる生物を究竟の幸福にいたらしめやうとしてゐる（後略）

とある。

O：「宇宙意志」って、どういうんでしょうね。

C：「宇宙意志」とはどんなものなのかを考えるヒントのひとつと成り得るであろうと思われる詩句として、西脇順三郎作「近代の寓話」（桜井勝美稿「西脇順三郎」、同著『一〇〇万人の現代詩』（前出書）からの再引用で、三九頁）の、

人間の存在は死後にあるのだ
人間でなくなる時は最大の存在

に合流するのだ

がある。

M：なるほど、ここからは、

宇宙意志とは、人間が死後に合流する最大の存在である。

と考えさせられますね。「宇宙意志」とは何ぞや、を考える際の方向性のひとつが示されているような気がします。

つまるところ、宮澤賢治の作品と生涯をまるごと巨視的に観てみたときに、宮澤賢治は宇宙意志を探求していた、**宮澤賢治は宇宙意志の探求者**であった、という気がしてなりません。

自らを通して顕現してくる宇宙意志を探求するための方法論（手法・手段・表現方法）が「心象スケッチ」であった、とも言うことができるでしょう。

C：万物は、〝はじまりの場所〟からやって来て、〝はじまりの場所〟に還るだけ、なのかもしれない。

＊

K：蛇足だが、〈ジプシイ〉は、「ジプシー」と長音にしていないよね。それに対して、〈ハックニー〉は「ハックニイ」とはしていない。川端康成だとか長音を嫌って使わない作家もいたように思うので、何か意味があってのことなのかもしれないよね。

＊

O：それと、ここの文の最後に句点があるけれど、碑文には無いですよね。

M：そうなんです。碑文は直筆原稿を拡大してそのまま専門業者の方に彫っていただいたのですが、この作品の直筆原稿の中で、句点が有るのか無いのか一番わかりづらい微妙な句点だと思いますが、直筆原稿をよ〜く見てみると、どうも句点があると思われます。当時の北海道旭川東高等学校 河村勁（かわむらつよし）校長の御配慮で、碑文に彫る原版のチェックを東高内の一室でさせていただいたのですが、その際に、われわれが見落としてこうなったものなのか、あるいは、その際は句点があったけれども何らかの手違いで彫り落としてしまうことになったものなのか、今となってはわかりかねるのですが、事実として句点が彫らさっていないので、〈か〉の右下に句点を追刻することを、これもまた、そのうち、いつか、機会があれば考えてみたいですね。

C：句点の話題が出たところで、本作品における「記号」の数を押さえておくことにする。

まず、「記号」の定義づけからみておくと、『広辞苑』（電子辞書 CASIO EX-word DATAPLUS6 XD-B5900MED）の「き‐ごう【記号】」の項に拠ると、

①（sign; symbol）一定の事柄を指し示すために用いる知覚の対象物。言語・文字などがその代表的なもので、交通信号のようなものから高度の象徴まで含まれる。また、文字に対して特に符号類

をいう。
②〔言〕(signe〈フランス〉)ソシュールによれば、音や図象などの知覚される表象と意味(概念)とが結合した対象。表象をシニフィアン(能記、記号表現)、意味をシニフィエ(所記、記号内容)と呼ぶ。言語も記号の一種。シーニュ。

とあり、『明鏡国語辞典』(電子辞書　同前)の「き‐ごう【記号】」の項に拠ると、

❶一定の約束に基づいてある意味・内容などを指し示すために使われるしるし。文字・音声・符号・信号・身振りなど、知覚を介して意味などを伝達するもの。
▽広義には、意味内容を持つ形式一般を言う。
❷文字に対して、符号類。
「元素[化学・音声]—」

とあり、『類語例解辞典』(電子辞書　同前)の「608‐01【印(しるし)/記号(きごう)/符号(ふごう)/目印(めじるし)/マーク/標識(ひょうしき)】の項の[使い分け]の2には、

「記号」は、広義では文字や符号、また視覚以外の感覚にうったえるもの(たとえば聴覚にうったえる音声など)をさすが、狭義では文字以外の視覚にうったえる手段をさす。この狭義の「記号」

は、「符号」とほぼ同じ意味になるが、述語としては「記号」が多く用いられる。

とある。

ここでは、広義を採って、「文字」と「符号類」を「記号」として数えることとすると、

「旭川。」における記号　合計382要素（作品構成因子）

(1)文　字　　　　計362文字
　①漢　字　　　　123文字
　②ひらがな　　　222文字
　③カタカナ　　　17文字
(2)符号類　　　　計20箇所
　①句　点　　　　11箇所
　②読　点　　　　2箇所
　③一重鉤括弧　　4箇所
　④繰り返し符号　1箇所
　⑤一マス空け　　2箇所

となっている。

O：心象スケッチ作品「旭川。」における記号の総数としては382にもなる、ということなんですね。こんなにも多くの要素（作品構成因子）で構築されている作品だとは思っていませんでした。

乗馬の人が二人來る

M：〈二〉という数が有する想念(イメージ)については、宮澤賢治の作品世界の中で吉本隆明が言うところの対幻想の喩としての意味合いを持っているとされることもありますよね。ここも、実際に向こう側から馬に乗った〈二人〉がこの時来たのかもしれませんが、特に、喩としての賢治とトシの〈二〉が出来してきたとも読み込むことが可能なのかもしれません。

C：兄と妹のあいだの関係性の本質について、吉本隆明稿「対幻想論」（同著『角川文庫5014　改訂新版　共同幻想論』角川書店、昭和五十七年一月二十一日初版発行、昭和五十七年二月二十日再版発行、一八一頁）で、ヘーゲルの『精神現象学』から次の部分を引用しており、そこには、

（前略）混じり気のない関係は兄と妹の間に在る。両者は同じ血縁であるが、この血縁は両者において安定し、均衡をえている。だから両者は、互いに情欲をもち合うこともないし、一方が他方にその自立存在を与えたのでもないし、一方が他方からそれを受け取ったのでもなく、互いに自由な個人である。それゆえ、女性は、妹（姉）であるとき、人倫的本質を最も高く予感している。（樫

山欽四郎訳）

とあり（傍点は原文）、その上で、同一八三頁で、

兄弟と姉妹との関係は、はじめから仮構の異性という基盤にたちながら、かえって（あるいはそのために）永続する〈対〉幻想の関係にあるということができよう。

としている。

K：俺は数字を合計で十三にするために〈二〉という数字にしたと思うな。

そらが冷たく白いのに
この人は白い歯をむいて笑つてゐる。

M：〈そらが冷たく白い〉とあるのは、この時（作品中における時間帯＝作中時間帯頃）の天候を調べてみると、**曇り時々雨**で、気温は**約十三度**ですので事実どおりと言えます。

ここで気になるのは、〈のに〉だと思うんです。〈そらが冷たく白い〉と〈この人は白い歯をむいて笑つてゐる。〉を〈のに〉で接続することになったのは何故なのか、どういう意味合いでもってこうなっ

ているのか、がイマイチよくわからないのです。

　こんなに肌寒いときなのに歯を出して笑っていて歯に凍みないのか、と感じたのでしょうか。

K：冷夏で冷害から不作、凶作になるかもしれないのに笑っている、という意味かもしれないしな。

M：次に、〈この人は白い歯をむいて笑ってゐる。〉についてです。

〈この人〉とあって「この人たち」や「この人ら」などと複数人には書いていないことから、〈乗馬の〉〈二人〉のうちのひとりが〈白い歯をむいて笑って〉いた、ということになります。

　そこで、なぜ〈白い歯をむいて笑ってゐる。〉ことになったのでしょうか。

〈白い歯をむいて〉とあるところからは、微笑み程度ではなく大笑いに近いように伺われます。

〈笑って〉いたのは、ただ〈二人〉で談笑していて片方が〈笑っ〉た瞬間を捉えただけなのかもしれないですけれども、どうして〈笑っ〉たのでしょうか。この笑いに何か意味が込められているのでしょうか。

K：宮澤は、〈農事試験場〉が〈六條の十三丁目〉にあるとばかり思って訪ねて来たがそこには無くてそれをみて自分が嘲笑、あざ笑いされた、笑われた、と自分で勝手に受けとっているんじゃないかな。

M：そのように解釈することも、ここの読み取り方のひとつとして、できると思います。

　文末は、存在を表わす〈ゐる。〉としていますね。

バビロン柳、おほばことつめくさ。
みんなつめたい朝の露にみちてゐる。

M：〈バビロン柳〉と登場してきます。この心象スケッチ作品の中でカタカナ語として出てくるのは、〈落葉松〉を「ラリックス」と読むとしてこれも入れて、全部で五種類あります。

①〈ハックニー〉
②〈落葉松（ラリックス）〉
③〈ポプルス〉
④〈ジプシイ〉
⑤〈バビロン柳〉

おそらく宮澤はこれらの語の音の響きが好みだったんだろうと推察されます。

〈バビロン柳〉は、昭和三（一九二八）年六月十日の日付を持つ「高架線」に〈ゆるゝはサリックスバビロニカ〉とあるように、しだれ柳の学名である「サリックス・バビロニカ」（ラテン語 Salix babylonica）からでしょうね。

C：原子朗著『定本 宮澤賢治語彙辞典』（前出書）の「柳（やなぎ）」の項（七二七頁下段）に、

楊との区別のためか、シダレヤナギの学名（Salix babylonica）を使って、「バビロン柳」（詩［函（函）館港春夜光景］）、「バビロニ柳掃（はら）ひしと」（「掃ひ（い）し」は柳に体や顔を掃かれて、文語詩［羅*

紗（沙）売」、「柳はサリックス、バビロニカ、です」（童［ビヂテリアン大祭］）等とある。柳は街路樹によく使われ（往年の「銀座の柳」は歌でも有名だった）、賢治の作品にも多く登場するとある。

「柳」とくればここに出てくる「銀座の柳」がすぐに思い浮かばさるが、インターネット上での調べに拠ると、「My Dictionary」（http://www.mapbinder.com/Map/Japan/Tokyo/Chuoku/Ginza/Yanagi.html 二〇二一年三月二十三日現在）の中の「東京都中央区」の「銀座の柳　ぎんざのやなぎ」の項で、宮澤の生前から存命中までの出来事をみてみると、

・かつて柳は銀座のシンボルだった。

・銀座の柳の歴史

○一八六九年（明治２）新両替町から「銀座」の名称になる。

○一八七二年（明治５）大火により銀座一帯が焼失。

○一八七三年（明治６）政府の不燃化対策によりレンガで舗装した銀座通り完成。

○一八七四年（明治７）銀座通りに日本初の街路樹として、松、カエデ、桜が植えられる。

○一八七七年（明治10）地下水位が高いため、松、桜が枯れたため柳に植え替えられる。（初代柳の誕生）

○一八八四年（明治17）銀座の街路樹がほとんど柳になる。

○一九一九年（大正８）　東京市は銀座通りの車道の拡幅を理由に柳の撤去を宣言。
○一九二三年（大正12）　関東大震災により全銀座は焼失する。
○一九三二年（昭和７）　一時、イチョウに植え替えられたこともあったが、一九二九年（昭和４）の「東京行進曲」（昔恋しい　銀座の柳・・・）のヒットで、朝日新聞社や有志などの寄贈により柳が植樹される。（２代目柳）

（中略）

・歌になった銀座の柳　（試聴はすべて同一ＨＰ）
○「東京行進曲」（一九二九年（昭和４）同名映画の主題曲）
　▪昔恋しい　銀座の柳・・・
○「東京音頭」（一九三三年（昭和８）〔７月〕）
　▪ハァ　踊り踊るなら　チョイト　東京音頭・・・
　・・・
　ハァ　花は上野よ　チョイト　柳は銀座　ヨイヨイ

とある。

また、辞典で用例として列挙されている中の「文語詩稿　一百篇」の「羅沙売」を次に挙げて味わっておくことにする。宮沢賢治著『【新】校本宮澤賢治全集　第七巻　詩［Ⅳ］本文篇』（前出書、一三四頁）に、

バビロニ柳掃ひしと、　あゆみをとめし羅沙売りは、
つるべをとりてやゝしばし、　みなみの風に息づきぬ。

しらしら醸す天の川、　はてなく翔ける夜の鳥、
かすかに銭を〔鳴〕らしつゝ、　ひとは水縄（み）を〔繰〕りあぐる。

とある。

さらには、長谷川櫂著『筑摩選書０００９　日本人の暦　今週の歳時記』（前出書、九七〜九八頁）に、

枝垂れ柳は長くしなやかな枝が滴り落ちる水のように四方八方へ枝垂れています。
（中略）

あさみどり糸よりかけて白露を玉にもぬける春の柳か　遍照（へんじょう）

春の柳に露の置いているのが浅緑の糸をよって真珠の玉をつないだように見えるのです。『古今和歌集』の歌。

（中略）

柳は松や桜とともに神の宿る木とされてきました。正月に柳の枝を削って太箸にするのも、枝垂れ柳の懸け柳として飾るのもこのためです。

とある。

M：〈バビロン柳〉がみえているので、目的地だった六条通十三丁目を少し過ぎて六条通十四丁目に入って、いま六条通と現在の銀座通りの交差点あたりに来ているとわかります。どうしてかというと、六条通を、十四丁目と十五丁目の間で南北に横切る、**かつて湿地帯で通りに柳が多かった**という現在の銀座通り（「銀座」は、一九五五（昭和三十）年八月十日新築開館の「銀座映画劇場（銀映座）」（三条通十五丁目一、二、三号）にちなんで名付けられた）にはその通りの象徴のように、しだれ柳が通りの両脇にずうっと並んで居ました。今は残念ながら伐採されて無くなっていますが。

と、作品内容が時系列的になっていて現場と対応しているとした場合の解釈ではそうなると思われるのですが、内容の再構成が成されているとした場合には、六条通十四丁目と六条通十五丁目の間にあるしだれ柳ではなく、六条通九丁目左にあったしだれ柳などをラストシーンにもってきた、あるいは両方を含んでいる可能性もあります。

六条通九丁目左にあったしだれ柳は大木になって居て間違いなく当時もそこに存在していたであろうと思われました。二〇一九年八月二日には確か居たと思いますが、二〇二〇年八月二日にそのしだれ柳をメインに撮影しておこうと思い立って訪れたときには居なくなっており愕然としました。おそらく旭川市役所の新庁舎建設の関係からであろうと思われますが伐採されてしまっており、〝残念〟となりました。

＊

M：〈おほばことつめくさ〉についても、同様に、内容が時系列的になっているとした場合には、六条通十四丁目辺りで宮澤が観たと想定されます。その辺りでは当時から数えて何代目に当たるかわかりませんが、今もみることができます。

が、内容が再構成されているとした場合には、そこのほかの六条通沿いに今も両者をみることができますので、それらをラストシーンに置いた、あるいは両方が含まさっている可能性もあります。

C：宮澤作品の用例としては、前出の佐藤泰正編「別冊國文學・No.6 '80春季号　宮沢賢治必携」で、〈初稿の執筆は大10秋頃か。〉とされていることに拠れば、「旭川。」より前に書かれた作品である「めくらぶだうと虹」の冒頭に、

城あとのおほばこの実は結び、赤つめ草の花は枯れて焦茶色になり、畑の粟は刈られました。

（宮沢賢治著『【新】校本宮澤賢治全集　第八巻　童話［Ⅰ］本文篇』（前出書、一一一頁より）

とあり、これに大幅に手入れをした「マリヴロンと少女」の冒頭もこの部分についてはほぼ同文であるが、「旭川。」と同じように、〈おほばこ〉と〈つめ草〉をセットで登場させているのがある。

M：ここでは〈赤つめ草〉ですが、「旭川。」での〈つめくさ〉は、現地でよくみられるのが白つめ草なので、「白つめ草」のことだと推測されます。が、あるいは、「赤つめ草」もみられるので、両方のことなのかもしれません。

C：〈つめくさ〉については、佐藤国男稿「つめ草」（同著『山猫博士のひとりごと』前出書、三三二頁）に、

江戸時代、西洋から渡来したギヤマンや時計といった荷物のクッション材として使われたところから「つめ草」と名づけられた。

賢治は、このつめ草がとても好きだった。

だんだんと日も暮れた満天の星空の下で、薄ぼんやりと白つめ草が光る野原は賢治があこがれた西洋の風景だ。

ファゼーロやミーロやロザーロ。賢治の童話『ポラーノの広場』に登場する子どもたちのこの名前は、イタリアかフランスを連想させる。

そんなイーハトーブの住人たちが泣いたり笑ったりする舞台作りには、このつめ草は実に効果的なのである。

賢治は農業技師という顔も持っていたから、つめ草がマメ科の植物であることは当然知っていた。

マメ科の植物は空気中のチッソを根に潜む根粒菌に蓄え、地味を肥やすし、畜産振興を農業の柱と考えていた賢治にとって、西洋渡来のつめ草にかける期待は大きかったのである。

とある。

M：ほかに〈つめくさ〉の用例としては、『春と修羅　第二集』の「三二四　〈夜の湿気と風がさびしくいりまじり〉」の下書稿㈠の「三二四　業の花びら」（一九二四、一〇、五）の左端欄外に（宮沢賢治著『【新】校本宮澤賢治全集　第三巻　詩［Ⅱ］校異篇』筑摩書房、一九九六年二月二十五日初版第一刷発行、三三三頁上段〜同下段より、わかりやすいように書き起こしてみると）、

あの重くくらい層積雲のそこで北上山地の一つの稜を砕き　まっしろな石灰岩抹の億噸を得て
幾万年の脱滷から異常にあせたこの洪積の台地に与へつめくさの白いあかりもともし
はんや高萱の波をひらめかすと云ってもそれを実行に移したときに
ここらの暗い経済は恐らく微動も
しないだらう
落葉松から夏を冴え冴えとし銀ドろ（ママ）の梢から雲や風景を〔乱〕し
まっ青な稲沼の夜を強力の電燈とひまはりの花から照射させ鬼げしを燃し□□をしても
それらが楽しくあるためにあまりに世界は歪んでゐる

ともあります。

そして、あの「ポラーノの広場」の中の〈二、つめくさのあかり〉の章で、〈つめくさ〉が〈あかり〉になっている美しく幻想的な映像（イメージ）が印象深く脳裏に残っていて、まるで心の眼に浮かんでくるような気

がします。

宮澤賢治は〈つめくさ〉、なかんずく〈つめくさのあかり〉が余程好きであった、とお見受けしても間違いではないだろうと思われます。

C：宮沢賢治著『【新】校本宮澤賢治全集　第十三巻（上）覚書・手帳　本文篇』（筑摩書房、一九九七年七月三十日初版第一刷発行、一一五頁）にある「農民芸術概論綱要」の中の「農民芸術の綜合」にも、

つめくさ灯ともす宵のひろば　たがひのラルゴをうたひかはし
雲をもどよもし夜風にわすれて　とりいれまぢかに歳よ熟れぬ

とある。

また、宮澤賢治作「ポラーノの広場」（同著『【新】校本宮澤賢治全集　第十一巻　童話［Ⅳ］本文篇』筑摩書房、一九九六年一月二十五日初版第一刷発行、一二二頁）に、「ポラーノの広場のうた」として、

つめくさ灯ともす　夜のひろば
むかしのラルゴを　うたひかはし
雲をもどよもし　夜風にわすれて
とりいれまぢかに　年ようれぬ

まさしきねがひに　いさかふとも
銀河のかなたに　ともにわらひ
なべてのなや〔み〕を　たきゞともしつゝ
はえある世界を　ともにつくらん

とある。

M：〈つめたい朝〉は気温が低く、曇っていて日照がなく、時々雨なのでわかりますね。〈露〉は「十力の金剛石」に〈その十力の金剛石こそは露でした。〉と、最高の宝石として出てきますね。〈バビロン柳、おほばことつめくさ。〉の〈みんな〉、そしてこの世界すべて〈みんな〉が最高の宝石である〈露〉に〈みちてゐる。〉、満ちて存在している、と言っているんですね。

C：「露の茅舎（ぼうしゃ）」と呼ばれる俳人 川端茅舎（一八九七（明治三十）年〜一九四一（昭和十六）年）の俳句に、

金剛の露ひとつぶや石の上
白露に鏡のごとき御空（みそら）かな

などがある。

「露」は秋の季語で、夜間気温が低下して昼夜の気温差が大きくなり、大気中の水蒸気が露となって野の草花や草葉につき、朝露が宿る。

八月二日の早朝という真夏の朝なのに〈まるで〉秋のような気候であったことが窺われる。あるいは、雨粒が水滴となってそこらじゅうに付着していてまぶしたようになっているのを〈露〉と表現した可能性もある。

＊

M：ところで、ここのラストシーンが、

〈馬〉　　　　……動物
〈人が二人〉　……動物（人間）
〈そら〉　　　……物質
〈この人〉　　……動物（人間）
〈歯〉　　　　……物質
〈バビロン柳〉……植物（木）
〈おほばこ〉　……植物（草）
〈つめくさ〉　……植物（草）
〈露〉　　　　……物質

で構成されていると捉えることも可能ですよね。

C：宮澤の教え子の証言の中に、高橋雄次郎談「賢治先生の教えを守って、農業自営一筋に生きる」（『マコトノ草ノ種マケリ　花農九十周年記念誌』前出書、一六頁中段）で、

先生は、人間だけでなく、草にも木にも話しかける人でしたし、動物にも話をするようなひとでした

というのがある。

M：なるほど、ここでも人間だけでなく、人間以外の動物や植物や物質を採り挙げて、触れていることになっているんですね。

そして、これらの目に見えるものに対してもそうでしょうし、それだけではなく、霊などの目に見えない何ものかに対しても〈話しかける人〉、〈話をするようなひと〉なのでしょうね。

その**根源は縄文思想にある**、と思います。

宮澤賢治は、縄文思想を根底に持ちながら、**科学**の眼で捉え、同時に、**宗教**の心で捉え、そして、**芸術**の中でも言語によって創作する作品等として結晶化してこの世に定着させて残していて、その作品等と生き方自体が末永く後世に意味を持ち続ける、と私は思っています。

*

M：最終行に〈みんなつめたい朝の露にみちてゐる。〉とある〈みんな〉とは、直前の〈バビロン柳〉、

〈おほばこ〉、〈つめくさ〉のことを直接的には指しているのでしょうけれども、〈バビロン柳、おほばことつめくさ。〉と最後にマル（句点）があることに着目すると、このマル（句点）が、〈バビロン柳〉を少し見てテン（読点）で、目を足元に転じて〈おほばことつめくさ〉をじっと見詰めているなどの時間の経過（間）を表わしているともとれますが、ここで一旦区切っていることにはなります。

　これが、マル（句点）が無いとか、テン（読点）であれば、主語がこれらの三者で決まりとなるのですが、意識して、あるいは無意識の意識的にマル（句点）で終わらせているとすると、ここでの〈みんな〉は全体にかかって（もしくは、全体を受けて）いて、

①〈露〉は厳密に文字どおり当日の朝に実際みられた自然現象だけを指している、つまり、「主に動かない地物（ちぶつ）や冷たい物体」の表面に大気中の水蒸気が凝結して生じた水滴と解釈する場合には、

〈旭川〔市全体〕〉、〈小馬車〉、〈鈴〉、〈町〉、〈六條〔通〕〉、〈落葉松〔ラリックス〕〉、〈ポプルス〉、〈官舍〉、〈旭川中學校〉、〈馬車の屋根〉、〈バビロン柳〉、〈おほばこ〉、〈つめくさ〉

②〈露〉を雨粒の水滴（や霧や霜）などを表わした喩的な用法のような表現も含んでいると広く解釈した場合には、

〈旭川〔市全体〕〉、〈小馬車〉、〈ひとり〔〈自分〉〕〉、〈馬〉、〈鈴〉、〈馭者〉、〈黑（黒）布〉、

〈騎馬〉、〈従卒〉、〈ハックニー〉、〈たてがみ〉、〈町〉、〈六條〔通〕〉、〈落葉松（ラリックス）〉、〈ポプルス〉、
〈官舎〉、〈旭川中學校〉、〈馬車の屋根〉、〈乘馬の人〈二人〉〉、〈バビロン柳〉、〈おほばこ〉、
〈つめくさ〉

が、〈**みんな**つめたい朝の露にみちて**ゐる。**〉、と終わっていることになるのではないかと思われます。

そして、もうひとつ検討しておきたい点がありまして、この作品全体において、ここの最終行の文末にある〈ゐる。〉というような表現にしていること、言い換えますと、本作品総体の中の文末等で、「ゐた。」と過去形でもなく、「ある。」「あった。」でもなく、〈ゐる。〉というような表現となっていることについてです。

C：そのことについて考えてみるときに、「時制の異なりによる表現効果の違い」と「〈ゐる〉と「ある」の意味合いの違い」とに分けて捉えて検討することとする。

まず、この作品における時制は、形式的にみて、〈すべり過ぎた〉を除くと、あとはすべて、

〈ひとり乘る〉、〈鈴は鳴り〉、〈口を鳴らす〉、〈黑布はゆれる〉、〈十月の風だ〉、〈馬をひく〉、〈火のやうにゆれる〉、〈引かないといけない〉、〈町をかけさす〉、〈無上菩提にいたる〉、〈いま曲れば〉、〈顫えるポプルス〉、〈この辺に來て〉、〈立派にやってゐる〉、〈ジプシイらしく〉、〈ほしくないと云はうか〉、〈二人來る〉、〈白いのに〉、〈笑ってゐる〉、〈つめたい〉、〈露にみちてゐる〉

とあって過去形にはしていない、もしくは、過去形にはなっていない。現在形もしくは現在進行形である。

M：時相を意図的にこのようにすることによって、もしくは、時相が作品自体でこのようになることによって、まるでその場で一緒に臨んでいるかのような感じがする**臨場感ある作品**となっていますね。なんか、自然と心に写ってくるままを心に書かされている機微が、新鮮で鮮明（クリアー）に生き生きと伝わってくるっていうような感じがします。

C：この時制の異なりによる表現効果の違いをより実感するために、試みとして、比較してわかりやすいように、いささか形式的過ぎるきらいはあるが、次のような過去形に置き換えた作品にして読んでみてみると、

旭川。

植民地風のこんな小馬車に
朝はやくひとり乗ったことのたのしさ
「農事試験場まで行って下さい。」
「六條の十三丁目だ。」
馬の鈴は鳴って馭者は口を鳴らした。
黑布はゆれたしまるで十月の風だった。

一列馬をひいた騎馬從卒のむれ、
この偶然の馬はハックニー
たてがみは火のやうにゆれた。
馬車の震動のこころよさ
この黒布はすべり過ぎた。
もっと引かないといけなかった
こんな小さな敏渉な馬を
朝早くから私は町をかけさした
それは必ず無上菩提にいたった
六條にいま曲ったらば
お、落葉松　落葉松　それから青く顫えたポプルス
この辺に來た大へん立派にやってゐた
殖民地風の官舍の一ならびや旭川中學校
馬車の屋根は黄と赤の縞で
もうほんたうにジプシイらしかった
こんな小馬車を
誰がほしくないと云ったろうか。
乗馬の人が二人來た

そらが冷たく白かつたのに
この人は白い歯をむいて笑つてゐた。
バビロン柳、おほばことつめくさ。
みんなつめたかつた朝の露にみちてゐた。

となる。

M：こちらはまるで想い出の中から回想して取り出してきたかのような感じがしますね。現場を対象化していて臨場感が遠のいた作品となる気がします。

C：次に、この作品の中で〈ゐる〉とあるのは三か所で、

①お、落葉松　落葉松　それから青く顫えるポプルス
この辺に來て大へん立派にやつてゐる
殖民地風の官舎の一ならびや旭川中學校

②乘馬の人が二人來る
そらが冷たく白いのに
この人は白い歯をむいて笑つてゐる。

③バビロン柳、おほばことつめくさ。
　みんなつめたい朝の露にみちてゐる。

とある。

M：この現れ方を捉えてみると、作品の後半においてで、旭川停車場前を出発して師団通を通って南下して、宮下通や一条通～五条通を通過し、六条に至ったところで右折して、六条通に入って東へと進みながら、

《対象↓事象↓現象》を、
《目にし（目に入り・目に映り）↓見掛け↓見付け↓見い出し↓発見した》
《存在↓実在↓実存↓実体↓実相》の境地を表わしている。

とも解することができる、と言ってみたくなりますね。

C：意味論的には、森田良行稿「～（て）**いる　補動**」の項（同著『基礎日本語辞典』角川書店、平成元年五月十五日印刷、平成元年六月十日初版発行、一五七頁下段）で、

　動詞に付いて、その動作・作用・状態が継続中であるという現実性・具体性を添える語。

としていて、同項の一五八頁上段で、

「ている」の意味・用法は「てある」と深いかかわりを持っている。本動詞「いる／ある」は、主体が有情者か非情物かで使い分けられている

としている。

また、同書の「〜（て）**ある　補動**」の項（九四頁下段）で、

動作性の他動詞に付いて、その動作・行為の結果が現存するという具体的状況を添える語。

としている。

さらに、『広辞苑』（電子辞書 CASIO EX-word DATAPLUS 6　XD-B5900MED）の「**いる**【居る】ヰル」の項に拠れば、

動くものが一つの場所に存在する意。現代語では動くと意識したものが存在する意で用い、意識しないものが存在する意の「ある」と使い分ける

としていて、「**ある**【有る・在る】」の項には、

ものごとの存在が認識される。もともとは、人・動物も含めてその存在を表したが、現代語では、動きを意識しないものの存在に用い、動きを意識しての「いる」と使い分ける。人でも、存在だけをいう時には「多くの賛成者がある」のように「ある」ともいう。

としている。

M：そうすると、一般論的には、〈ゐる〉は〈その動作・作用・状態が継続中であるという現実性・具体性を添える語〉で、「ある」は〈その動作・行為の結果が現存するという具体的状況を添える語〉とされています。

この作品では〈ゐる〉としていて、**継続性を具現したい**意が込められている、つまり、存在自体に時間を含んでいるという「**時間を伴った存在**」を表わしているともとれます。

また、〈ゐる〉も「ある」も存在を表わしているが、その存在の性質やあり方等が違っていて、〈**ゐる**〉は〈有情者〉、〈動くもの〉、〈動くと意識したもの〉に使い、「ある」は〈非情物〉、〈動かないもの〉、〈動きを意識しないもの〉に使う、とされています。

一般的にはそうだとしても、宮澤賢治の世界では複眼的に異なる位相でも同時に観ているように思います。例えば、道端に転がっている小石を見て、

この小石は、珪質の堆積岩の一種であるチャートの中でも層状チャートだから深海底由来の石で

ある、というように道端に物体として「**ある**」と捉える。

のと、

同じ層状チャートの小石を、この宇宙において自分を構成しているのと同じ元素、あるいは、分子・原子・素粒子等で出来ていて、長い年月を積み重ねて小石となり、幾多の変遷を重ねた結果として今そこに存在することになっていて、さらには、石の中の放散虫遺骸や珪質海綿の骨針に感応して、産神(うぶがみ)の依代(よりしろ)と考えられる産石(うぶいし)などのように石が霊魂の容器となり石自体が生命力を宿しているとか、はたまた、ゴトビキ岩を御神体として祭っている熊野の神倉(かみくら)神社などの日本人にとって最も古い信仰のひとつである磐座(いわくら)信仰等にも思いを馳せたりしながら、とにもかくにも、深海底からここまで来るに至り、「時」と「場所」を同じくして自分と巡り逢うことになって、今ここに〈**ゐる**〉のだなと捉える。

のとでは捉え方が異なりますが、宮澤の捉え方は、前者のような捉え方と後者のような捉え方をほぼ同時に行っていて〝実成(じっせい)〟していたと言えるのでしょう。

同じように、〈つめくさ〉等も積年、命を繋いできて今そこに〈ゐる〉と表現することによって、今この時間だけではなくて、現在以外の過去や未来の時間ともつながりを持ってそこに存在しているのを自分という命が生きていて出合うことができている、とたたずんで眺め見入っている姿が目に浮かんでくるような気がします。

　このような宮澤賢治らしい宇宙観・世界観・生命観等からくる世界の捉え方によって、〈有情者〉、〈動くもの〉、〈動くと意識したもの〉と、〈非情物〉、〈動かないもの〉、〈動きを意識しないもの〉とを、次のように区別していないことになっています。

　①では、直接的には〈官舎〉と〈旭川中學校〉が〈ゐる〉だけれども、〈落葉松（ラリックス）〉と〈ポプルス〉が〈ゐる〉も掛けてあるとも読めます。

　②では、〈人〉が〈ゐる〉。

　③では、直接的には〈バビロン柳〉と〈おほばこ〉と〈つめくさ〉が〈ゐる〉だけれども、〈**みんな**〉が全体にかかって（もしくは、全体を受けて）いるととると、

〈旭川（市全体）〉、〈小馬車〉、〈ひとり（（自分））〉、〈馬〉、〈鈴〉、〈馭者〉、〈黑（黒）布〉、〈風〉、〈騎馬〉、〈従卒〉、〈ハックニー〉、〈たてがみ〉、〈町〉、〈六條（通）〉、〈落葉松（ラリックス）〉、〈ポプルス〉、〈官舎〉、〈旭川中學校〉、〈馬車の屋根〉、〈乗馬の人（（二人））〉、〈そら〉、〈歯〉、〈バビロン柳〉、〈おほばこ〉、〈つめくさ〉、〈露〉

が、〈**ゐる**〉とも読めます。

そして、ここまでいくと、〈旭川〉という〈町〉全体自体が継続性をもって具現している存在として〈ゐる〉とまで言っているようにも読めるように思われてきます。

——本作品の全体観的には、もしかしたら、この作品を支えているコンセプトは、

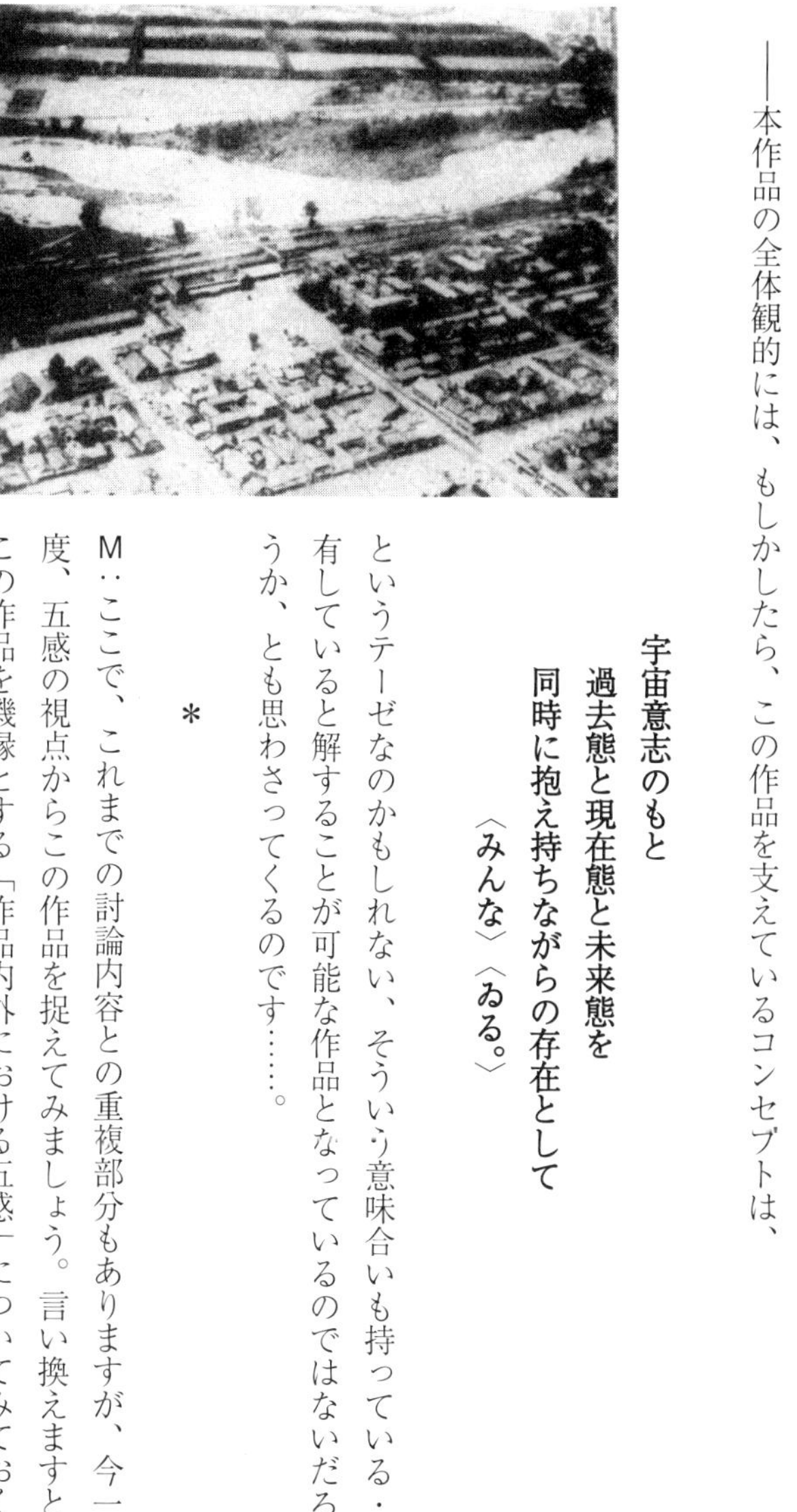
当時の旭川市全景（『旭川回顧錄』口絵写真より）

宇宙意志のもと
過去態と現在態と未来態を
同時に抱え持ちながらの存在として
〈みんな〉〈ゐる。〉

というテーゼなのかもしれない、そういう意味合いも持っている・有していると解することが可能な作品となっているのではないだろうか、とも思わさってくるのです……。

＊

M：ここで、これまでの討論内容との重複部分もありますが、今一度、五感の視点からこの作品を捉えてみましょう。言い換えますと、この作品を機縁とする「作品内外における五感」についてみておくことにしましょう。

列車が旭川に到着して停車場に降り立ったところからスタートして（作品外は斜体とする）——

視覚＝【みえていた（であろう）要素】（少なくとも二十四種）

汽車、旭川停車場、旭川の街並み、小馬車、馬の鈴、馭者、黒布、騎馬従卒の群れ、ハックニー馬、ハックニーのたてがみ、六条通、落葉松、ポプラ、官舎、旭川中学校、馬車の屋根、乗馬の人たち、冷たく白い空、白い歯、笑い顔、しだれ柳、おおばこ、つめくさ、露、等

【色彩】（少なくとも九色）

「茶色」*旭川停車場の木製の茶色*、町並みの木製の茶色、小馬車の馬・騎馬の馬・乗馬の人たちの馬の茶色、落葉松の幹の茶色、ポプラの幹の茶色、官舎の木製の茶色、旭川中学校の木製の茶色、しだれ柳の幹の茶色

「黒色」*汽車の黒色*、小馬車の黒色、黒布の黒色

「銀色」馬の鈴の銀色

「緑色」落葉松の緑色、ポプラの葉の緑色、しだれ柳の緑色、おおばこの緑色、つめくさの緑色

「青色」ポプラの青色

「白色」ポプラの葉裏の白色、空の白色、乗馬の人の歯の白色、白つめくさの白色

「黄色」馬車の屋根の黄色

「赤色」馬車の屋根の赤色、赤つめくさの赤色
「透明色」風の透明色、露の透明色
その他の色

聴覚＝【きこえていた（であろう）要素】（少なくとも十八種）
汽車の音、旭川停車場の案内の声、馭者に行き先を告げる声、行き先の所在地確認の声、馬の鈴の音、馭者が口を鳴らす音、風の音、黒布が風になびく音、騎馬従卒の蹄の音・足音、馬の鼻息の音、馬車の震動音、感嘆の声、ポプラの葉音、乗馬の人たちの蹄の音・会話の声・笑い声、しだれ柳が風になびく葉音、等
※ちなみに、昔は、「音」とは耳に入るすべての音のことを言い、「声」とは職人しか認識できない音など（例 木を削る音、鍛冶屋のたたく音）のことを言っていた、といいます。

触覚＝【肌で感じていた（であろう）要素】（少なくとも八種）
小馬車の座席の感触、朝早い空気感、まるで十月の風の感触、馬車の震動の感触、黒布の手触り感、曲がったときの揺れ感覚、空が冷たく白い感触、露に満ちている感触、等

嗅覚＝【匂っていた（であろう）要素】（少なくとも八種）
旭川という街の匂い、馬車の匂い、風が運んでくる匂い、落葉松の匂い、ポプラの匂い、しだれ柳の匂い、おおばこの匂い、つめくさの匂い、等

味覚＝【味わっていた（であろう）要素】（多くて二回か）
朝食、昼食等

バビロン柳、おほばことつめくさ。……

第六感的には、〈植（殖）民地風〉と感じたり、〈こんな小さな敏渉な馬を／朝早くから私は町をかけさす／それは必ず無上菩提にいたる〉と言い切ったり、〈馬車の屋根は黄と赤の縞で／もうほんたうにジプシイらしく／こんな小馬車を／誰がほしくないと云はうか。〉と言い放ち、それらも全部ひっくるめて〈みんなつめたい朝の露にみちてゐる。〉とまとめてイメージングしている、というようなところにみられるようです。

なお、逆に、「作品に書かれなかった感覚」では、味覚が一番であり、この傾向（潜在的性質、傾性、潜性）に何らかの意味を見い出せるのかもしれません。

以上のようなことで押さえておくことにしましょう。

〈作品後〉

M：続きまして、作品「旭川。」の後、つまり、この作品内有時間帯（作品内時間、作中時間）の後、宮澤はどこでどう時間を過ごしたのでしょうね。

この後、〈農事試驗場〉へと向かって、訪れたのでしょうか。〈農事試驗場〉は諦めて、旭川の街のどこかで時間を過ごし、旭川停車場から稚内行きの列車に乗った、のでしょうか。

C：当時の稚内行きの急行列車は、寺本光照稿「図説北海道の鉄道① 明治・大正」（今尾恵介・原武史監修、

日本鉄道旅行地図帳編集部編『新潮「旅」ムック　日本鉄道旅行歴史地図帳　全線全駅全優等列車　1号　北海道』新潮社、平成二十二年五月十八日発行、六〜七頁）に拠ると、

・エースナンバーを示す急行1・2列車＝稚内急行
・函館桟橋発稚内行きの直行便（ということは、**宮澤は直行便を使わなかった**ことになる。）
・函館桟橋発22：15、札幌着7：30、旭川着11：42、終点稚内着21：14
・車内設備は、**一等車**、二等車、三等車、**食堂車**（**二等食堂車**オロシ9215形が連結）、**一等寝台**、二等寝台
・急行列車区間は、函館から滝川
・所要時間は、二十二時間五十九分

であったとある。なお、「車内設備」の中で太字にした客車は、宮澤が乗車した可能性が高いと推察する車輌の種類である。

M：そうなんですよね。稚内行きの列車に乗車するに当たっては、帰りの貧乏旅行とは違い、行きは大名旅行なので、客車だったならば**一等車に乗った**可能性が高いのでしょう。あるいは、疲れをとろうとしてなどで寝台車だったならば**一等寝台に乗った**可能性が高いのでしょう。そうして横になって寝て休んで行った。だから**この間にものした作品がない**のかもしれないですね。

稚内行きの列車に乗るまでの**旭川**（**近郊**）**滞在可能時間**は、列車が時刻表どおりに運行していたとし

て、その降車時刻と乗車時刻からの単純計算でいくと、

1「旭川停車場着時刻＝四時五十五分→旭川停車場　発時刻
＝十一時五十四分」の場合

この間＝六時間五十九分

2「旭川停車場着時刻＝四時五十五分→新旭川停車場発時刻
＝十二時二分」の場合

この間＝七時間七分

3「旭川停車場着時刻＝四時五十五分→永山停車場　発時刻
＝十二時十三分」の場合

この間＝七時間十八分

となり、いずれにしても、**約七時間前後**ということになります。

〈農事試験場〉を訪れなかった場合には、旭川のどこで何をして過ごしていたのだろうか、と考えたくなるくらい時間に余裕ができたであろうと推察されます。

その一方で、〈農事試験場〉訪問は時間的には可能であろうと思われ、**〈農事試験場〉を訪れたとした場合**に想定される行動パターンは、

当時の稚内停車場（『宗谷線全通記念寫眞帖』より）

当時の新旭川停車場（『旭川回顧錄』口絵写真より）

1　作品後そのまま〈小馬車〉で永山に移転していた〈農事試驗場〉まで向かって訪れた後、〈農事試驗場〉から徒歩で向かって永山停車場から十二時十三分発の稚内行きの列車に乗った。

2　作品後、〈小馬車〉で旭川停車場へ戻り、七時四十五分発の列車で永山停車場に向かい、そこから徒歩で〈農事試驗場〉を訪れた後、〈農事試驗場〉から徒歩で向かって永山停車場から十二時十三分発の稚内行きの列車に乗った。

3　作品後そのまま〈小馬車〉で、永山の〈農事試驗場〉を訪れた後、待たせておいた〈小馬車〉で、新旭川停車場まで戻って十二時二分発、あるいは、旭川停車場まで戻って十一時五十四分発の稚内行きの列車に乗った。

などの可能性が考えられます。

C：加えて、永山での行動でもう一つ想定されるのは、庁立永山農業学校への訪問である。

「第二編　年表」の中の「第一章　年表」（旭川市編『旭川市史　第七巻』前出書、六七三頁）に拠ると、大正十二（一九二三）年五月十二日**庁立永山農業学校**開校とあるので、〈農事試驗場〉の近くに開校したばかりの農業学校が在ったことになる。

〈農事試験場〉でその存在を知るなどして、そこからすぐ近くにあった開校間もない農業学校の視察等を実行していった可能性もありそうである。

時間的には、それぞれの場合によって時間の余裕度合いは違ってくるが、いずれの場合であっても、その気さえあれば農業学校に寄っていくのは可能であると思われ、その後、当該停車場へと向かった可能性はある。

M：〈農事試験場〉を訪れたかどうか。今のところ、同場の記録（いわゆる来場者リスト等）の中に「宮澤賢治」の名があるですとか、「〈農事試験場〉訪問が確かにあった」、という事実を保証する裏付け根拠と成り得る証拠や証言等は何ら示せていません。また一方で、「訪れなかった」という確証も同様に得られてはいません。

この様なケースになると、「行ったこと」は何か証拠等が見つかれば立証できて決着しますが、「行かなかったこと」の立証は限りなく不可能に近い、つまり、「訪れたこと」を証明するよりも、「訪れなかったこと」を証明する方が難しい、ということがわかります。

どちらにしても、直接的な証拠が発見等されれば別ですが、これに乏しい現状の中では、状況証拠等を地道に積み重ねて、他の可能性を排除していくという消去法で推定しておくことになります。

そうして、今のところは、〈農事試験場〉を訪れた事実を示す何らかの具体的な証拠が出て来る可能性が残っていると思いつつも、〈農事試験場〉訪問は諦めて訪れなかったのではないか、という推測が成り立つ可能性を高める裏付けになりそうな間接的証拠等を地道に集めて積み重ねておく状況になっています。

C：〈農事試験場〉を訪れなかったという間接的証拠のひとつと成り得そうな証言がある。
それは、森荘已池著『宮沢賢治の肖像』（津軽書房、昭和四十九年十月三十日初版発行、昭和五十二年五月十日第四刷発行、一〇三頁上段）にある同僚の堀籠文之進（ほりごめぶんのしん）の証言、

樺太の帰り「さやエンドウ」の豆がらを持ってきました。びっくりするほど急に丈が高くのびるものでしたが、農業用の参考資料に持ってきたものです。

とある樺太土産の〈さやエンドウ〉の入手場所について、奥山文幸稿「Ⅱ」の中の「1　宮沢賢治と樺太」（同著『宮沢賢治論　幻想への階梯』蒼丘書林、二〇一四年十一月二十五日発行、一七九頁）で、

賢治が樺太から「農業用の参考資料」を「いっぱい」譲ってもらえる場所は、小沼の樺太庁農事試験場以外には可能性がないのである。

との見解からの敷衍である。何が、「〈農事試験場〉を訪れていなかった」という事実を認定するに当たっての拠り所となりそうなのかというと、〈農事試験場〉（北海道農事試験場上川支場）を訪れていたならば、同様に高等農林卒の農学校教師として視察し、何らかの農業用試料等を入手してその痕跡が作品であるとか、メモなどの記録類や本人の発言・証人の証言等に残りそうなものだが現状ではそれがみられないという反証が、有力な証明の根拠のひとつとなり得るのではないか、というある意味で一種の逆証

明である。

M：それと、気が付いたことがあるんです。例年のように、二〇二一（令和三）年八月二日の早朝に、つまり、宮澤来旭の同月同日同時刻頃に、宮澤が通った六条通を自家用車で何気なく六条通十二丁目にある作品「旭川。」の碑の前から、六条通十三丁目を通ってそのまま東へ直進して当時の永山街道、現在の国道三十九号線（一九五二（昭和二十七）年十二月四日一級国道三十九号（旭川市・網走市）として指定施行）との交差点に到り、たまたま赤信号で停止していると、すぐ右手にお寺が見えたのです。気になって行ってみると、なんと〝日蓮宗〟の妙法寺とありました。そこで、宮澤来旭当時にこのお寺が存在していたものかどうか調べてみる必要性が出てきました。

C：二〇二一（令和三）年八月二日現在においてのインターネット上には、「日蓮宗　寺院ページ」の「延壽山　妙法寺【Enjuzan Myohoji】」の項（https://temple.nichiren.or.jp/9041001-myohoji/）に、所在地が〒078-8216　北海道旭川市六条通十九丁目右一号とあり、「ごあいさつ」として、

　旭川最初の法華道場、妙法寺です。／／当山は国道39号線沿いの開放的な境内

とある。さらに調べると、https://enjuzan.myouhouji.nichiren-shu.jp/link01/link01.htm の「日蓮宗　延寿山　妙法寺」の「縁起」の項に、〈昭和53年新本堂落慶記念に発行された「妙法寺史」の記述をもとに、当山の縁起をご紹介します。〉、〈「妙法寺史」より抜粋、一部改変〉とある「妙法寺縁起」から妙法寺の来歴（由緒沿革、寺歴）を整理して、建物がいつどこに在ったのかを中心にまとめてみると、

明治二十六年四月（一八九三）	旭川村で、日蓮宗の布教が初めて行われる（旭川における日蓮宗布教のはじまり）
明治二十九年十二月二十二日（一八九六）	**日蓮宗説経所**竣工（**当時の上川郡旭川村川添町左一号～八号、現在の旭川市五条通七丁目左一号～八号**）
明治三十年新春（一八九七）	日蓮宗説経所　開設（妙法寺開山。旭川村を含む上川一円の布教に当たる）
明治三十一年（一八九八）	既設説経所の増築分二十二坪完成
明治三十二年八月（一八九九）	参詣人休憩所と附属建物の新築工事竣工
明治三十三年八月（一九〇〇）	日蓮宗説経所を、**稲荷山　法華寺**　と改称（妙法寺創立）
明治三十三年八月三十一日（一九〇〇）	旭川村は旭川町となる（二、七七七戸、八、七二九人）
明治三十三年九月（一九〇〇）	稲荷山法華寺開堂式典　実施
明治三十四年四月（一九〇一）	**法華寺の建物を移築し、移転。日蓮宗旭川別院との二本建となる**（**当時の上川郡旭川町字ウシシュベツ千七百十七番地の弐拾参、現在の旭川市六条通十九丁目右一号**）
明治三十六年（一九〇三）	法華寺を移設（本堂庫裡（くり）を若干増築）し、再建（**当時の中島共有地、現在の旭川市上常盤町一丁目　法華宗　光明寺の所在地**）
明治三十七年六月（一九〇四）	法華寺が**身延山久遠寺旭川別院事務所**と称することになる
明治三十八年五月十七日（一九〇五）	身延山久遠寺旭川別院事務所が**延壽山　妙法寺**として創立

大正二年（一九一三）七月三十日　妙法寺本堂・庫裡の新築工事竣工し、移転（当時の上川郡旭川町字ウシシュベツ千七百十七番地の弐拾参、現在の旭川市六条通十九丁目右一号）

大正五年（一九一六）二月二十三日　妙法寺附属建物の建設終了

大正五年（一九一六）六月二十五日　妙法寺境内に最上堂　竣工

大正十二年（一九二三）九月十八日　妙法寺境内整備なども終了し、役所に「竣工届」を届出

（妙法寺史編集委員長　坂野三郎編、示村貞夫執筆『妙法寺史』妙法寺史刊行委員会、昭和五十四年六月七日発行に拠り一部補筆）

となる。

なお、文中に、〈妙法寺第2世住職に就任〉した釈〈英儀上人はかねてから、日蓮宗の宗勢が他宗派に比べて振るわないことを嘆いていました〉とあり、

釈　英儀師が名寄・下富良野・歌志内などにそれぞれ日蓮宗の寺院創立に力を注いだ（中略）。もともと内地、兵庫県の勝妙寺住職から北海道へ渡る動機そのものが、宗門の拡張を念願としていた（中略）。

その意味では、旭川妙法寺は「北海道弘教の中心地、宗勢拡張の拠点」でもあったようです。

とある。また、『妙法寺史』のP〔1〕、釈英照稿「発刊に当って」に、

当山開基真乗院釈日圓上人が、六老僧日時上人の故事に倣って北海道開教の志を抱いてはるか兵庫県より渡道し、旭川に布教の拠点をさだめて（以下略）

とみえる。

M：そうなると、もし、仮に、宮澤が〈六條の十三丁目〉（六条通十三丁目）から、〈小馬車〉に乗って、当時既に永山に移転していた〈農事試驗場〉へ向かったとすると、経路としてはおそらく六条通を東にそのまま真っ直ぐ進んで、永山街道に到る交差点で左折して街道に入って向かって行っただろうと推測されます。

そうした場合には、通り道である六条通から永山街道に差し掛かって左折する地点にある交差点とすぐ近い右手斜め前方という永山街道沿いに在った**日蓮宗の妙法寺**が見えていた可能性が有ると言えるでしょう。

おそらく当時は現在よりも周辺の建物類が少なくてより見通しが利いたのではないかと推察されますので、お寺の存在に気付き易かったのではないでしょうか。

宮澤が乗っていた〈小馬車〉から見えていた可能性があり、見掛けたとしたら、ここまで遙々やって来て北海道という北の地に日蓮宗のお寺を発見して、「おっ！」と心の中で驚きの声を挙げたりして居たのではないでしょうか。だとしたらですが、時間があまりないとはいえ、素通りしていくとも思われません。

が、立ち寄ったならば、何らかの感慨なりを抱き、何らかの痕跡を残していそうにも思えます。それが、作品であるとか、メモなどの記録類や本人の発言・証人の証言等に残っていてもおかしくはないようにも思われるのです。

C：その記録類のひとつとして、存在の有無を確認するために、二〇二三年四月二十三日（土曜日）に妙法寺の方に電話照会をさせていただいた回答に拠ってまとめると、

　お寺を訪れた方が書き残していく「参拝者名簿」みたいなものは、今も置いてないし、昔も置いたことがないので、大正十二年のも残っている可能性は無い。

とのことであった。

M：こういう現状ですので、それらが無いという事実が、「宮澤賢治は六条通から永山街道に出て永山の〈農事試験場〉へ向かって行かなかった」という事実認定のための**傍証**のひとつに成り得るのかもしれません。

C：ここで、〈農事試験場〉訪問の有無の判別材料について、現況を簡便にまとめて書き出しておくと、

「〈農事試験場〉を訪れた」と示唆する証拠（物的証拠、人的証拠）等

①心象スケッチ作品「旭川。」に〈「農事試験場まで行って下さい。」〉と出てくる（少なくとも行こうとしていたことがわかる）直筆原稿が残されて在る。【物証（書証）】

②訪れなかったという本人のメモ等が残っていない。【反証（物証（書証））】

③訪れなかったという本人の発言等が伝わって残っていない。【反証（人証（じんしょう）にんしょう）】
④訪れなかったという証人の証言等が残っていない。【反証（人証）】
⑤その他、訪れなかったという証拠等が確定的に出てきていない。【反証】

「〈農事試験場〉を訪れなかった」と示唆する証拠（物的証拠、人的証拠）等
①〈農事試験場〉の後継試験場から訪問したという記録や証言等が出てきていない。【反証】
②訪れたという本人のメモ等が残っていない。【反証（物証（書証））】
③訪れたという本人の発言等が伝わって残っていない。【反証（人証）】
④訪れたという証人の証言等が残っていない。【反証（人証）】
⑤〈農事試験場〉から農業用試料等をいただいたという痕跡が、作品・メモなどの記録類や本人の発言・証人の証言等に残っていない。【反証】
⑥〈農事試験場〉への通り道沿いに在った日蓮宗妙法寺を参拝等したという痕跡が、作品・参拝者名簿等・メモなどの記録類や本人の発言・証人の証言等に残っていない。【傍証】
⑦その他、訪れたという証拠等が確定的に出てきていない。【反証】

など、のようになる。

M：いずれにしても、未だに確証が得られた状況にはなりませんが、いまのところでは、「**宮澤賢治は〈農事試験場〉に行かなかった**」**という可能性の方が高い**、としておく方が推定として穏当なところで

あろうと考えています。

＊

M：それでは、〈農事試験場〉を諦めて旭川の街のどこかで時間を過ごしていたとした場合、どこで何をしていたのでしょうか。その全貌に迫るべく一部分について候補立てておくだけでもなかなか困難性を伴いますが――

その中のひとつとして、食事摂りの件についてですが、街中の文化人が通って居たというカフェーヤマニ（四条通八丁目左一号）などで朝食や早めの昼食を摂って旭川停車場から稚内行きの列車に乗ったのでしょうか。

それとも街中で朝食を摂った後、昼食は列車内で、旭川停車場で購入した駅弁か、食堂車で摂ったのでしょうか。

だとしたら、朝食と昼食、それぞれどこの何を食べたのでしょうか。

C：駅弁を食したとした場合には、内田宗治稿「鉄道旅行100年　明治大正の北海道旅行」の中の「大正14年開通地図」（今尾恵介・原武史監修、日本鉄道旅行地図帳編集部編『新潮「旅」ムック　日本鉄道旅行歴史地図帳　全線 全駅 全優等列車　1号　北海道』前出書、八頁）の大正十四年とある資料に拠ると、旭川停車場以降における「駅弁販売駅」は旭川、名寄、音威子府、浜頓別、稚内となっている。

そして、当時の『時刻表』である手塚猛昌編『公認汽車汽船旅行案内　大正十二年

当時のヤマニ（左の十字路の右上角）（『宗谷線全通記念寫眞帖』の「旭川市全景（其ノ二）」より）

七月　第三四六號』の復刻版（前出書）に拠ると、旭川停車場発が午前十一時五十四分で、次の「駅弁販売駅」である名寄停車場に着く時刻が「午後二時十七分着」となっているので、これだと時刻的には旭川停車場で駅弁を買って昼食としたとする方が自然で無理がない。

旭川停車場の駅弁としては、同書の九頁で、同じ資料の上杉剛嗣稿「駅弁掛紙歴史館　代用食だった森の「いかめし」」に、年月日は不明だが、駅弁の掛紙の写真が掲載されていて「日華辨當　旭川駅前　芳蘭」とみえる。

M：これと同じ弁当かどうかはわからないけれど、駅弁を買って汽車の中で食べたのでしょうか。当時の駅弁の中身はどんなのだったのでしょうか。などと想像が膨らみます。

C：しかし、可能性が最も高いと思われるのは、食堂車での昼食摂りである。

北室かず子稿「宮沢賢治の北海道旅行　レールが運んだ心象スケッチ」（山口力編「ＴＨＥＪＲＨｏｋｋａｉｄｏ №246」北海道ジェイ・アール・エージェンシー、二〇〇八年八月一日発行、一〇頁上段）にある渡辺真吾氏の調査に拠っても、宮澤の乗った列車は、一等から三等までの客車と**食堂車**と寝台車が連結された列車であったということなので、**食堂車で食事をした**。

いや、というよりむしろ、もしかしたら、事前に時刻表などで車内設備を調べていて、食堂車での食事をこの旅の楽しみのひとつとしていた可能性もある。

M：としますと、この食堂車には当時はどんなメニューがあって、何を食したのでしょうか、などなど、興味は尽きないですね。

C：前出の当時の『時刻表』（復刻版）の「食堂車のある列車」の項（手塚猛昌編『公認汽車汽船旅行案内　大正十二年七

月　第三四六號』、一二頁下段）に、

北海道線　第一、二列車　　　洋食

とある。

M：洋食好きでもあった宮澤のことなので喜んで食べていたのかもしれませんね。この時の洋食のメニューってどんなのだったのでしょうかね。

〈全体を通して〉

C：ここからは、想像をたくましくして、宮澤賢治の旭川（厳密には町村合併後の現在の旭川市）における行動の可能態をできる限り表にまとめておくことにする。

【往路の大正十二年八月二日（木曜日）】 ※復路の日時や行動等は未詳

〈作品内時間帯〉（距離、時間は、ＹＡＨＯＯ！ＪＡＰＡＮ地図（https://map.yahoo.co.jp）に拠り算出）

先ずは、算出可能な時刻の割り出しを試みておく。旭川停車場（現在の旭川駅。以下、この項と次の項において同様に註記。）に定刻に着いたとして早朝四時五十五分着、停車場前（駅前）に待機していた〈小馬車〉に乗り込み、行き先を告げ、出発を五時とした場合、ここから〈六條の十三丁目〉までの距離は約1・78km、〈小馬車〉が急ぎ歩き程度の速度として、推定所要時間は十七分。五時十七分前後には〈六條の十三丁目〉に着いた計算になる。

ここで、当時の〈小馬車〉の速度の傍証として、「遠藤千代造稿「第一章——徴兵検査で軍隊に」の中の「旭川第7師団に入隊［大正10年11月］」の節（同著『NF文庫ノンフィクション　陸軍工兵大尉の戦場　最前線を切り開く技術部隊の戦い』前出書、一九～二〇頁）に、

明けて12月1日、いよいよ入隊日を迎え朝早く起き、まず気分を晴れやかにして朝食を終わりぞろぞろ旅館を出る。早速ほろ馬車に乗って兵営に向かった。路上には乗用馬車、除雪用馬車などが4頭引きで大きな雪踏器を引きながら通る。そして道幅も4メートル以上に踏まれていく。平坦な氷の上を走っているようだ。人の話によると雪中でも消防車の通行を自由にするため、市の除雪馬車や自動車が冬期間絶え間なく運行されているとの事である。さすが北海道だなあと思わせられる。馬車は首鈴をカランカランと鳴らしながら走る。初めて乗った馬車の音を思い起こす。駅より兵営までは4キロ余、約1時間で門のある兵営に到着した。

とある。ここに〈4キロ余、約1時間で〉とあり、〈12月1日〉という冬の雪道であることを合わせて考えると、徒歩より少し速い「急ぎ歩き程度の速度」としておいてよいようである。

〈作品後時間帯〉（同前）

次に、「旭川。」の内容終了地点が六条通十四丁目であると思われ、そこから〈小馬車〉に乗って〈農事試験場〉を訪れたとした場合には、六条通をそのまま東進して左折、永山街道（国道三十九号線）を通って、永山村九丁目三〇二番地（旭川市永山六条十八丁目三〇二番地）に在った〈農事試験場〉までの距離は**約8・02㎞**（ただし、二〇二〇（令和二）年八月二日（日曜日）朝、六条通十四丁目から農試跡までの距離を自家用車により実測した結果、**7・8㎞**であった）、〈小馬車〉が先ほどの急ぎ歩き程度の速度よりも速くして少し急いだと想定し、**時速約8㎞**として、**推定所要時間は約一時間**。六条通十四丁目を五時三十分に出発したとして六時三十分前後には〈農事試験場〉に着いた計算になる。まだ〈農事試験場〉の職員は出勤前であろう。当日は平日の木曜日、宿直制になっていて宿直者が居たものであろうか。ひとりで〈農事試験場〉周辺に広がる試験栽培の農作物を見て回って歩いていたものであろうか。職員出勤後はいろいろ質疑応答が為され、視察となったかもしれない。その後、すぐ近くに農業学校ができたことを聞いて訪れて、永山停車場（永山駅）から十二時十三分発の稚内行きの列車に乗車した可能性もある。（可能性としては、ここから旭川停車場（旭川駅）まで戻って十一時五十四分発の稚内行きの列車に乗車したとするケースがある。その必要性はなく、しかも、ハードスケジュールである、が、不可能ではない。）

このほかの可能性としては、〈農事試験場〉が永山停車場（永山駅）からほど近いと聞いて知り、列車で向かうべく旭川停車場（旭川駅）へ戻るため、五時三十分に六条通十四丁目を〈小馬車〉で出発したとして、朝食は駅弁（旭川駅前 芳蘭の「日華辨當」である可能性あり）で摂り、七時四五分発の列車に乗って、八時七分には永山停車場（永山駅）に着いており、そこから徒歩で〈農事試験場〉に向かうと、ほどなく職員も出勤しており、いろいろ質疑応答が為され、視察となったかもしれない。その後、すぐ近くに農業学校ができたことを聞いて訪れて、永山停車場（永山駅）から十二時十三分発の稚内行きの列車に乗車した、などの可能性もある。

時刻	〈農事試験場〉を訪問した場合	〈農事試験場〉訪問を途中で断念した場合	〈農事試験場〉訪問を六条通十三丁目辺りで断念した場合
4：55	旭川停車場着	旭川停車場着	旭川停車場着
5：17頃	六条通十三丁目着	六条通十三丁目着	六条通十三丁目着（ここら辺で断念）
5：30頃	〈小馬車〉で永山の〈農事試験場〉へ向かう	〈小馬車〉で永山の〈農事試験場〉へ向かう（途中で断念）	まだ朝早いこともあり岩手県出身の〈旭川中學校〉校長訪問を断念
6：30頃	試験場職員が出勤前なので試験田等を観察	新旭川停車場前で朝食を摂る	ヤマニで朝食を摂る
	試験場職員と視察 永山農業学校視察 永山停車場前で遅めの朝食を摂る 永山停車場で作品の整理作業	新旭川停車場で作品の整理作業	冨貴堂で読書（小熊秀雄、今野大力が居た可能性ある？） 映画鑑賞註① 常盤公園註②（明治43年に開設）で休憩 アイヌ文化博物館（大正五年に創設）を訪問 旭川停車場註③で作品の整理作業 構内で昼食を摂る（or駅弁を買って乗車）
11：54			旭川停車場発（or食堂車で昼食）
12：02		新旭川停車場発（食堂車で昼食）	
12：13	永山停車場発（食堂車で昼食）		

註①――「映画鑑賞」とあるのは、当時、旭川市街に映画館があり、朝から午前中の間に上映していれば、宮澤が映画館をみつけて、時間も少しできてしまったので、映画好きの宮澤が鑑賞した可能性があるという意味である。

当時の状況としては、高橋晶子稿「小熊秀雄――童話、叙事詩、そして漫画」（柴村紀代他編「日本児童文学学会北海道支部機関誌（年刊）へカッチ　第十五号（通巻二十四号）」日本児童文学学会北海道支部、二〇二〇年八月三十一日発行、一四

頁上段）に、

明治末期に製作が始まった邦画は、大正期、まさにサイレント映画ブームに沸きたっており、松竹、日活、マキノなどの映画会社が各々特色ある映画を世に送り出していた。

とある。

また、遠藤千代造稿「第一章――徴兵検査で軍隊に」の中の「第1期教育［大正10年12月］」の節（同著『NF文庫ノンフィクション　陸軍工兵大尉の戦場　最前線を切り開く技術部隊の戦い』前出書、一二五頁）に、

市内では映画を見るのが最大の慰安。

とあり、同章の中の「新家庭をつくる［昭和5年1月］」の節（六六頁）には、

日曜日には映画や散歩に出る

とある。

註②――「常磐公園」は、旭川市の中心部にあり、旭川市内で最初の公園として一九一〇（明治四十三）年に開設されていた。

当時の常磐公園（『宗谷線全通記念寫眞帖』より）

註③――「旭川停車場」については、大正十二年六月十四日の「旭川新聞」に掲載された小熊秀雄作「Ⅰ　初期詩篇」の中の「停車場」（同著『新版　小熊秀雄全集　第一巻』前出書、三七頁）に、

待合室の長椅子の
ビロードの
毛の中に
魂のかけらを
みんな忘れてゆく停車場である

とあり、旭川停車場と思われる〈待合室の〉〈ビロード〉が張られてある〈長椅子〉に、宮澤賢治も腰掛けて作品メモの整理作業などをしていたものであろうか。

＊

M：哲学者のマルティン・ブーバーが、「どんな旅にも旅人自身が気づいていない秘密の目的地がある」と言っているように、宮澤自身が気づいていないで結果としてこの旅の目的となった目的も含まれていたり、これらの他に目的となったものもあるかもしれませんが、大正十二年の樺太までの旅には、三つの目的が伺われます。
一つには、いわば公的な目的の「**教育者**としての旅」であり、

二つには、私　的　な　目的の「**巡礼者**としての旅」であり、
三つには、公私にわたる目的の「**技術者**としての旅」です。

教育者（学校教師）は生徒の就職を決め、巡礼者は**詩人**となり挽歌等を残し、技術者（農業技師）は標本を持ち帰りました。

さらには、この心の傷を癒す巡礼の旅で、**巡礼者（詩人）の魂は、得られなかった納得を求め「銀河鉄道の夜」を書かしめた**、と思うのです。

C：森荘已池稿「やっぱり変人と教え子」（同著『森荘已池ノート　宮澤賢治　ふれあいの人々』前出書、一九六頁上段～中段）に、

花巻農学校での賢治の教え子、晴山亮一さんの話。

（中略）

先生からいろいろお話を聞いたそのひとつ。

「夏休みにはカラフトに行って来る。カラフトは、いろいろの木や草のにおいがいいよ。とってもよいにおいのところだよ」

と、いうことでした。

（中略）「木の花のにおいが、とてもいいんだ。それをかぎにゆく」――といわれました。


とある。

M：ここでは、樺太に行く目的として〈よいにおい〉（嗅覚）も挙げていますが、当時最北の栄浜までつながって間もない鉄路の旅や航路の旅で、まるで異国のような体験を愉しむ**旅行者**としての宮澤も居た、ということになるのでしょうかね。

＊

M：それに、この「旭川。」という作品も心象スケッチの特質のひとつである「移動と創造」から生まれていますよね。そして、この作品を読み込むことによって、俵万智稿「イーハトーヴ紀行　賢治祭の青い夜」（文藝春秋編『文春文庫ビジュアル版　宮沢賢治への旅　名作の故郷イーハトーヴ紀行』文藝春秋、一九九一年三月十日第一刷、三一頁）にあるように、大正十二年の旭川の〈風景が言葉に裏打ちされて、さらに深い表情を見せ〉てくるように思えませんか。その意味では、その場所が持っている記憶を未来につなげる作品のひとつと言えますね。〝場〟（時空）の記憶を後世に伝えてくれていますよね。

＊

M：改めて、この**心象スケッチ「旭川。」という作品が、『春と修羅』に収められなかった理由について**なのですが、収録されるとすれば「オホーツク挽歌」の章の中に位置づけされるのでしょうが、この詩章全体の内容や質にそぐわなかった、のかもしれませんね。

C：恩田逸夫注釈「オホーツク挽歌」の項（『日本近代文学大系　第36巻　高村光太郎・宮澤賢治集』前出書、三六二頁上段）に、賢治は、大正一二年七月三一日に花巻を出発して、**北方へ旅立つ**。その夜行**列車内**での作「青森挽歌」に始まり、北海道を経て樺太に至り、帰路、函館へ向かう**列車内**での作「噴火湾」までの五篇の**挽歌で構成**されている。「**死**」**とはいかなる現象であるか**ということを徹底的に追及して、**亡妹に対する心構えを確立しようとする**のが、この詩章全体を貫く主題である。

と注を立てている。

O：挽歌にしては明る過ぎた。はっきり挽歌になっていなかった、と思った、のですかね。

M：『春と修羅』の「オホーツク挽歌」の章についても、旅の記録ではなく、**文学作品として構想し、構築していっている**ということになるのでしょう。大きく捉えれば、**宮澤賢治の世界は、一生涯で表わした作品群等と生き方の総体である種の〝哲学〟となっている**といいたくなります。そういう本質によって永く残る作品が創られた結実になっている気がします。

ここでも、作品の風合いの関係から作品集の統一を保つため、作品集の中への採篇に至らなかった、が破棄する作品ともされなかったために直筆原稿が現存している、というところでしょうか。

そういう意味合いからすれば、妹トシが向かった死後の世界を追って通信を試みるために北へと旅したのは、宮澤自身が、**来旭時、戸籍上は満で二十七歳**（事実上は満で二十六歳）のときでした。それを、「宮澤文学における喩としての二十七歳」という観点をもってすると、「戸籍上は満で二十七歳」の時の、この青森・北海道・樺太への旅が、死後の世界への旅でもあり、そこからの再生、そうして、みんなの幸せを目指すようになる、とも捉えることができます。
そうすると、「グスコーブドリの伝記」のラストシーンで、

そしてちやうどブドリが二十七の年でした。どうもあの恐ろしい寒い気候がまた来るやうな模様でした。

（宮沢賢治著『【新】校本宮澤賢治全集 第十二巻 童話［Ⅴ］・劇・その他 本文篇』前出書、二二八頁より）

とあり、この箇所の校異をみますと、

［それから二年過ぎました。／↓①そしてちやうどブドリが二十《五↓②七》の年でした。（改行せず）］

（宮沢賢治著『【新】校本宮澤賢治全集 第十二巻 童話［Ⅴ］・劇・その他 校異篇』前出書、一六五頁上段より）

となっていまして、新たに文を書き替えた上で、年齢が二十五とあったのを二十七に書き換えていることがわかりますが、世界全体の幸福のためにブドリは二十七歳で死ぬ。そうして、宇宙的視座からみれば、もとの元素、あるいは、分子・原子・素粒子等となって無方に散らばり、そしてまた、宇宙の構成要素の一部となって再生して来ることになります。

これらから、宮澤文学において「喩としての二十七歳での死と再生」により、みんなの幸せ、世界全体の幸福を目指すということが通底していて、共鳴・共振しているようにも思われてくるのです。

＊

Ka：この「旭川。」という作品は、結局、本人の公表する意志がないものなんですか。

M：宮澤賢治の生前において、作品の多くは未発表作品でした。その中の一作品、ということになるんですね。原稿としては破棄せずに残っていることから、発表の機会が出来て、その際のテーマなりイメージなりフィーリングなり等々が合致する状況が新たに生じて来たとしたならば、もしかしたら、手入れなどをした上で、この作品を公表する意志が発生し得たやもしれませんね。

そのためには、おそらく相当長生きしてもらう必要があったのではないでしょうかね。夢想するに、宮澤賢治が長生きしててねー、何かの機会に、北海道へ行ったときのを見直ししたときとかにね、何か、っていうことはあったかもしれないけれど、とにかくそうなる前に亡くなっているのでね。

＊

M：それにしても、作品を読み込めば読み込むほど、作品「旭川。」全文、特に直筆原稿（直筆生原稿、直筆草稿、直筆稿、生原稿、白筆原稿、自筆草稿、自筆稿、真筆原稿、真筆稿、手稿、手書き原稿、草稿、下書稿、未発表原稿、自書、手記、直筆メモ）に、すべてが書かれてある（有る・在る）という思いがして来ます。

繰り返しますが、作品「旭川。」の中に一切を具足している、作品「旭川。」の直筆原稿の中に全て包含されてある（有る・在る）という感さえしてきます。

C：綾子玖哉稿「現代詩塾『阿吽塾』再開の弁　＊『阿吽通信』発行開始と『現代詩書下ろし詩集』（懐紙シ

リーズ）刊行について」（同編「阿吽通信　№1」阿吽塾、二〇二〇年七月二十五日、一頁）に、

その内実において、一詩篇はつねにそれだけで一書をなすに値してしかるべきなのだ。

とある。

M：重味のある言葉ですね。

心象スケッチ「旭川。」という作品を読む読者たちが、自由に受け取ることが可能であり、実際には細部（ディテール）・些細なこと、取るに足らないように見えることに本質が現れる（表れる・顕れる・露（あらわ）れる）ことも多いのです。

何度読んでも、いつ読み返しても、その度に新しい何かが見えて来たりします。

謎ですぐにわからないことも長い時間をかけて探求し続ける積み重ねをしていくと少しずつわかってきます。諦めずに地道に研究していくと見えてくるもの・ことがあって新たな世界が開けてきます。新たな発見等は新たな疑問等を生み出すというように、わかったことも増えてきますが、わからないことも増えてきますけれども。

C：ユヴァル・ノア・ハラリ稿「第4部　科学革命」の「第14章　無知の発見と近代科学の成立」の中の「無知な人」の節の「a　進んで無知を認める意志。」（同著、柴田裕之（やすし）訳『サピエンス全史（下）――文明の構造と人類の幸福』河出書房新社、二〇一六年九月三十日初版発行、二〇一八年九月八日四十一刷発行、五九頁）に、

私たちが知っていると思っている事柄も、さらに知識を獲得するうちに、誤りであると判明する場合がありうる（中略）。いかなる概念も、考えも、説も、神聖不可侵ではなく、異議を差し挟む余地がある。

とある。

M：一言一句が次のとおりではないかもしれないし、出所データも違っているかもしれないけれども、確か、又吉直樹が、Eテレの「又吉直樹のヘウレーカ！」の最終回（二〇二一年三月二十四日（水）22：00〜22：43、当回のテーマは、「最終回スペシャル〜「なぜ」を愛していいですか？」）でだったと思うのですが、

だんだん、どれだけわかっていなかったか、わかるようになる。現時点ではこれくらいが正しいと思っているけれども、あとのワカラナイ状態を受け入れるということですね。「なぜ？」を大事にして、いろいろと調べてみますし、自分でも考えられるなら考えてみますけれども、解明できないから、わからないから面白いし、そうしているうちに、ちょっと分らなかったものが分りそうになってきて、ある時、「ひとつこれはわかった！」となる、みたいな方が面白いですよね。
気づきがキッカケで、ものの見方・考え方が変わってくることもありますしね。

というような主旨の発言をしていたと思うけれど、まさにそのとおりだ、と思います。
どこまでいっても果てのない探究です。ひとつの課題等を乗り越えたところで、そこからは視野が開

けて、さらに乗り越えるべき新たな課題等が見えるようになります。こうして、断片が積み重なって、実質の積み上げによって構成・構築されてゆく、この繰り返しです。

C：入沢康夫稿「後記」の中の「解説」（宮沢賢治著、宮沢清六・入沢康夫・天沢退二郎編『新修　宮沢賢治全集　第二巻　詩Ⅰ』前出書、三六〇頁）で、

賢治の《心象スケッチ》とは、その名称から安易に想像されるような、ある日ある時の現場のスケッチそのものではなく、また、それの幾分か形を整えられたものでもないこと、出発点には現場のスケッチがあったとしても、それが以後の時間の中で変転を重ねて行く、その一つ一つの断面としてわれわれの前にあるのだということ、この点を常に意識しつつ作品に接し、読者自身の「かけがえない今」という時点での心象風景を、一行一行と読み進むなかで、いわば作者賢治と協力する形でつむぎ出すこと、これがおそらく「真に賢治を読む」ための唯一の道筋なのだ。

としている（傍点は原文）。

M：読む側が成長すれば成長しただけの像(すがた)をみせてくれる。それが、宮澤の作品の魅力であり、これだけ永く、また、様々な分野・角度からの研究があり続けられる理由なのでしょうね。

本討論会は、宮澤賢治の世界のあまたある謎・魅力のほんの一部分だけを調べて考えたに過ぎません。少しずつ考え続けた結晶のかけらが集まって現在の本稿が出来上がっております。微力を寄せ集めて注

力し、後世のために記録を残しておくことで、後世への贈り物（ギフト）と成して、未来に襷（バトン）をつなげることで時空を超えていけたら、と念じております。

宮澤賢治の研究は、世界・宇宙を観ることができる開かれた窓であるとも言えます。〝真実〟は小さくとも成長してゆき、本当のものが生まれて来ます。本質を見極める、探求する心を大切にしたいものです。宮澤賢治研究を通じた様々な研究成果の積み重ねによって必ずこの世界・宇宙がより見えてくる、と信じています。

C：ユヴァル・ノア・ハラリ稿「第3部　人類の統一」の「第13章　歴史の必然と謎めいた選択」の中の「1　後知恵の誤謬」の節（同著、柴田裕之訳『サピエンス全史（下）――文明の構造と人類の幸福』前出書、四八頁）で、

歴史を研究するのは、未来を知るためではなく、視野を拡げ、現在の私たちの状況は自然なものでも必然的なものでもなく、したがって私たちの前には、想像しているよりもずっと多くの可能性があることを理解するためなのだ。たとえば、ヨーロッパ人がどのようにアフリカ人を支配するに至ったかを研究すれば、人種的なヒエラルキーは自然なものでも必然的なものでもなく、世の中は違う形で構成しうると、気づくことができる。

としている。

M：なるほど、そうすると、我々は何故宮澤賢治を研究するのか、という問いに対するひとつの答えとすべく敷衍してみると、

宮澤賢治研究によ（依・拠・因・由）って、〈視野を拡げ〉、〈私たちの前には、想像しているよりもずっと多くの可能性があることを理解する〉過程を通して、宇宙に包摂されて在るこの時空に〈世の中は違う形で構成しうると、気づくことができる〉ため。

とも言えそうですね。

地道にひとつひとつ「もの・こと」を探求して、更に一層深めておく必要があります。ここまでに検討してきたこれらを考える意義というのは、これから人類が目指す世界を開くための何かしらの鍵（ヒント）になる、とも思うからです。

考えて考えて言葉に表わしておくことで、**常に探求してゆく豊かさ**を持ち続ける。アップデートし続けてゆくのです。

必要になる言葉かどうかわからないけれども、言葉たちを標本的に収蔵しておく場合もあります。将来わかるかもしれない可能性を残しておくのです。この世界・宇宙を少しでもわかりたいと思うけれども、簡単ではありません。「諦めず（手放さず）ゆっくり（急がず）たゆまず（怠らず）」に、常にわからないまま、なんとか少しでも、できるだけ少しでもなんとかしてゆくのです。そうして次の世代にわたれば良いと思っています。

将来に希望を持てる世界が幸せな世界、将来に希望を持っている人が幸せな人、であろうと考えます。

宮澤賢治の世界には、我々はどういう世界に住みたいか、よりよい世界の構築という普遍的真理を考える手掛かりが多く含まれていると思うのです。

＊

最後に、本討論会のとりまとめのひとつとして、宮澤賢治作、心象スケッチ作品「旭川。」に総ルビを施して、音読や朗読などの際のテキストとして提示しておくことにしましょう（太字は検討を要した読み方等です）。

旭川。

植民地風のこんな小馬車に
朝はやくひとり**乗る**ことのたのしさ
「農事試験**場**まで行って下さい。」
「六條の十三丁目だ。」
馬の鈴は鳴り馭者は口を鳴らす。
黒布はゆれるしまるで十月の風だ。
一列**馬**をひく騎馬従卒のむれ、
この偶然の馬はハックニー
たてがみは火のやうにゆれる。
馬車の震動のこころよさ

この**黒布**はすべり過ぎた。
もっと引かないといけない
こんな小さな敏**渉**な馬を
朝早くから**私**は町をかけさす
それは必ず無上菩提にいたる
六條にいま曲れば
おゝ**落葉松**　**落葉松**　それから青く顫えるポプルス
この**辺**に來て大へん立派にやってゐる
殖民地風の官舎の一ならびや**旭川**中學校
馬車の屋根は**黄**と赤の縞で
もうほんたうにジプシイらしく
こんな小馬車を
誰がほしくないと云はうか。
乘馬の人が二人來る
そらが冷たく白いのに
この人は白い歯をむいて笑ってゐる。
バビロン柳、おほばことつめくさ。
みんなつめたい朝の露にみちてゐる。

【附記】本書のスタンス等について

本書は、ひとことにまとめて言ってみますと、「作品の実証的研究による伝記的な謎の探求」という部類になろうかと思われますが、その目的としては、三つあります。

第一に、心象スケッチ「旭川。」に関する疑問点・問題点・課題等を、**各種の多様な情報源からも援用等させていただきながら可能な限り多く掘り起こし、提起しておく**ことです。たとえ一片の語・句等であっても、その中にも万古の秘匿が蔵されてある場合が少なくありません。調べてわかったこと、わからなかったことをそのまま記しておいて、後世に受け継ぎ渡す。そうしておくことで、必要なときにそれらを確認・検証・再検討等すればよいことになります。

論料というものは、使っても無くならないので、共有することによって価値を高めることができます。その論料を使うことによって世界が開けてくる場合もあるのです。

第二に、ひとつひとつの案件について調べ挙げて、奥深くまで踏み込んで読み抜くことができているように、時には虫の目で、また、時には鳥の目で観るようにして、文字等で定着を図り、そうした中で解釈できるものは示しておき、仮説として提示できるものは提示しておき、現時点では解釈困難なものはそのまま掲げ置いておくこととします。

心象スケッチ作品という見えるものも見えないものも〝記録〟として残っているのを、この作品の意味するところを読み解き、解き明かし、そこから得られた知識・見識等を現在や将来に活かしていけるものを活かしていく。人間世界の状況の機微は昔でも今でも日常・非日常で起こりつながっています。こうして、人類は作品としての〝記録〟を後世のために残し続けています。これらの研究を軽視すると人類は大事な〝記憶〟を失うことになるのです。

第三は、その世界の開き方の試みです。通常の論文形式ではなく、会話体を採ったのは、この方が目的を達成しやすいと思われたからです。事実にある程度基づきながらもフィクションという討論会の場を設定し、そこでの会話体という幅と深さを自由に持たせられる文体・形式を採ることで、論文形式では拾えないところ・地点まで問題点、疑問点や、イメージ、アイディア、ひらめき、意見、解釈等をできるだけ多く挙げて提起しておき、その上で解釈できるところは解釈しておき、解釈できないところはのちのためにそのまま提示しておくことで、今後の発想の手掛かり、足場、足がかり、ヒントとなり、ここから何かが少しずつでも開けてくる、みえてくることを期待して記録しておくものです。いわば、無手勝流であり、いつ何時どこででも、検討課題等の自由提起以外に、横道にも縦道にも斜め道にも勝手に入り、寄れるように。

できうれば、仮想・虚構の会話の形を借りているけれども、論文として成立する（している）という地点を目指してもいます。これは、いわば、内在的要求がこのような自由さに富んだ形を選んだ、とも言えるものです。そういうことからでは、ある意味本書の形式を編み出した方法論は稿自身の内的要求・内的必然から生まれたことになります（その一例として、「C」とある会話者は、元は註です。いろいろと試みた結果、最終的に註が人格化して立ち現われてきたものです。）。

本書は、心象スケッチ作品「旭川。」の解読を深めていくための〝標本集〟である、というつもりで読んでいただければわかりいいように思います。「標本群」を成すよう集め、展示しているとも言えましょう。これらの標本たちがおしゃべりをして、研究に続き、新たな成果や問題点の発掘など多くの研究者や愛好家に役立つといいのですが。

今後も、「標本」の収蔵は続いていくでしょう。幸いこの収蔵庫の収蔵・保管能力に、今のところ限界はみられません。これらの標本たちが語り出すことで、これらが証拠となり、新たな報告ができる日を、との思いを、この一群の資料標本に集約しておきたいのです。そうして、**文化遺伝子**という資源を大切に継承する〝仕事〟を進めていきたいと思っております。

本として出版することは、〝集合的記憶の中に永遠に生き続ける〟手段のひとつとして意味づけることが可能でありましょう。

本書に「宮澤賢治と旭川」について調べる際のツールのひとつとしての意味合いを持たせられたら、とも思っております。

追求・探求が果てるということはなく、研究が進めば進むほど新しい探索事項等が生まれ、行く手はさらに遠く続いて果てしない道であります。

探求心に終わりはないのです。

【追録1】

宮澤賢治作《心象スケッチ作品「旭川。」関連》主要参考文献目録　【テキスト篇】

（二〇二一年七月九日作成現在）

生前

01　宮澤賢治作「柳沢」

執筆年月　大正六（一九一七）年十月下旬（あるいは中旬）の岩手山登山体験に基づく。初稿の執筆は大正九（一九二〇）年九月か。現存草稿の執筆は大正一一（一九二二）年頃か。

所見典拠　現存草稿（未見）

コメント　新校本全集 別巻の各種索引によると、宮澤がその生涯の中で原稿に「旭川」と書いて今に残っている箇所は全部で三か所である。

まずは作品「旭川。」で二か所。題名の「旭川」と作品中の「旭川中学校」。残りのあと一か所が「柳沢」の作品中に、〈ふん、あいつはあの首に鬱金を巻きつけた旭川の兵隊上りだな、騎兵だから射的はまづい、それだから大丈夫外れ弾丸は来ない、といふのは変な理窟だ。〉と登場してくる。なお、同作品中に、〈力いっぱい声かぎり、夜風はいのりを運び去りはるかにはるかにオホツクの黒い波間を越えて行く。〉と「オホーツク」もみえる。

榊昌子氏は〈「柳沢」で役人の部屋へ自家製の葡萄酒を持参した男は、「首に鬱金を巻きつけた旭川の兵隊上り」であった。〉〈岩手山麓で、モデルとなった人物との邂逅が現実にあったのではないかと思われる。〉、さらに、〈東京からやってきた帝室林野局の役人二人が、現地の案内人兼助手として、「寅松」という鬱金のきれを首に巻いた男を雇う。〉としている（同著『宮沢賢治「初期短篇綴」の世界』無明舎出版、二〇〇〇年六月三十日初版発行、一五五～一五七及び一六五頁より）。

〈鬱金〉のモチーフに〝旭川〟のイメージが幾分なりとも引っ付いているのだとしたら、〈欝金しやっぽ〉、〈うこんざくら〉、〈欝金のダリヤ〉等にもそうだろうと考えられる。また、〈葡萄酒〉、〈山葡萄〉、〈密造〉、〈兵隊上り〉、〈騎兵〉等と〝旭川〟のイメージが頭の中の片隅で若干なりとも重なりがあった可能性がある。

02　宮澤賢治作「旭川。」

取材・発想日付　大正一二（一九二三）年八月二日（体験して想を得た日をその作品の日付とする場合の推定日付）

執筆年月　大正一二（一九二三）年八月二日に旭川を訪れた実体験に基づき創作した作品である。初稿の執筆は大正一二（一九二三）年八月か。幾度も手入れ稿・手直し稿があったか。現存草稿の執筆は大正一二（一九二三）年九月から大正一三（一九二四）年一月の間か。

所見典拠　現存草稿（複写所見）

コメント　この直筆原稿にすべてがあると言って過言ではないような気がしている。

現存していることは奇跡と言ってよいと思う。

破棄しないで残してくれた宮澤賢治。宮澤清六さまはじめ、長い間、火災や劣化等から原稿を保存・維持して守っていてくださる方々に感謝致します。

03　宮澤賢治作「谷。」
執筆年月　現存草稿の執筆は大正一二（一九二三）年か。
所見典拠　現存草稿（未見）
コメント　〈馬番の理助が〔?→①削〕鬱金の切れを首に巻いて〉とあり、また、〈次の春理助は［兵隊にとら→①削］北海道の牧場へ行ってしまひました。〉とある。
　榊昌子氏は〈ここに描かれた理助の人物像は、「柳沢」の「首に鬱金を巻きつけた旭川の兵隊上り」と重なってくる。〉〈やはりモデルとなった人物の存在が想定されよう。〉としている（同著『宮沢賢治「初期短篇綴」の世界』無明舎出版、二〇〇〇年六月三十日初版発行、一七二頁より）。
　〈鬱金〉のモチーフに〝旭川〟のイメージが引っ付いている可能性がある。

04　宮澤賢治作「三三〇　〔うとうとするとひやりとくる〕」
自筆（取材・発想）日付け　大正一三（一九二四）年十月二十六日
収録書　宮澤賢治著『心象スケッチ　春と修羅　第二集　大正十三年　大正十四年』（生前未刊行）
所見典拠　現存草稿（未見）
コメント　〈一九二四・一〇・廿六・〉の日付を持つ下書稿（三）の段階の「三三〇　霜林幻想」に〈……［真綿をつ、むうこん→削］うこんのきれをの［に→ど］に巻［きける→くらん］〉とある。
　〈うこん〉のモチーフに〝旭川〟のイメージが引っ付いている可能性がある。

05　宮澤賢治作「三三〇　〔うとうとするとひやりとくる〕」
自筆（取材・発想）日付け　大正一三（一九二四）年十月二十六日
収録書　宮澤賢治著『心象スケッチ　春と修羅　第二集　大正十三年　大正十四年』（生前未刊行）
所見典拠　現存草稿（未見）

コメント　〈一九二四・一〇・二六・〉の日付を持つ下書稿（五）の段階の「三三〇　　」に〈(酋松とてもやりますよ／首にはうこんのきれなどを巻いて)〉とあり、〈『(ナ)→①〔〕首には『(ナ)→①きりっと』うこん『のきれなど→①を』巻いて〉と手入れがなされている。〈うこん〉のモチーフに〝旭川〟のイメージが引っ付いている可能性がある。

06　宮澤賢治作「秘境」
所見典拠　現存草稿（未見）
コメント　文語詩未定稿の「秘境」の下書稿（一）に〈欝金をばきと結ひしめて〉、〈欝金をばきと結ひ直し〉とある。さらに、下書稿（二）では〈漢子　首巾をきと結ひて〉、〈首巾をやゝにゆるめつゝ〉とあり、後者に〈首巾をやゝに［ゆるめつゝ→めぐらしつ］〉と手入れがなされている。〈欝金〉のモチーフに〝旭川〟のイメージが引っ付いている可能性がある。
なお、本作品は、童話「谷」の関連作品とされている。

没後

07　宮澤賢治作「旭川」
作品日付け　「目次」で〈制作年月日〉を〈(一二、八、二)〉と明記してある。
収録書　宮澤賢治著、高村光太郎・宮澤清六・藤原嘉藤治・草野心平・横光利一編『宮澤賢治全集　第一巻「詩」』文圃堂書店、一九四〜一九五頁
発行年月日　昭和一〇年七月二十日印刷、昭和一〇年七月二十五日發行
所見典拠　初版未見（国立国会図書館デジタルコレクションからの初版複写所見）
コメント　①心象スケッチ作品「旭川。」が活字化された最初である。没後最初の全集で八〇〇部発刊。

②「覚え書」に、〈作品の配列は創作年月順に拠つてゐる〉、（「旭川」の題目に☆印があり）〈題目に☆印のあるは、当然既刊第一集中に輯録さるべき年代の作であるが、未定稿のまま遺されてゐたもので、今回新たにそれら数篇を入れた。〉、〈難解な語彙の解釈は「宮澤賢治研究」に掲載されることになつてゐる。〉（旧字体を新字体とした）とある。
③「目次」で、「旭川」の〈制作年月日〉を〈（一二、八、二）〉と明記してある。
④「オホーツク挽歌」という章立てがないけれども、「旭川」が「青森挽歌」から「噴火湾（ノクターン）」までの一連の中の一作となって並んでいるのは壮観である。
⑤「落葉松」二か所に直筆原稿では無い「ラリツクス」というルビが振られており、こんな最初期にこの読みと判断していることは驚きである。この作品唯一のフリガナは編輯者（高村光太郎、宮澤清六、藤原嘉藤治、草野心平、横光利一）のどなたかか、合議、あるいは出版社サイドの誰かによるものであろうか。
⑥句読点は全て省かれている。
⑦「無上菩提」が「無土菩提」となっている誤記、「一ならびや」の「や」の脱字、「朝はやく」とあるところを「朝早く」に、促音表示を大文字に、「こころよさ」を「こゝろよさ」に、「おゝ」を「おゝ」に、「云はうか」を「言はうか」にしたり、旧字体と新字体の微妙な使い分けなどに関して、表記等を変更している部分がみられる。
⑧本文一三行目「敏渉」とあるのを「敏捷」に校訂している。

08　宮澤賢治作「旭川」
作品日付け　「目次」で〈制作年月日〉を〈（一二、八、二）〉と明記してある。
収録書　宮澤賢治著、高村光太郎・中島健藏・宮澤清六・藤原嘉藤治・草野心平・谷川徹三・横光利一編『宮澤賢治全集　第一巻（詩集乾巻）』（校訂版、並製本）十字屋書店、二〇三〜二〇四頁
発行年月日　昭和一五年一月五日第一版發行、昭和二四年十一月二十日第三版發行

所見典拠　初版未見〈並製本、第三版所見〉
コメント　①心象スケッチ作品「旭川。」が初めて活字化された文圃堂版全集に次いで二番目に古い書物である。文圃堂版全集の紙型が十字屋書店に譲渡され、この紙型を用いて踏襲しており基本的には同じ内容である。最後の第三版が憑拠の基準になっていると思われる。
②「覚え書」に、〈作品の配列は創作年月順に拠つてる〉、〈「旭川」の標題に☆印があり〉〈標題に★印のあるは、当然既刊第一集中に輯録さるべき年代の作であるが、未定稿のまゝ遺されてゐたもので、今回新たにそれら数篇を入れた。〉、〈本巻は昭和十年七月発行の初版を元として、今回十字屋書店から校訂版を刊行するに当り、誤植の訂正脱字の追補、振仮名の整理等完璧を期した。〉、〈本巻の随所に散見する難解な用語の註解は出来得る限り整備して、附録として巻末に補輯してある。〉（旧字体を新字体とした）とある。
③「目次」で、「旭川」の〈制作年月日〉を〈（一二、八、二）〉と明記してある。
④「オホーツク挽歌」と章立てされており、「旭川」が「青森挽歌」から「噴火湾（ノクターン）」までの一連の中の一作となって並んでいるのは壮観である。
⑤「落葉松」二か所に「ラリツクス」とルビが振られている。
⑥句読点は全て省かれている。
⑦「無上菩提」が「無土菩提」となっていた誤記、「一ならびや」の「や」の脱字は訂正されている。
⑧「朝はやく」とあるところを「朝早く」に、促音表示を大文字に、「お、」を「お、」に、「顫える」を「顫へる」に、「云はうか」を「言はうか」にしたり、旧字体と新字体の微妙な使い分けなどに関して、表記等を変更している部分がみられる。
⑨本文１３行目「敏渉」とあるのを「敏捷」に校訂している。

09　宮澤賢治作「旭川」
作品日付け「目次」で〈制作年月日〉を〈（一二、八、二）〉と明記してある。

収録書　宮澤賢治著、高村光太郎・宮澤清六編
『組合版・宮澤賢治文庫　第二冊』（日本讀書組合藏版）日本讀書購買利用組合
発行年月日　昭和二二年十二月二十日印刷、昭和二二年十二月二十五日發行、二〇九～二一一頁
所見典拠　初版所見
コメント　①奥付に〈初版五〇〇〇部〉とある。
②「おぼえ書」に、〈文庫版の本文は現在最善と思はれるテキストに拠つた。宮澤賢治慣用の文字、かな使ひなどはむろんそのままにしたし、既刊本等に発見せられた誤写、誤植なども出来るだけ訂正したし、又適当な所に遺稿をも追加収録する事にした。〉、〈既刊全集本に附録として添えられてゐる語註は惜しいが削除した。〉、〈既刊本にある本文中の★印は全部削除した。此処に書かれたものは、著者生前に於ける選択取捨の如何に拘はらず、結局一様に宮澤賢治が書いた作品に外ならないといふ見地に本づいての事である。〉（一一～一二頁より。旧字体を新字体とした）とある。
③「目次」で、「旭川」の〈制作年月日〉を〈（一二、八、二）〉と明記してある。
④「オホーツク挽歌」と章立てされており、「旭川」が「青森挽歌」から「噴火湾（ノクターン）」までの一連の中の一作となって並んでいるのは壮観である。
⑤「落葉松」二か所に「ラリツクス」とルビが振られている。
⑥句読点は全て省かれている。
⑦「朝はやく」とあるところを「朝早く」に、促音表示を大文字に、「お、」を「おゝ」に、「顫える」を「顫へる」に、「殖民」を『植民」に、「云はうか」を「言はうか」にしたり、旧字体と新字体の微妙な使い分けなどに関して、表記等を変更している部分がみられる。
⑧本文一三行目「敏渉」とあるのを「敏捷」に校訂している。

10　宮澤賢治作「旭川」
作品日付け　年月日表示はない。
収録書　宮澤賢治著『春と修羅・手帖より　―現代日本名作選―』筑摩書房　一〇五頁上段～同下段
発行年月日　昭和二八年三月一日印刷、昭和二八年三月五日發行
所見典拠　初版所見
コメント「旭川。」が単行本に収載された最初である、かと思われる。
「旭川。」が、『心象スケッチ　春と修羅　第一集』の中のひとつとして収載されている。
おそらくは、昭和二一年十二月二十五日發行の『組合版・宮澤賢治文庫　第二冊』（日本讀書組合藏版）を踏襲したものであろう。「オホーツク挽歌」と章立てされて、「旭川」が「青森挽歌」から「噴火湾（ノクターン）」までの一連の中の一作として並んでいる。

11　宮澤賢治作「旭川」
作品日付け　作品末の年月日表示がない。
収録書　宮澤賢治著（宮澤清六・海老沢利彦編）※編者名の明記なし。
『宮澤賢治全集　第二巻』筑摩書房、二六九～二七一頁
発行年月日　昭和三一年六月二十日發行
所見典拠　初版所見
コメント　①「後記」に、〈「春と修羅」第一集の編集は、宮澤家に現存している著者加筆の初版本「春と修羅」（大正十三年四月二十日、自費により出版された）と、最近発見された原稿とによった。〉（三八三頁より。旧字体を新字体とした）とある。
②「春と修羅　第一集補遺」という括り扱いとなり、その中の作品のひとつとされている。
③「落葉松」二か所に「ラリックス」とルビが振られなくなった。

④句読点は全て省かれている。
⑤「お、」とあるのを「おお」に「顫える」とあるのを「顫へる」にしたり、旧字体と新字体の微妙な使い分けなどに関して、表記等を変更している部分がみられる。
⑥本文一三行目「敏渉」とあるのを「敏捷」に校訂している。

12　宮澤賢治作「旭川」
作品日付け　作品末の年月日表示がない。
収録書　宮澤賢治著（編者名の明記なし）『宮澤賢治全集　第2巻』筑摩書房、二六九〜二七一頁
発行年月日　昭和四二年八月二十五日初版第一刷發行、昭和四二年十月十日初版第二刷發行
所見典拠　初版未見（初版第二刷所見）
コメント　①筑摩書房三一年版全集の増補改訂版。
②「後記」に、〈第一集は、著者の生前に刊行された唯一の詩集である大正十三年（一九二四）四月二十日発行の初版本「春と修羅」にあたるが、本巻では、死後に発見された原稿並びに二冊の訂正本（初版本に著者が書き入れをしたもので、昭和三十一年版の本全集編纂の際に校合された宮澤家にあった訂正本と、その後盛岡市で発見された訂正本との二冊がある。二冊の訂正箇所は不同である）と照合して、新たに校訂した。〉（三八三頁より。旧字体を新字体とした）とある。
③「春と修羅　第一集補遺」という括り扱いの中の作品のひとつとされている。
④「落葉松」二か所に「ラリックス」とルビが振られていない。
⑤句読点は全て省かれている。
⑥「お、」とあるのを「おお」に「顫える」とあるのを「顫へる」にしたり、旧字体と新字体の微妙な使い分けなどに関して、表記等を変更している部分がみられる。
⑦本文一三行目「敏渉」とあるのを「敏捷」に校訂している。

13　宮澤賢治作「旭川」

作品日付け　年月日表示はない。（以降、同様）

収録書　宮澤賢治著、宮澤清六・天澤退二郎・猪口弘之・入澤康夫・奥田弘・小澤俊郎・堀尾青史・森荘已池編纂

『校本　宮澤賢治全集　第二巻』筑摩書房、二四六〜二四七頁（校異は四〇一頁上段）

発行年月日　昭和四八年七月十五日初版発行、昭和五三年一月三十日初版八刷発行

所見典拠　初版未見（初版八刷所見）

コメント　①テキストクリティークにおいて画期的な全集である。

②「凡例」に、〈六、本文表記については、原則として原稿・原文通りとする。したがって、同一作品中に異なる用字仮名遣い等が残る場合もある。ただし／(1)漢字は、作者自身が正字略字を混用しているが、特殊な場合をのぞき、当用漢字字体のあるものは当用漢字字体に統一する。／(2)明白な誤記・誤植・脱字・衍字は改め、それぞれ「校異」の《校訂》欄に註記する。（一般的な用字と異るものでも、作者が常用しており、誤記と言えないものは改めない）。〉（P xviより）、〈十、この巻（第二巻）には、著者が生前に刊行した唯一の詩集である『春と修羅』全篇を収め、さらにこれと同時期（大正十一〜十二年）の日付けをもつ草稿作品を「『春と修羅』補遺」として併収する。〉（P xviiより）とある。

③「『春と修羅』補遺」九篇の作品の中のひとつとされている。

④「落葉松」二か所に「ラリツクス」とルビが振られていない。

⑤句読点は、題名の句点以外は、直筆原稿どおりとなっており、省かれていない。

⑥表記は、旧字体を新字体に変更している。

⑦本文一三行目「敏渉」とあるのを「敏捷」に校訂せず「敏渉」のママとしている（校異で直筆原稿にみられる「渉」の文字の右横にある小さな〇印に関して触れていない）。

14　宮沢賢治作「旭川」
収録書　宮沢賢治著、宮沢清六・入沢康夫・天沢退二郎編
『新修　宮沢賢治全集　第二巻　詩Ⅰ』筑摩書房、二九四〜二九六頁
発行年月日　一九七九年六月十五日初版第一刷発行
所見典拠　初版所見
コメント　①校本版全集を一般読者向けに編集。
②「凡例」はない。
③「『春と修羅』補遺」九篇の作品の中のひとつとされている。
④「落葉松」二か所に「ラリツクス」とルビが振られていない。
⑤句読点は、題名の句点以外は、直筆原稿どおりとなっており、省かれていない。
⑥表記は、旧字体を新字体に変更している。
⑦本文一三行目「敏渉」とあるのを「敏捷」に校訂している（直筆原稿にみられる「渉」の文字の右横にある小さな○印に関して触れていない）。本文一七行目「顫える」とあるのを「顫へる」に校訂している。

15　宮沢賢治作「旭川」
収録書　宮沢賢治著（編者名の明記なし）『ザ・賢治　―宮沢賢治全一冊―』第三書館、四〇三頁下段
発行年月日　一九八五年三月一日初版発行
所見典拠　初版所見
コメント　帯に、〈宮沢賢治宇宙の全体像がコムパクトな一冊に凝結!!〉、〈気易読める宮沢賢治一冊全集!!〉、〈童話と詩と散文集大成６００余篇〉とある。
縦長リーフレットの「第三書館の本　第三世界とヤングカルチュア」（第三書館、一九八四・十二）に、

〈宮沢賢治の詩と童話を網羅してファンに贈る待望の一冊！　原文に忠実な旧かな表記で宮沢賢治文学の世界を再現〉とある。

底本の明示がない。

句読点は全て省かれていて、〈落葉松〉に〈ラリックス〉とルビがあり、「無上菩提」が〈無土菩提〉と誤記されていること等で、何を底本としたかを推測させ、悪い意味で驚きである。

広く読まれるであろう普及版だけに、本文を見識と根拠をもって決定した上で出版してほしいと思う。

16　宮沢賢治作「旭川」

収録書　宮沢賢治著、天沢退二郎・入沢康夫・宮沢清六編『ちくま文庫　宮沢賢治全集Ⅰ　『春と修羅』『春と修羅』補遺　「春と修羅　第二集」』筑摩書房、二六七～二六八頁

発行年月日　一九八六年二月二十六日第一刷発行

所見典拠　初版所見

コメント　①新修版全集をもとに編集。宮沢賢治の全作品を収録した文庫版全集。

②「凡例」はない。

③「『春と修羅』補遺」九篇の作品の中のひとつとされている。

④「落葉松」二か所に「ラリックス」とルビが振られていない。

⑤句読点は、題名の句点以外は、直筆原稿どおりとなっており、省かれていない。

⑥表記は、旧字体を新字体に変更している。

⑦本文一三行目「敏渉」とあるのを「敏捷」に校訂している（直筆原稿にみられる「渉」の文字の右横にある小さな〇印に関して触れていない）。本文一七行目「顫える」とあるのを「顫へる」に校訂している。

17　宮沢賢治作「旭川」

収録書　宮沢賢治著、宮沢清六・天沢退二郎・入沢康夫・奥田弘・栗原敦・杉浦静編纂

『【新】校本宮澤賢治全集　第二巻　詩［Ⅰ］本文篇』筑摩書房、四六二～四六四頁

発行年月日　一九九五年七月二十五日初版第一刷発行

所見典拠　初版所見

コメント　①「凡例」に、〈四、(1)（前略）日付け等から初版本所収詩篇と同時期の作品と判断されるものを、同詩集の「補遺」として収める。〉（Pxixより）、〈六、本文表記については、原則として草稿・原文通りとする。したがって、同一作品中に異なる用字・仮名遣い等が残る場合もある。ただし、／(1)漢字は、作者自身が正字・俗字を混用しているが、意図的な使い分けなど特殊な場合をのぞき、常用漢字字体（人名用漢字を含む）のあるものはそれに統一する。／(2)明白な誤記・誤植・脱字・冗字は改め、それぞれ分冊「校異」篇末尾の「校訂一覧」に注記する。〉（Pxxiより）、〈八、（前略）童話題名の末尾に草稿では句点が付されているものは、本文では句点をはずすことにしたが、この校訂はいちいち断らない。／詩の題名については、同様に不明あるいは無題の場合、便宜上第一行を〔　〕で括ったものを以て、題名の代用とする。この場合も第一行末尾に句点が付されているものは、代用題名から句点をはずすことにした。〉（Pxxiiiより）、〈十、(3)詩集『春と修羅』と同じ時期（大正十一～十二年）の日付けをもつ草稿作品を「『春と修羅』補遺」として併収する。〉（Pxxiiiより）とある。

②「『春と修羅』補遺」十篇の作品の中のひとつとされている。

③「落葉松」二か所に「ラリツクス」とルビが振られていない。

④句読点は、題名を「旭川」としている（句点がない）以外は、直筆原稿どおりとなっており、省かれていない。

⑤表記は、旧字体を新字体に、「お、」を「おゝ」に変更している。

⑥本文一三行目「敏渉」とあるのを「敏捷」に校訂せず「敏渉」のママにしている（校異で直筆原稿にみら

れる「渉」の文字の右横にある小さな○印に関して触れていない）。

18　「『春と修羅』補遺」の中の「旭川」の項

収録書　宮沢賢治著、宮沢清六・天沢退二郎・入沢康夫・奥田弘・栗原敦・杉浦静編纂
『【新】校本宮澤賢治全集　第二巻　詩［Ⅰ］校異篇』筑摩書房、二〇〇頁下段～二〇一頁上段
発行年月日　一九九五年七月二十五日初版第一刷発行
所見典拠　初版所見
コメント　①「『春と修羅』補遺」の章に、〈ここに収める詩篇の本文・異文についての資料は、いずれも自筆草稿（清書後手入稿）のみ〉とあり、「旭川。」の草稿は〈セピア罫「丸善特製　二」六百字詰原稿用紙に、ブルーブラックインクで、清書したものであるが、頁ノンブルがなく、題名の書き方等も詩集印刷用原稿とは異なるもの。〉で、〈「津軽海峡」→「駒ヶ岳」→「旭川」は、それぞれ作品毎に紙を変えずに続けて清書している。また、「青森挽歌　三」以下の五篇の題名の第一形態は、各篇第1行のすぐ前の行に、〈（　）ではさんで記されている。〉（一八九頁上段～同下段より）とある。
②同章の中の「旭川」の項では、〈現存稿は、清書後手入稿、一。生前発表なし。〉とあり、〈「丸善特製　二」原稿用紙のおもてマス目に青っぽいブルーブラックインクで清書したもの、二枚。〉〈推敲は、濃いブルーブラックインクによる題名の書き直しのみ。／題名（最初、二字下ゲで「〈（　旭川。）〉」と書かれたのを、濃いインクで消してその下のマス目に　旭川。　と書き直している）〉（二〇〇頁下段より）とある。
③「校訂一覧」の凡例には、〈旧字俗字等の常用漢字字体への校訂。〉、〈作者常用の特殊な字体の、標準字体への校訂。〉は〈いちいち示さない。〉（二〇三～二〇四頁より）としており、前者は全体的に、後者は「乗」「場」「顛」「派」が該当していると思われる。なお、一覧には「旭川」の項は無い。

19　宮沢賢治作「旭川」
収録書　宮沢賢治著（編者名の明記なし）『グラスレス　眼鏡無用　大活字版　ザ・賢治　全小説全一冊』
第三書館　七六一頁上段～七六二頁上段
発行年月日　二〇〇七年一月一日初版発行
所見典拠　初版所見
コメント　帯に、〈宮沢賢治宇宙の全体像がコムパクトな一冊に凝縮!!〉、〈宮沢賢治一冊全集〉、〈童話と詩の賢治集大成700余篇〉とある。
　底本の明示がない。
　一九八五年三月一日初版発行の旧版を大活字版に改版するに当たって、底本を変更したと考えられ、本文決定に改善がみられる。

20　宮澤賢治作「旭川」
収録書　宮澤賢治著『雨ニモマケズ　風ニモマケズ　――宮澤賢治詩集百選』
ミヤオビパブリッシング発行、宮帯出版社発売、八七頁上段～八八頁上段
発行年月日　二〇一一年十一月二十八日第一刷発行
所見典拠　初版所見
コメント　「旭川。」が、宮澤賢治作品の全集類にではなく、宮澤賢治の詩集などのアンソロジー類にでは、その多く（ほとんど）では収載されていない中において、選ばれて収載されているのは大変めずらしいと言っていいように思う。
　本書では、青森・北海道・樺太旅行での（一般に言う）詩作品のうち、「駒ヶ岳」と「樺太鉄道」が選ばれていない。

21　宮澤賢治作「旭川」
収録資料　松岡岳兆（まつおかがくちょう）符付、公益社団法人　日本詩吟学院　岳風会旭川支部、Ａ４　３枚
発行年月日　二〇一六年（推定）
所見典拠　初版所見
コメント　作品「旭川。」が、おそらくは、初めて詩吟用のテキストとして符付されたものと思われる。
〈一列馬をひく〉を「いちれつばをひく」、〈私〉を「わたし」、〈落葉松　落葉松〉を「からまつ　からまつ」、〈黄〉を「き」、「誰」を「たれ」と読んでいる。
「パビロン柳」とあるのは、〈バビロン柳〉の誤り。

22　宮澤賢治作「旭川」
収録カセット　松岡岳兆（まつおかがくちょう）符付、松谷岳苑（まつたにがくえん）吟詠、松田嗣敏録音
「詩吟「旭川。」（全文）」私家版、カセットテープ　六分八秒
収録年月日　二〇一六年五月二十七日（金）夜、旭川グランドホテル５Ｆ四季で録音
所見典拠　初版所見
コメント　旭川宮沢賢治研究会例会での録音。
作品「旭川。」が、おそらくは、初めて詩吟用のテキストとして符付されたものを本名：松谷隆子（多歌子）さんが吟詠。
〈一列馬をひく〉を「いちれつばをひく」、〈私〉を「わたし」、〈落葉松　落葉松〉を「からまつ　からまつ」、〈黄〉を「き」、「誰」を「たれ」と詠んでいる。
〈バビロン柳〉が、テキストでは「パビロン柳」となっているが、正しく「バビロン柳」と詠んでいる。
最終行を繰り返し詠じているのが心に染み入る思いがする。

23　宮澤賢治作「旭川」
収録ビデオ　松岡岳兆（まつおかがくちょう）符付、松谷岳苑（まつたにがくえん）吟詠、松田嗣敏録画
「詩吟「旭川。」（全文）」私家版、ミニデジタルビデオカセット　六分八秒
収録年月日　二〇一六年五月二十七日（金）夜、旭川グランドホテル5F四季で録画
所見典拠　初版所見
コメント　旭川宮沢賢治研究会例会での録画。
　作品「旭川。」が、おそらくは、初めて詩吟用のテキストとして符付されたものを本名：松谷隆子（多歌子）さんが吟詠。
〈一列馬をひく〉を「いられつばをひく」、〈私〉を「わたし」、〈落葉松　落葉松〉を「からまつ　からまつ」、〈黄〉を「き」、「誰」を「たれ」と詠んでいる。
〈バビロン柳〉が、テキストでは「パビロン柳」となっているが、正しく「バビロン柳」と詠んでいる。
最終行を繰り返し詠じているのが心に染み入る思いがする。

24　宮沢賢治作「旭川」
収録書　宮沢賢治著、天沢退二郎・入沢康夫監修、栗原敦・杉浦静編集委員、宮沢家編集協力
『宮沢賢治コレクション6　春と修羅――詩Ⅰ』筑摩書房、二八二～二八三頁
発行年月日　二〇一七年八月二十五日初版第一刷発行
所見典拠　初版所見
コメント　①新校本版全集を底本とした普及版全集。
②「凡例」に、〈本文は、〉〈現代仮名づかいに改めました。〉、〈本文中に使用されている旧字・正字について、常用漢字字体のあるものはそれに改めました。〉、〈常用漢字以外の漢字、宛字、作者独自の用法をしている漢字を中心として、読みにくいと思われる漢字には振り仮名をつけ、送りがなを補いました。〉（三六〇

頁より）とある。
③「『春と修羅』補遺」十篇の作品の中のひとつとされている。
④直筆原稿では皆無の振り仮名を適宜つけてあるが、「落葉松」二か所には「ラリックス」等の振り仮名をつけていない。
⑤句読点は、題名を「旭川」としている（句点がない）以外は、直筆原稿どおりとなっており、省かれていない。
⑥表記は、現代仮名づかいに改め、旧字・正字を常用漢字字体に改め、「お、」を「おお」に変更している。
⑦本文一三行目「敏渉」とあるのを「敏捷」に校訂している（直筆原稿にみられる「渉」の文字の右横にある小さな○印に関して触れられていない）。

25　宮沢賢治作「旭川」
収録CD　彩木香里・鈴木太二・美紗朗読、竹田恵子うた、伊藤寛武採譜、外山正構成・演出、栗原敦読み・解釈協力、宮澤和樹協力『宮沢賢治　心象スケッチ　春と修羅　完全版　朗読』CD6枚組、ものがたりグループ☆ポランの会、TTAO（株）外山正建築士事務所、DISC6の10
発行年月日　二〇二一年三月三十一日
所見典拠　初版所見
コメント　①テキスト底本は『宮沢賢治コレクション』筑摩書房
②「『春と修羅』補遺」という括りの中で「旭川」が収録されている。
③朗読は、鈴木太二氏で、2分08秒。
④「黒布」を「こくふ」と読む読みを採っている。
⑤「落葉松」は「ラリックス」と読んでいる。
⑥「黄」を「きい」でも「きぃ」でもなく、「き」と読んでいる。

【追録2】
関連拙稿の書誌情報（発表順）

①「宮澤賢治の旭川における足跡」
土佐啓一編「賢治研究　44」宮沢賢治研究会、昭和六十二年八月二十八日印刷、昭和六十二年八月三十日発行、四〇～五六頁

②「宮澤賢治の旭川における足跡　その後」
宮澤哲夫編「賢治研究　59」宮沢賢治研究会、平成四年十二月二十五日印刷、平成四年十二月三十日発行、一五～一九頁

③「旭川と宮澤賢治」
「北海道新聞　第一九三二一号（日刊）十六版　一九九六年（平成八年）六月六日（木曜日）28面全面広告」北海道新聞旭川支社

④「賢治へのメッセージ③」
「賢治へのメッセージ③」の中の一文、宮澤哲夫編「賢治研究　70　宮沢賢治生誕百年記念特別号」宮沢賢治研究会、平成八年八月二十五日印刷、平成八年八月二十七日発行、一六一頁下段

⑤「宮澤賢治は「イギリス海岸」をいつどこで書いたのか」
宮澤哲夫編「賢治研究　75」宮沢賢治研究会、平成十年四月二十五日印刷、平成十年四月三十日発行、二一頁下段～二二頁下段

⑥「宮澤賢治にとっての喩としての《北》」

宮澤哲夫編「賢治研究　79」宮沢賢治研究会、平成十一年八月二十五日印刷、平成十一年八月三十日発行、一～七頁

⑦「旭川と宮澤賢治」
宮沢賢治学会イーハトーブセンター編集委員会編「宮沢賢治学会イーハトーブセンター会報　第二十四号　うめばちそう」宮沢賢治学会イーハトーブセンター、二〇〇二（平成十四）年三月三十一日発行、三四頁

⑧「「宮澤賢治の樺太における足跡」をめぐる旅から」
サハリン平和の船　宮沢賢治紀行団編『宮沢賢治『オホーツク挽歌行』への　たどり』日ロ協会岩手県センター、二〇〇四（平成十六）年十二月十四日発行、九～一一頁

⑨「宮澤賢治作「旭川。」の碑建立　顛末私記」
大島丈志編「賢治研究　138」宮沢賢治研究会、令和元年七月三十一日発行、四六～四九頁

⑩「マリモの謎」
大島丈志編「賢治研究　141」宮沢賢治研究会、令和二年七月三十一日発行、二四～二六頁

⑪「おほばことつめくさ」
大島丈志編「賢治研究　147」宮沢賢治研究会、令和四年八月九日発行、三〇～三二頁

⑫「心象スケッチ「旭川。」における「落葉松」の読み方」
大島丈志編「賢治研究　148」宮沢賢治研究会、令和四年十一月三十日発行、七～八頁

あとがき

それはある幼稚園の運動会での出来事でありました。

青空のもと、徒競走の一組が今まさにスタートしようとしています。横一列に並んで待っている真ん中には、ダウン症の園児がいます。ピストルの音が鳴ってスタート。各園児の親御さんたちは自分の子が一等賞を目指すように大きな声援を懸命に送り続けています。ところが、子どもたちにもその声が聞こえているのでしょうけれども、一向に気にしている風でもなく、そのダウン症の子を横に見ながら一緒になるように並列をつくって走り続けます。そして、ほとんど全員同時にゴールへと雪崩れ込んでいきました。…………。

「ああ、全く子どもたちの方が正しいのではないか」と感動した実感を今でも忘れられないでいます。そうなのです。競走して（競走させて）、比較して（比較されて）、順位をつける（つけられる）実践がいかほどに大切だというのでしょうか。その時、比較すること・されることが嫌いだったとされる宮澤賢治の像（すがた）が脳裏に浮かんで来ました。

如何なる社会モデル・世界ビジョンを人類は持つべきなのであろう、と考える際に、精神の拠り所としてヒントのひとつになるような気が私はしています。

哲学、倫理、道徳、徳育等なんと称してもよいのですけれど、今、日本の社会づくりの基礎として、「天の思想」が必要とされているように私には思われています。「お天道様が見てるよ。」「お天道さんに見られていても恥ずかしくないようにね。」などと云った、あれ、であります。いかなるときでも、人として徳性を持つべきです。それには「天」の観念を要するのかもしれません。そうすれば、天意は民意を媒介して世界表現されます。

大澤真幸稿「まえがきに代えて　哲学と文学を横断すること」の中の「2　成功しない翻訳――日本語の書字体系について」（同著『思想のケミストリー』紀伊國屋書店、二〇〇五年八月一日第一刷発行、一二頁）に、

日本語の話者は、普遍性を保証する超越的な審級を、完全には内面化しえなかった（中略）。溝口雄三は、（中略）日本に中華帝国の制度や思想が輸入されたとき、その核となっていた要素である「天」の概念だけは導入されなかった（中略）と説明している（『公私』三省堂、一九九六年）。中国では、超越的な「天」との関係で、万民が相対化され、平等化されていたのだ。皇帝の支配は、まさにこの「天」との関係で正当化される。すなわち、皇帝は「天命」によって支配するのであり、中国にあっては、皇帝を超える超越性としての「天」が、支配の真の主宰者だったのである。ところが、日本には、「天皇」という語は導入されても、「天」は導入されなかった。

とあります。

この中国の〈「天」の概念〉（「天意（天の意志）」「天命」「天の声」「天運」「天理」「天の配剤」「天の計らい」「天の導き」「天の定め（ごと）」「天が定めた」「天が決めた」「天のみ知る」「天啓」「天恵」「天賦」「天分」「天性」「天質」「天資」「天才」「天稟」「天爵」「天授」「天から授けられる」「天より賜った」「天与の～」「天の御加護」「天佑」「天助」「天の助け」「天の救い」「天が味方してくれた」「天に誓って」「天に通じる」「思いが天に届いた」「天が許す」「天に祈る」「天に任せる」「天に委ねる」「天の時」「天象」「天網」「天知る」「天罰が下る」「天罪」「天誅が下る」「天が許さない」「天の怒り」「天に見放された」「天寿」「天に召される」「天の神」「天神」「天にいる母」「天を仰ぐ」「天は～」「天からの～」「天上界」「天上世界」「天の世界」「天の空間」「天国」「天界」「天王」「天人」「天女」「天使」「天魔」「天道」「天空」「天上」「天下」「天子」「天職」等）と、「お天道様がみているよ」、さらには、「仏様にみられている」や「一神教の神様・多神教の神々がみている」「閻魔大王にみられている」などが、宮澤賢治の言う「**宇宙意志**」**とみんなつながっている**ように私には思えるのです。この「宇宙意志」は宮澤賢治の世界観・宇宙観の中核を成しているひとつと措定できます。私たちはもちろん、見えるものも見えないものもすべての存在は、「宇宙意志」という大いなる存在、大きな何かの一部なのではないか、と私には思われてくるのです。

この世の中を生きる価値とは、お金持ちになるとか、他人よりたくさんの財産を持つとか、高い社会的地位に就くとか、より強い権力を持つとか、より広い権限を手にするとか、というような何かを手に入れたり、勝ち取るだけなのとは違うのではないでしょうか。

大澤真幸稿「なぜウクライナに加担するか　欧州の葛藤に外部の力」（「北海道新聞　第二八五一五号（日刊）十六版　二〇二二年（令和四年）四月二十八日（木曜日）六面　各自核論」北海道新聞社）で、本質を鮮やかに析出し、提

起して、

人類レベルの**普遍的連帯が実現されることをよきことと見なす価値観**

とあり、〈普遍的連帯の理念に合致した行動がとられている。〉とあるのが、私には我々が目指すべきテーゼの一つであると思えるのです。そして、ここで、その反位語（反対側に位置づけられる語）的には、〈植民地化〉する・される、〈搾取〉する・される、〈植民地主義に由来する搾取〉とあります。

宮澤賢治を通して考えてみますと、人類に留まらず、人も動物、植物はもちろん、細菌やウイルスも含む微生物、石ころや鉱物、物品や製品、建築物や建造物、はたまた、山・森・林・野原・里・川をはじめとした陸・海・空、土・水・火・風・空気、雲や虹などの自然現象、地球・月・太陽・ハレー彗星は言うに及ばずそのほかの惑星・衛星・恒星・彗星・ブラックホールなどの天体等の森羅万象、さらには、目には見えない事象を含めると有象無象も、という**世界・宇宙すべてと一緒に暮らしてゆく**、**お天道さんとも一緒になって生きてゆく**、そういう、この世界・宇宙と〝**共に生きてゆく**〟生き方があってもいいのではないでしょうか、と思わさるのです。

私は一度死んだことがあります。

と言いましても、脳の機能が急激に極度に低下して意識を失った一時がありまして、その間に救急車が呼ばれ、お店で一緒に昼食を摂っていた妻はわたしが死んだと思った、とのことでありました。

その一件があって以来、死ぬことが怖くなくなった、と思う面があります。意識を失ってからは全く痛くもなく、何をされても感じないまま、この世の修行を卒業するのだな、と実感した気がするのです。

本当に死ぬ前に、ひとまずはこの本をこの版で残せていることは幸甚です。

こうした一書に成り得たのは、ひとえに、宮澤賢治の心象スケッチ「旭川。」という作品自らが持っている力そのものによる、と言っていいように思えます。

——本書が、宮澤賢治と旭川について辿る際の道標（みちしるべ）のひとつと成れていればよいのですが。


最後になりましたが、本書の刊行は、みや こうせい様の御尽力、ならびに、児島 宏子様による御導きがなければこのように実現しなかったろうと思います。まるで天から頂いた御縁による天恵のようなお力添えに心から感謝し、御礼申し上げます。「ありがとうございます。」また、本書の出版をお引き受けくださった未知谷代表の飯島 徹氏、校正等で適宜適切な対応をしてくださった編集の伊藤 伸恵さんに感謝致します。

そして、旭川宮沢賢治研究会会員の皆さん、中でも本書に発言のモデルとして登場させていただいている石原 久美子さん、奥山 真由美さん、加藤 章広さん、故河村 勁（つよし）さん、北川 武子さん、白川 智子さん、故前佛（ぜんぶつ） トシさん、水無瀬 けい子さん（以上、五十音順）、外に、故入澤 康夫さん、実際の皆さんの発言主旨を変容させているような場合もございますが、本書にとって重要な構成内容とさせていただいております。厚く御礼申し上げます。

それから、故入沢 康夫氏をはじめとした先学の方々の積み重ねなど、天与のような学恩に感謝致します。

本書でほんの少しでも皆様への御恩返しができていれば幸いなのですが、と思って居ります。

——最後の最後に、私をこの世に産み出して育ててくれた母松田　民子（満91歳）の長寿を願いながら感謝。そして、いつもあたたかく見守って応援してくれている妻の松田　雅子、校正を手伝ってくれた長男の松田　紘幸と次男の松田　大輝（たいき）、ありがとう。

二〇二二年八月九日（帰路、一九二三年八月七日樺太離島説を採るとした場合に、来旭（宿泊）可能月日）

旭川宮澤賢治研究究庵にて　　庵主　松田　嗣敏

まつだ　つぐとし

1958（昭和33）年 北海道上川郡東旭川村（現 旭川市）生まれ。

旭川小学校、旭川中学校、旭川東高校（旧〈旭川中學校〉）を経て、北海道教育大学旭川分校（国語・国文専攻）卒。

旭川市教育委員会等に勤務、元 旭川市中央図書館館長（司書）。

編纂に『宮澤賢治オノマトペ索引（童話篇）』（私家版、1981年）、「宮澤賢治オノマトペ索引（短歌・詩篇）」（「賢治研究 62」宮沢賢治研究会、1993年）。旭川宮沢賢治研究会呼掛人、宮沢賢治研究会会員、宮沢賢治学会イーハトーブセンター会員。

［連絡先］〒078-8251　北海道旭川市東旭川北1条5丁目1番13号
E-mail:m_tmht2003@yahoo.co.jp

かける
宮澤賢治×旭川

心象スケッチ「旭川。」を読む

2023年 2 月20日初版印刷
2023年 3 月 6 日初版発行

著者　松田嗣敏

発行者　飯島徹
発行所　未知谷
東京都千代田区神田猿楽町 2 丁目 5-9　〒 101-0064
Tel. 03-5281-3751 / Fax. 03-5281-3752
［振替］ 00130-4-653627

組版　柏木薫
印刷所　モリモト印刷
製本所　牧製本

Publisher Michitani Co. Ltd., Tokyo
Printed in Japan
ISBN 978-4-89642-686-1　C0095

子の構造

異次元 違った空間 向う世界 向側世界 はてのはて
異の空間 別の空間 向こうの世界 あちら側 別の世界
向こう側の世界 別世界 異質の空間
異世界 死者の世界 死の世界
異界 死後の世界 来世 後世 前の世, 前世
神霊界 他界 彼岸(未来世, 過去世) 誕生以前の世界, 生前の世界

異空間

霊界 幽界 幽冥界 冥府 冥界 死の国 死者の国 黄泉の国 根の国
幽世 霊の国 冥土 泉下 冥途

世俗
俗世
世界

天 天命
神人 神女 女神
神界 神の国 神国 神の世界
仏界 仏の国 仏の世界 仏国土
守護神

天上界 天上世界 天界 天の世界 天の空間 天国
天人 天使 上界 天魔 天神 天王 【天】
天女
天子
天界
極楽浄土
浄土 楽土 天道
寂光土 楽園 天空

霊界 霊 神霊 【霊】
霊気 霊場 霊精 天狗大王 空
霊感 霊験 精霊 風の精 天狗 界
霊魂 妖精 木霊 木魂
魂 言霊 亡霊 幽霊 鬼霊
心霊 守護霊 生霊 死霊 怨霊 悪霊 霊体 幸魂 心魂
祖霊 霊視 精魂
霊力 修験道 霊具

伝説

龍神
竜神
妖界 【妖】
妖術 妖怪術 呪術 呪力 妖力 妖気 魑魅魍魎 怪物
蛇神 ばけもの世界 お化け 地
化け物 界
物の怪
鬼界 鬼神 死神 妖女
鬼道 妖怪 山怪
河童
畜生界 鬼 鬼婆
畜生道 餓鬼界 夜叉
餓鬼道

民話

魔法
魔力 【魔】
魔 魔性
魔界 魔物の国 魔宮 地
魔神 魔物
大魔王 下
魔女神 魔王 閻魔大王
魔女 界
悪魔 魔女
魔鬼
魔霊
悪霊
地獄
地獄界
地獄道

地底

精神
界 根元 根幹

子したのが心象スケッチ

(2019.10.20 得想
2021.3.5 現在)